半分世界

石川宗生

3年前、会社から帰宅する途中の吉田大輔氏（30代、家族は妻と男児一人）は、電車を降りて自宅に向かうあいだで一瞬にして19329人に増殖した——第7回創元ＳＦ短編賞を受賞した「吉田同名」をはじめ、ある日なんの前触れもなく縦半分になった家で、内部が丸見えのまま平然と暮らし続ける一家とその観察に夢中になるギャラリーを描く表題作、すべての住民が白と黒のチームに分かれ、300年にもわたりゲームを続ける奇妙な町を舞台にした「白黒ダービー小史」など全4編を収録。突飛なアイデアと語りの魔術が紡ぎ出す、まったく新しい小説世界。

半分世界

石川宗生

創元SF文庫

CLOVEN WORLD AND OTHER STORIES

by

Muneo Ishikawa

2018

目次

半分世界

吉田同名

19329 Daisuke Yoshida

1　導入

「いくら考えても分からず、いつからか私は自分を幻想文学的な存在と看做すようになりました。たとえばアポリネールの詩集『アルコール』の一編に出てくる〝きみ〟はパリ、ローマ、プラハ、レモンの木の下、大きなレストラン、怪しげなバーといろんな場所にいますが、私もあんなふうにいくつも点在しているんです。言葉の綾のように、比喩のように。額面通り同時に、いろんなところに」

そう語るのは吉田大輔氏の一人、吉田大輔氏である。

「逆説的かもしれませんが、私は今や自己化した他者、他者化した自己なんです。孔子、ユング、クーリーの言葉も、私の前では単なる戯れ言になってしまうでしょう」

こう語るのも吉田大輔氏の一人、吉田大輔氏である。

この名を目にした、ないしは仄聞した覚えのある方も大勢いることだろう。そう、彼らはまったくの同一人物、約三年前に紙面を賑わせたあの〝吉田大輔〟なのである。

だがおそらくはかの事例を断片的に覚えていたとしても、事の真相、その前後関係を正確に知る者は皆無に等しいと思われる。本稿の狙いはまさにこの点、吉田大輔氏とはいかなる人物なのか、いかにして同氏が大量発生し、いかような顚末を辿ったのか、その謎めいた私史を掘り起こし、今一度、世に問題提起することにある。

　おおよその暗部は、政府の人間すら詳細までは把握していなかった吉田大輔氏の収容施設にあるのだが、まずはその発端となった変事、同氏の大量発生から叙述したい。

2　発　生

　二〇××年〇月△日一九時頃、夏の宵闇垂れ込めるS市K町四丁目の通りで多数の住民が暗色の奔流を目撃した。走行中の自動車は慌てふためき後退し、路上駐車していた自動車は流れに逆らう巨岩の如く道に孤立。犬の散歩をしていた婦人は大わらわで近くの民家に飛び込み、野良猫も咄嗟に塀の上に飛び移って難を逃れ、在宅中の近隣住民は窓硝子越しに尽きぬ黒の濁流を駭然として眺めた。

　その折、一足先に帰宅していた吉田小代子夫人は、夕食の支度に取り掛かっていた。食卓には既に生野菜サラダ、きんぴらごぼうが三人分配膳されており、あとは夫の帰宅に併せてポテトコロッケを揚げ、二階の子供部屋でテレビゲームをする一人息子の良介君を呼びに行く手筈となっていた。

　そうして夫人が五枚目のコロッケを揚げ始めたとき、突如、凄まじい轟音が鼓膜をつんざき、窓硝子がガタガタと揺れた。玄関の方から響いてくる野太い呻き声。夫の声にも似ているが一人、二人の騒ぎではない。

　夫人は包丁を手に、恐る恐る廊下に顔を出した。すると開け放たれた玄関扉に五人ばかりの男が挟まっていた。同様の黒い背広、黒い革靴、黒い革鞄に、同様の顔貌、髪型、背格好。口角に泡をため、押し合い圧し合い両手で制し、我先に家に入ろうと藻掻き苦しんでいる。背後からも結婚指輪の光る大きな手が無数に伸び、もつれ合った最前面の四肢を力任せに引っ張っている。

　誰も彼も、吉田大輔氏。

　夫人は奇声を上げる間もなく階段を駆け上がり、子供部屋に飛び込んだ。一人わなないていた良介君を部屋の隅に移動させるや、ベッドを扉の前に移動し、矢継ぎ早に洋服簞笥、勉強机、本棚をベッドの上に積み上げた。良介君は呆気に取られて見入るばかりだった。夢か幻か、一六〇センチメートルに満たない小柄な体軀から繰り出される鬼神のような母の怪力に。

　ちょうどこのとき玄関扉を塞いでいた大輔氏の堰が切れ、怒濤の如く雪崩れ込んだ。キッチン、リビング、寝室、浴室、トイレと階下を一分の隙なく埋め尽くし、早々と二階まで達する。扉が激しく打ち叩かれ、蝶番が軋む。呻き声が重なり合い、地鳴りとなって家じゅうを揺さぶった。

　夫人は良介君を胸元に引き寄せ、両耳を塞いで、じっと部屋の片隅にうずくまった。地鳴りはだんだんと鎮まってゆき、ややあって密やかな話し声が扉越しに漏れ伝わってきた。ここで夫人は一握りの冷静さを取り戻し、ジーンズのポケットに携帯電話が入っていることを思い出して、警察に通報した。

　応対したオペレーターははじめ、悪戯か異常者の電話だと考えた。なにしろ電話の主は「たくさんの夫が家に入ってきた、自分と子供はたくさんの夫に囲まれている、助けて欲しい」と金切り声で懇願していたのだから。

　しかし時を同じくして、同地域の住民からも、無数の同じ男性に包囲されているという通報が相次いだ。警察は事情を確かめるため、K町の警官二名を四丁目に向かわせた。が、彼らは四丁目に立ち入ることすらかなわなかった。吉田家の敷居を跨げた大輔氏はわずか二〇〇名足らず、その他大勢の大輔氏は互いが邪魔で立ち往生し、付近一帯に溢れかえっていたのである。

　このとき、四丁目の各通りで八方塞がりに陥った大輔氏はようやく前後不覚の動転から醒め、周囲を具に見回し、事実確認に努めている。現状がそう簡単に覆りそうにないことを見て取ると、隣同士、苦々しい片笑みを浮かべながらいきおい次のような会話を繰り広げる。

「やっぱり君は僕なのか？」

「君からすればまぁそういうことになるな」

「あそこに見える、僕らに挟まれて呆然としているサラリーマンなんかの様子からして、どうやら幻視ってわけでもなさそうだし」

「『他者』みたいな夢のなかでの邂逅(かいこう)ってわけでもないらしいし」

「僕の行く手を塞ぐところ、『ウィリアム・ウィルソン』とか『分身』のほうが近そうだ。でもまぁ、あれもここまで大量の分身じゃなかったし、この反応からして君は心理状態までそっくり現在の僕らしいけど」

「そうだな。〝二重人格〟じゃなく、〝分身〟を持ち出すところなんかいかにも僕らしいじゃないか」

二人して笑うほかなく笑う。それから互いに偽物かどうか見極めるため、『他者』のように自分の答え合わせをする。ただし「偽物だった場合に備えて、クレジットの暗証番号だとかそういった個人情報は差し控える」という条件付きで。

「じゃあ、行ったことのある国は？」

「アメリカ、メキシコ、フランス、イギリス、アイスランド、チェコ、スロバキア、トルコ、インド、タイ、インドネシア。ヴィヴィアン・ガールズとは何？」

「『非現実の王国で』に登場する七人の少女。ミュージシャンにもいる、スリーピースのガールズバンド。子供の頃、たぶん小学二年生のときにおばあちゃんの家で見た得体の知れないものは？」

「毛虫みたいな毛むくじゃらの大きな化け物。それこそ幻視だったろうけど、飛び石の上をのそのそと歩いていたな。宗教に入るなら?」

「ボコノン教かフライング・スパゲッティ・モンスター教。元カノの名前は?」

「コイズミサトコ、シオザキヒロコ、サトウミズオ……、四人目はサヨコ、偶然にも妻と同じ名前だったけど名字は思い出せない」

「あぁ、僕もだ」

斯様な問答を繰り返した挙げ句、再び苦笑するほかなく苦笑する。周囲からも一斉に忍びやかな笑い声が上がり、ほかも同じような質疑応答を行ったことを知って、また笑う。

一方、警官二名は最外縁部の大輔氏数名を尋問したものの、事態については何も分からないという肩透かしをことごとく食らい、途方に暮れて本部に判断を仰いだ。さりながらこの珍事に対し適切な判断を下せる者はおらず、部局から部局へ、機関から機関へ回された挙げ句、最終的には日本政府まで到達した。

深夜〇時三〇分頃、政府主導の下、警察署、市役所が合同で「吉田大輔氏大量発生対策本部」を緊急発足。続く一時、大輔氏に取り囲まれたまま何時間も身動きが取れずにいた通行人や住民の救出に向け、大輔氏の搬出作業を決定。警察機動隊が四丁目一帯を封鎖するとともに、S市の市民ホール、小中高の体育館、小公園、総合公園など近隣の公共施設を確保し、利用可能な車両を手あたり次第に投入して、外縁から順繰りに大輔氏の搬出作業を開始した。

同時に作業の迅速化に向けて、徒歩三〇分圏内の一部施設には大輔氏自身の足で向かわせた。もはや為す術なく意気消沈していたいずれの大輔氏も非常に従順に、指示なくして列を成し、先導する白バイに続いて寡黙に徒を進めた。各所で交通整理が行われるなか、大勢の野次馬とメディアが一糸乱れぬ歩調で移動する大輔氏の一群を目撃している。

　翌朝には用意した全施設への収容が完了したが、各収容人数が二〇〇―三〇〇パーセントを超過してもなお四丁目の半分は大輔氏に占められていた。対策本部は一区画あたりの道路面積と大輔氏の人数から、四丁目全体の総人数を約一〇〇〇名と概算していたが、あとで判明したところでは、彼ら以外にも路上のほか民家の敷地、庭木、ブロック塀、電信柱、車のボンネット、屋根の上にまで分布し、果ては他人の家に無断で、あるいは許可を得た上で上がり込んだ大輔氏がいた。四丁目の住民数が一三〇四名だったことを考慮すれば、実質、同地域は大輔氏で埋め尽くされていたことが見て取れるだろう。

　対策本部は更なる収容先の確保に奔走し、その範囲は市外の公共施設、総合公園、宿泊施設、空き家にまで及んだ。だが、周辺の宿泊施設は既にあらかた大輔氏で埋まっていた。彼らは群の外側にいた大輔氏で、四丁目の封鎖前、塞がった道に見切りを付け、近所の宿泊施設、カラオケボックス、ファミリーレストラン、漫画喫茶に散っていたのである。またこのほか、多数の大輔氏が駅に引き返し、定期券の有効範囲内に拡散している。

　結局、施設の確保と搬出作業は難航し、四丁目内に残された大輔氏は新たな収容先に移されるまで延々と路上で待機する羽目になった。大半の住民は降って湧いた同一人物の大群を気味悪がり、扉を固く閉ざしていたが、一部は寝床として空き部屋や庭先のほか、キャンプ道具、毛布、食料を与え、トイレも貸した。恩恵に浴した大輔氏は夜が訪れるたびに身をこごめ、毛布にくるまって目を閉じた。何も手に入れられなかった大輔氏は、路上に座り込んだり直に寝転んだりして遣り過ごした。こまめに声を掛け合って最新情報を共有しはしたが、それ以外はろくに言葉も交わさなかった。

大輔氏の収容が徐々に進み、行き来できるだけの余地が確保されたあと、警察は地域住民の安否確認作業に入った。通行人や自動車の運転手を含め、住民は全員無事だったが、ところどころ庭木が倒され、花壇が踏み荒らされていた。吉田家に近い場所ほど、引き裂かれたスーツの袖、散らばった仕事関係の書類など多くの痕跡が目に付いた。

吉田家の荒れようは凄まじかった。生け垣は薙ぎ倒され、玄関先では植木鉢が散乱し、玄関扉は外れていた。こぢんまりとした庭には痛みに喘ぐ大輔氏、白いハンカチが顔に掛けられた物言わぬ大輔氏が横たわっていた。玄関に数多の大輔氏が殺到した際、将棋倒しになったのだ。死者数五名、負傷者数は一二名に上った。

それに引き替え家の中は、割れた花瓶が新聞紙にくるまれ、ひび割れた窓硝子にはガムテープが貼られており、床は掃除機でも掛けたようにゴミ一つ落ちていなかった。テーブルの上にあった料理は跡形もなく消えていたが、食器はすべて洗われ、棚に戻されており、油を吸ってふやけた黒焦げのポテトコロッケも生ゴミ入れに捨てられていた。

のちに、警察に保護された夫人はこう回想している。

「一一〇番してから、扉の外に耳を傾けるだけの余裕が持てました。聞こえてきたのは、夫の小さな声です。驚かせてごめんだとか、悪かったとか。だから私も扉を塞いでいたベッドを元に戻して、夫たちと少し話をしてみました。何が起きたのかだいたいのことはそのとき彼らの口から聞きました。本当に何も知らないっていうことも。それから子供を寝かすために一緒にベッドに入っていたら、そのまま寝入ってしまったんです。次に起きたときには扉が開いていて、あの人もいなくなっていました。気になって一階に下りてみたんですが、やはりどこも空っぽで。後片付けまでしてくれて、きっと私たちに気をつかってくれたんでしょう。扉が開いていたのも、あの人たちが夜中のうちに様子を見に来たからなのかもしれません。たぶん一人ずつ順番に、起こさないようこっそりと……」

3 分析

一週間にわたる度重なる交渉の末、大輔氏の正式な収容先は合計六県の人里離れた廃病院、廃旅館などに決定した。

大輔氏は順々にバスで各施設に輸送された。施設数は延べ五一軒、各収容人数は二〇〇―六〇〇名に上った。S市内外の公共施設に収容されていた大輔氏も、しばらくのちに各県の施設に再輸送された。

対策本部は収容に際し、各大輔氏に紐付きの番号札を配付した。番号は施設ごとに連番となる。その結果、大輔氏の総数は一九三二九名と判明した(死亡者数を含む)。

収容後、対策本部は大量発生の原因究明に向け、任意抽出した六〇〇名の大輔氏を聴取し、当日の足取りを追った。

朝七時起床、朝食は小代子夫人が用意したトースト二枚、ベーコンエッグ、コーヒー。七時四五分に自宅を出て、八時三分、S駅で平生通り先頭から三両目に乗車。三二分間の満員電車では、吊革を摑みながら「一〇代の頃に図書館で借りて読んだことがあったけど、昨日古書店で見かけた折にまた読み直したくなって購入した」という『不在の騎士』を読む。九時〇分始業。昼休みにはコンビニエンスストアの幕の内弁当を食し、午後も通常通り業務をこなす。一八時〇二分退社。一八時一五分の電車に乗り、小代子夫人に帰宅の旨を告げるメールを送信。車内ではスマートフォン用のパックマンをする。大輔氏曰く、社会人になってから一〇年以上にわたり継続してきたその日一日を「初期化する」ための通過儀礼で、今では「各ステージの構造、敵キャラクターの配置、最短のクリアルートを完璧に記憶している」という。一八時四七分、初期化された大輔氏がS駅のプラットホームに降り立つ。

と、ここまでは六〇〇名全員の証言が寸分違わず一致しているが、S駅のバスロータリーを抜けたあたりから六〇〇通りに分岐する。

S駅と吉田家はそれぞれK町の北西、南東に位置しており、K町は簡略化すれば碁盤の目状に広がっている。対角線のルートは存在せず、S駅、吉田家を行き来するためには各ブロックに沿って上下左右に進まなければならない。約一五分の復路、どのルートを選んでも歩行距離は誤差五〇メートル以内と大差なく、トポロジー的に言って一五二通りのルートが存在する。その日ごとに新しいルートを選択するのが大輔氏の慣わしで、K町四丁目に新居を構えてから過去二年の間に全ルートを網羅している。

しかしこの日、同氏は文字通り一五二通りを時空間的に一遍に選択し、K町を蚕食したのである。

「本当に突然のことでした」と三九七二番は語る。「歩いていたら何の前触れもなく、瞬間的に大群に囲まれたんです。驚いて一瞬立ち止まり、周囲を見回しました。そしたら周りも一斉に同じ動きをしたんです。私が右を向けば右に向き、左を見れば左を見て。唯一、近くの右端にいた男の顔だけがうっすら窺えました。その右側には民家の塀しかありませんでしたからね、だから道の内側にだけ顔を向けていたんでしょう。それでその男に、私自身の顔を見て取ったわけです。あとはもう、自宅に向かって無我夢中で駆け出しました。だけどやはり周りも、まったく同じタイミングで走り出したんです。そうなるともう止まれませんでした。真後ろでも同じぐらい大勢の私が走っているんですから」

同じルートでも道路の右側、中央、左側とどこを歩いたかで微細に異なり、時間を遡行ないしは先行したように前後にも広がっている。大輔氏自身や、大輔氏の群に取り囲まれた通行人、近隣住民などの目撃証言を照らし合わせるに、その初期分布はS駅近くの三丁目から四丁目の中程、帰りの時間に換算すれば一―一〇分の範囲に及ぶ。妙なのは系統樹的に始祖たる大輔氏を辿れず、瞬間にして同時に一九三二九名が発生していることだ。同時刻、大輔氏の大群の目撃者がいても、始祖たる大輔氏の目撃者はいない。

対策本部は並行して別途任意抽出した六〇〇名の身体検査を行い、ＤＮＡ、指紋、声紋、身長一七三・五センチ、体重六三・二キログラム、頭骨、歯型、奥歯の虫歯、血圧、血糖値、血液型Ｏ型、右親指付け根の剝けた皮、爪の長さ、Ｘ線検査による各器官、持病の疣痔の形状、大きさまで一致することを突き止めた。またこのとき初めて、良性ながらも大腸ポリープが発見されている。六〇〇名全員に。

服装、所持品も一致する。黒革財布に入った各種カード、定期券、運転免許証、各種領収書、所持金一二二七〇円、名刺入れ、ピースのタバコと本数、オレンジ色のターボライター、カプセル状の携帯灰皿、通勤鞄、仕事書類、『不在の騎士』、ウォーターマンの黒の万年筆、スマートフォン（電話番号、メールアドレスまで）。なお、大輔氏が四丁目で自分自身に行く手を塞がれた際、一斉に小代子夫人に通話を試みたため、契約先のキャリアは混線を理由に同アカウントを凍結している。

次いで小代子夫人をはじめとする大輔氏の周辺に聞き込みを行い、同氏のプロフィールを作成した。

吉田大輔氏は三六歳、Ｆ社会保険労務士事務所に勤務。誕生日一月二八日、囲碁、将棋、プラモデル、ダイビング、油絵、マンドリンと多趣味で、英語、スペイン語、フランス語、イタリア語、ポルトガル語、ルーマニア語といったロマンス語に通暁しており、ラテン語、古代ギリシャ語、インドネシア語も読み書き可能。英検一級、ＤＥＬＥ Ｃ１、ＤＡＬＦ Ｃ２の語学検定のほか、情報検定、通関士、速記、簿記検定などの資格も多数保有。大輔氏の一二畳一間の自室はその多芸多才振りを裏付けるように、多言語の書籍、画集、画材、年代物の洋楽レコード、音楽機器、AV機器、ボードゲーム、スポーツ器具で溢れかえっている。

小代子夫人によると、大輔氏は絶えず「何かしていないと気が済まない」たちらしく、休日はもちろん平日も仕事終わりに駅前のカフェや自宅でもろもろの趣味、勉学に勤しんでいた。謹厳実直だが内向的で、職場の同僚は声を揃えて「付き合いの悪い人だった」と証言している（このたびの事件を受け、F社会保険労務士事務所は大輔氏を病欠扱いとし、当面は事態を静観するとした）。

一三八一七番は「社労士は遣り甲斐もありますし、待遇も決して悪くない堅実な仕事ですけど」と前置きをした上で、職業選択の観点から自己分析をしている。「実のところあれは私が人生で最後に知った、最も興味の持てない職種だったんです。そんなものに就くのはよっぽどつまらない人間か、逆によほど飛び抜けた人間だと思っていました。私自身ははっきりとした夢もなく、前者に近かったでしょうが、しかし同時に、そういった職に敢えて身を置くことで公私を完全に切り離せるとも考えたんです」

生まれはN県の地方都市。家庭環境は複雑で、大輔氏が二歳の頃に母親は統合失調症を患った末に自殺。父親もその三年後に交通事故で他界し、同県の片田舎に住む祖父母のもとに引き取られている。小学校時代から成績優秀だったが、友人と呼べる人はおらず、小中高とほとんどの時間は読書をして過ごした。M大学進学に伴って上京。生活費、学費をまかなうため複数のアルバイトを掛け持ちし、国際経済学部を卒業。大学在籍中に、祖父母が相次いで物故している。就職活動はせず、卒業後一年間、アルバイトを続けながら独学で社会保険労務士の資格を取得し、現在の社労士事務所に入社。仕事振りは極めて優秀で、同僚からはたびたび独立を薦められている。

旧姓藤原小代子氏は大学の同期生で、二六歳のときに同窓会で再会。夫人は当時、大学卒業後にアメリカでの短期留学やオーストラリアでのワーキングホリデーを経て、鉱物輸入関連の商社に勤務しており、大輔氏はそんな彼女の自分とはまるで対照的な「ランボオめいた不羈奔放さ」に惹かれたという。それからも頻繁に会い、半年後に交際。約二年後に同棲を始め、同年小代子氏の誕生日一一月一四日に籍を入れた。バリで挙式し、夫人の趣味で結婚後は大型連休や有給休暇を利用して頻繁に海外旅行をする。結婚から三年後に長男の良介君が誕生。その二年後にはK町四丁目に現在の自宅を購入し、出産を機に退職していた夫人も派遣社員として別会社で働き始めている。

対策本部は右記の情報に加え、仕事、趣味、資格、語学関連の問題を作成し、六〇〇名の大輔氏に出題した。結果、正答率は九五―九六パーセントに収まった。一パーセントほどの差が生じたのは「好きな画家」に関する問題で、解答がエゴン・シーレとオスカー・ココシュカに二分したことに起因するのだが、実のところ吉田大輔氏はどちらも同程度に好んでいるため、結果から言えば両方とも正解にしても間違いではなかった。この微妙な選択の差を生んだのは、環境の変化や体調の差によるものと推測される。IQも一二〇―一三〇程度と幅があるが、これも同様の理由だろう。

以上から導き出される結論は、一九三二九名全員が吉田大輔氏本人であること。携帯電話契約の多重化などの点に鑑みるに、厳密に言えば、大輔氏自体ではなく同氏という環境が物理的に多重化したことである。

だが斯様な現象を説明する物理法則は存在せず、当人も誰一人として心当たりはない。

「誰よりも原因を知りたいのは私自身、その他大勢の私自身でしたよ。放射能だとかクローン技術だとか、安物のマクガフィンでいいから何か用意して欲しかったな」

五六〇七番は冷ややかに笑う。

4 収容

のちに詳述するが、大輔氏の共同生活はどの収容先でも大同小異なため、ここではC県の廃病院に収容された一六五〇一―一六九〇〇番を中心に叙述したい。

古くはサナトリウムとして使われていた二階建ての施設で、四方は鉄条網の付いた高い塀に囲まれており、正面の鉄門が唯一の出入り口だった。がらんとした各部屋には自衛隊の配備したベッドが所狭しと並んでいた。元来のサナトリウムの収容人数が約三〇〇名、各部屋が約三〇名であったのに対し、大輔氏の人数はそれを一〇〇名上回ったため、施設内は少なからず混雑した。

食事は配給制で一日三回、自衛隊員が食料の入ったコンテナを敷地の庭に運び入れ、大輔氏がそれぞれ手ずから取るシステム。栄養価は計算されていたが、代わり映えのしない献立に舌よりも目のほうが先に愛想を尽かしたと、多数が証言している。

一週間ごとに清掃が入ったが、各階の和式トイレは数が足りず、トイレ前は行列が絶えなかった。備え付けの入浴施設は老朽化のため使用できず、今回の収容に際してトイレ脇に簡易シャワーが設置された。着替えは支給された病衣のような青い衣服と下着が二着ずつ。支給品はこのほか石鹸一個、歯ブラシと歯磨き粉、カミソリ、ハンドタオル一枚ぐらいだった。大輔氏は大量発生時に着ていたスーツと支給された服を着回し、水道水で手洗いして、ベッドのフレームに干した。秋口とはいえ日中は蒸し暑く、薄着でも事足りたが、室内はすぐに同氏の体臭で噎せ返った。

敷地内には広々とした中庭、裏庭があり、至るところで草花が無為に繁茂していた。施設内の行き来は自由だったが、一階から二階に足を伸ばしたところで景色が変わる由もなく、ほとんどは各自の部屋、ベッドで一日の大半を過ごした。

のんべんだらりと『不在の騎士』を読み返し、冒頭前、結末後、あるいは行間の物語を捻り出して、ボールペンで余白に追記した。手持ち無沙汰に仕事の書類を徹底的に整理、校正し、領収書や各種カードに並んだ数字を無作為に乗除して、ホログラム仕様の熱帯魚柄のしおりに何時間も眺め入ってはそれを写生した。節煙の甲斐虚しく、タバコは一ヶ月と経たないうちに煙となり、通勤鞄の底にあった残りわずかなブルーベリーガムを何日も嚙み続けた。

夜の帳が降りればベッドに横たわり、眠りが訪れるのをひたすら待ち侘びた。

「とにかく不毛な時間でしたね……」と一六五五二番は伏し目がちに呟く。「自衛隊員にいろいろ物を催促したりもしたんですけど、どれもすぐには用意できないと言われまして、そのとき持っていた物でやりくりするしかなかったんです。一人遊びは心得ているつもりでしたが、それも物があって初めてできることなんだと痛感しました。読書、書き物、デッサンなんかを一通りやったあとは、いろんな物を片端から数えたりもしましたよ。自分の数、ベッドの数、トイレの数、窓の数、扉の数、蜘蛛の数、蟻の数、床に付いた傷の数、それに天井の模様の穴も。確認のためにもう一巡したりして。ちなみに穴は一部屋あたり二三〇四七個ありましたね」

各ベッドは一メートルも離れていなかったが、大輔氏はそれぞれ口を固く結び、たとい誰かが独り言を漏らしても見向きもしなかった。

友好、敵対からも程遠い、硬く張り詰めた静寂。その水面下では同一の思惑、感情が錯綜していた。

「一つに恐怖がありました」と一六八三三番は言う。「どこを見ても私がいて、同じようなことをしている。鏡がなくとも自分が今、どんな顔色をしていて、目の下の隈がどれだけ濃いかありありと分かる。二四時間、そんなふうに自分に囲まれるのがどんなものか、想像できますか？」

「アイデンティティ危機もありましたね」と一六七〇二番も言う。「行く末を案じると尚更です。仮に一人に戻る解決策が見つかったとして、果たしてどの私に私は収束するのか。そこに私自身の意識は依然としてあるのか。そういった言いしれぬ不安です」

「周囲に対する憎しみも多分にありましたよ」と一六七九八番。「なにしろこの災いを招いた元凶ですから。でも、完全に憎めるわけがない。だって彼らは私自身なんですから。私もまた元凶の一部なんです。このダブルバインドに陥れば、誰だって口を噤むしかないですよ」

このような殺伐とした状況下でもなんとか堪え忍べていたのは、たとえ今すぐ一人の吉田大輔に戻れなくとも、もうしばらく辛抱すれば何かしらの生活保障が与えられて、外に出られるようになるだろうという期待を心の片隅に抱いていたからである。

だがそれもあまり長続きはしなかった。

一六八八二番は苦虫を嚙みつぶしたような顔で「収容される前は、政府の人間からこれは一時的な措置だと説明を受けていたんです」と当時を思い返している。「でも実際にふたを開けてみたら一ヶ月、二ヶ月経っても何の変化もありませんでした。時々、コンテナの配給係を問い詰めてみても答えは曖昧だったり、時には無視されたりで。もしかしたらこのままずっと外に出られないんじゃないか、世間はとうに私たちのことを忘れているんじゃないかって、気付いたら毎日そんなことばかり考えるようになっていましたね……」

元より生気に欠けていた施設からは次第に物音も蒸発し、風が窓硝子を揺らす音、衣擦れ、無遠慮な放屁、トイレの音が冷ややかに静寂を埋めていった。無気力、倦怠感、不眠症、食欲不振に襲われ、どこに目を向けても、頬がこけ、顔面蒼白になった自分が合わせ鏡のように四方八方延々と連なっていた。

窓外の木々は枯れ枝を無防備にさらし、鳥のさえずりは灰色の空の彼方に遠ざかっていった。立て付けの悪い窓や扉の隙間、硝子のひび割れから仮借ない寒風が吹き入り、朝方には水回りに薄氷が張った。

大輔氏は日がな一日、汗で変色した薄手のシーツにくるまって過ごしていた。度重なる手洗いのせいで靴下はそこかしこに穴があき、スーツやシャツはほころびて、ボタンもいくつか取れていた。分厚い雲の切れ間から日光が差し込めば、部屋でも廊下でもトイレでもところ構わず日向に密集した。就寝時には通勤鞄に両足を突っ込み、裂いたマットレスの中に体をうずめた。

だが気温はなおも日増しに下がっていった。真昼でも全身粟立ち、息は吐いた先から真っ白に染まって、ついには風邪が流行し始めた。同一体、同環境下ゆえ感染も早く、全員が熱にうなされ、マットレスの奥底に沈んでいった。

それまでにも各自が単独で抗議することはあったが、この頃になるといよいよ不安や焦燥感が息詰まる危機感へと変わり、多数の大輔氏が病を押して鉄門前に詰めかけるようになった。人数は日に日に膨れ上がってゆき、抗議の声はいやが上にも高まって、集団デモめいた様相を帯びてきた。

自衛隊は廃病院の近くに監視所を仮設し、施設周辺の警備のほか、監視カメラを通じて大輔氏の行動を観察していたのだが、大輔氏は鉄門付近に出入りするコンテナ運搬係ばかりでなく、塀の外に向かっても再三にわたり早期の解放や待遇の改善を訴えた。このときもまだ大輔氏は互いに意思の疎通を図っておらず、おのおの意識の上では単独で動いていたつもりだったが、奇しくも一同が放った言葉は申し合わせるでもなく時に一言一句、声量も抑揚もぴたりと重なり合い、シュプレヒコールにも似た勢いをもって乾いた青空に響き渡った。

「いつまでここにいればいいんだ！」

「何かもっと防寒具をくれ！」

だが塀の外からの反応は乏しく、鉄門は食料コンテナの配給時をのぞき固く閉ざされていた。日常的に顔を合わせるコンテナの運搬係もただ申し訳なさそうに目を細めるだけで、大輔氏の要求に応じることはなかった。

抗議の熱は俄然高まり、鉄門付近がよりいっそう混み合ってくると、運搬係は身の危険を感じたのか敷地内まで入らず、鉄門を開けるやいなやコンテナをその場で放り出し、そそくさと門を閉めるようになった。それまで供給後に回収されていた空のコンテナも次第に放置されるようになって、敷地内の鉄門前にはコンテナの山が築かれていった。

そしてある日の夕暮れ、大輔氏が異口同音に「私たちの発端」になったと称す事件が発生した。三〇〇名前後が鉄門付近で抗議した際、最前面にいた一六五三六番が背後から押し出されて運搬係に摑み掛かるような格好となった。すると驚いた運搬係が、やにわに彼を銃身で殴ったのである。

運搬係が罵詈讒謗を浴びせながら鉄門を閉めるなか、一六五三六番は鼻と口から血を流し、その場にうずくまって痛みに喘いだ。その他大勢の大輔氏は、物も言えず佇立していた。錯愕したのは事実だが、何も突然の暴力だけが理由ではない。ほんの一瞬のことではあったが、彼らも同じ箇所、左の鼻筋あたりに激痛が走り、それに吃驚していたのである。

このとき彼らは紛れもない自分自身の肉体的経験としてその疼きを知覚した。更にはセピア色の風景に飛び散った鮮烈な血色も相俟って、目の覚めるような思いで自分たちの宿命的な繋がりを痛感したという。

その晩、悪寒に苛まれながら天井の一点を見詰めていた折、方々で一斉に声が破裂した。

「変な意地を張るのは止めて、僕らだけでどうにかしようか」

「変な意地を張るのは止めて、僕らだけでどうにかしようか」

「変な意地を張るのは止めて、僕らだけでどうにかしようか」

また方々から一斉に返答が噴出した。

「まぁ僕だけでも、束になれば少しはマシだろうし」

「まぁ僕だけでも、束になれば少しはマシだろうし」

「まぁ僕だけでも、束になれば少しはマシだろうし」

数ヶ月振りに行われた自問自答めいた遣り取りは、明け方近くまで続いた。

一同の脳裏には『大脱走』、『穴』、『パピヨン』の脱走場面が幾度となく浮かび上がったというが、皆が皆、先々を見越した末、声に出すことを控えている。
代わりに防寒について具体策を練り、翌朝に早速、総出で部屋の修繕に取り掛かった。病院内、裏庭の草叢に転がっていたわずかな廃材を手分けして掻き集め、空のコンテナを解体し、ベッドフレームや木板から古釘を引き抜いて、窓や扉の隙間を覆った。次いでベッドを中央に寄せ合い、マットレスから抜き出した綿で山を築いて、皆で潜り込み、自身の体温で暖を取った。

大輔氏は本来「握手するのも躊躇する」ほど他人との物理的接触を毛嫌いするらしく、誰もが肌の密着を気持ち悪がっていたが、それも日を重ねるごとに薄らいでゆき、一、二週間経った頃には自身の温もりに居心地の良さすら感じ始めた。薄暗い綿山の中ではどれが自分の四肢とも見分けが付かず、尻やらふくらはぎやら二の腕やらを枕にして眠った。

この所産として「自己」に対する抵抗感が軽減し、綿の山に留まる時間を少しでも長くしようと、隣同士で食料の調達を代わる代わる行うようになった。延いては全体で行動したほうがより効率的であるという考えが急速に広まり、各部屋で食料の調達、部屋の掃除、洗濯の当番を決定した。施設全体でも話し合い、共有空間の混雑解消や整備に向けて部屋ごとに洗濯時間、各和式トイレを割り振って、政府側による毎週の清掃に加え自分たちでも美化活動を行おうと、トイレ、シャワー、廊下などの掃除分担を取り決めた。

「それまで協力を拒んでいたのを悔やむぐらい良いことだらけでした」と一六七二三番は興奮気味に回顧している。「皆、現状を改善させようと同じ方向を向いていましたし、虚しさや苛立ちを表立って言葉にする者は一人もいませんでした。当たり前と言えば当たり前ですが、阿吽の呼吸というか、何をするにしても馬が合ったんです」

退屈凌ぎでも一致協力し、日中は日当たりの良い窓辺などで組み体操、組手、柔道、社交ダンスや、取れたボタン、木片を細工し、駒に見立てたボードゲームなど「どんなに馬鹿馬鹿しくても、思い付いたことはすべて実行に移しました」

特に大輔氏が汲々と取り組んだのはジオラマ、オブジェの製作である。

第一弾として、インクの尽きたボールペン、小銭、各種カード、廃材の余りや土砂、枝などを材料として利用し、また時には米やガムをのりとして使って、縦横三メートルほどの自宅のジオラマを作製した。資材に限りがあったため、完成後、一、二日経ったら再び解体し、同じ材料で社労士事務所、S駅、通勤電車、パックマン、小代子夫人や良介君像を再現した。現実には賦色できず、材料も量、質ともに乏しかったので、傍目には単なるガラクタの塊にしか見えなかったろうが、製作者が大輔氏なら鑑賞者も大輔氏のため、彼らの目にはS駅はS駅として、小代子夫人は小代子夫人として歴と映った。

『不在の騎士』の討論会も頻繁に開かれた。このときには既に、寒さを凌ぐため残りわずかだったターボライターで大半の頁を燃やしてしまっていたが、何百回と繰り返し読み込んだことで、本文はもちろん、あとがき、出版元住所、編集部の電話番号まで正確に諳んじられるまでになっていた。

「最後のほうは読んでいるようで読んでいませんでしたからね、よく、読経みたいな忘我の境に陥っていましたよ」と一六五八七番は目笑しながら述べる。「ためにため込んだ感想だとか批評も熟成して、こじつけ同然になっていたりして。ただ討論と言ってもほかの自分もだいたい同じ意見だったから反論もあまりなくて、実際は寄って集ってカルヴィーノにケチを付けるみたいな感じでした」

「無目的なお喋りもだいたい駄目なんです」とも一六八六二番は付け加えている。「その時時の不満を吐露しても結局はただ共感するだけ、負の感情を増長させるだけでした。なにせ相槌やため息だってユニゾンですから。だから個人的な感情はうちに留めて、ビジネスライクに集団活動の中だけで接するようにしていました」

たといそれが形式的な馴れ合いだとしても、施設内は一転して活気に溢れた。年が暮れ、施設周辺が雪に覆われても、大輔氏は変わらず綿の寝床を共にし、昼夜問わず余興を続けた。

5　発展

周知の事実と思われるので簡潔な背景説明に留めるが、この時分〝吉田大輔〟は世を席巻した。

大量発生当日のうちに同氏の顔写真、動画がインターネット上に出回り、日本中に知れ渡った。政府も翌日には、公の場で大量発生の事実を認めている。メディアは連日、大輔氏の特集を組み、吉田家に押し掛けた。多数の報道番組で取材に応える近隣住民、インタビュアーを振り切って家に駆け込む小代子夫人の後ろ姿が映し出されている。

開示情報が少なかったこともあり、世間一般では種々の流言蜚語が飛び交った。「現在も増殖し続けている」「秘密裏に解剖実験、臨床試験に回されている」「そのうち地球上を埋め尽くす」「飛沫感染するゆえ隔離されている」「突然変異」「生物兵器」「クローン」「軍事利用」「遺伝子操作のつけ」

元を正せば、大輔氏の隔離は本当に大量発生の原因と解決手段が究明されるまでの暫定措置だったようだが、研究は根なき憶測が憶測を呼ぶ空転を続けていた。量子力学的な重ね合わせ現象よろしく、現実はてんから重なり合った状態にあるという〝多重現実説〟もその一つだ。一般に言うドッペルゲンガーとはこのずれにより生じる現象で、大輔氏の場合はずれが連続し、(厳密には一九三二九名だが)インフィニティムゲンガー化したと看做すものである。無論、証明の仕様のない疑似科学だ。

肝心の研究が目も当てられない有様だったので、とりあえずは複数の同一人物に諸権利を付与するための法整備を同時に進めるという動きもあったが、こちらも前代未聞の事例であったため協議は難航し、採択まではなかなか至らなかった。

一説では解放したところで結局は混乱を促し、大輔氏を見世物にするだけと判断されたためとも言われている。事実、同氏に対する反応はインターネットなどを中心に諧謔的なものが多く聞かれ、なかには『増殖する吉田大輔を捕まえろ!』という悪趣味なアプリを作る者もおり、このとき解放されても人権などあってないような状況が待っていたことだろう。それに一度増殖した人間がいつまた増殖しないとも限らないという懸念もあり、その原因が解明されない以上は隔離しておいたほうが賢明という見方が強かったようである。

当初、政府は大輔氏の処遇について「手厚く保護している」と言及するに留め、各施設の所在地も公にしていなかったが、五一軒すべてを隠し通せるはずなく、一部は人里からそう遠く離れていない場所に位置していたため、発覚も時間の問題だった。

実際に、収容から約三ヶ月後には一人の大学生がG県山中の廃旅館に足を運び、窓から外を眺める数多の大輔氏をビデオカメラでネット中継するなど、各施設の所在地はインターネットなどを介して着実に拡散していった。メディアも盛んに複数施設に押し掛けるようになって、周辺の警備にあたっていた自衛隊員に突撃取材を試み、遠方から大輔氏の集団生活をカメラに収めることに成功している。

そしてこの頃を境に（当時はまだ憶測の域を出なかったが）大輔氏に対する不当な扱いや人権無視など、同情的な意見が徐々に上がるようになった。一部の人権団体やボランティア団体は公然と政府を非難し、個人、団体から古着、古本、食料などを募って各施設に送り始め、また政府の対応に不信感を抱いていた者たちは、その足で施設まで赴き、自衛隊に直接物資を渡している。

先の廃病院も比較的早い段階からその恩恵を受けることができた施設の一つで、年が明けた頃から続々と救援物資の詰まった段ボール箱が届くようになった。大輔氏は「これまでにもらったなかでも最高のプレゼント」になったフルーツの缶詰、塩辛い乾物で味蕾を慰め、古着で厳寒を凌いだ。『博物館総論』から『365日お手軽パスタ』までジャンルを問わず嬉々として古書を読み回し、また各自が読解、評論に勤しんだ。

一度萌芽した連帯性は失われることなく、かえって隆盛の一途を辿った。ジオラマ製作は、都内近郊の水族館、テーマパーク、バリ島のビーチリゾート、カッパドキア、カレル橋など実在のものから、ボッシュの『快楽の園』、グランデリニア、アビエニア王国など架空のものにまで拡大。このほかくず糸を使った編み物、衣服の補修、ドミノ倒し、新しく手に入った文学書の朗読会も行っている。

続いて一六八四二番の言う「エスペラント的な私たち独自の共通語」の開発にも着手した。

「各民族が独自の言語を持っているのと同様、私たちの世界観を正しく表現、規定するために、私たちだけの言語があっても良いと思ったんです。言語こそが母国であると言う学者もいますし、ホームを失った私たちはどこかで母国のようなものを欲していたというのもあったのかもしれません。単なるお遊びでしたが、でもだからこそ真剣に取り組んだんです」

吉田大輔語の単語は主に日本語、ロマンス語から来ているが、構文としてはインドネシア語に類似しており、単語一つでも意思疎通が可能である。そのほかの特徴としては敬語のない点が挙げられ、単一の自己しか存在しない環境を如実に反映している。大輔氏はこの吉田大輔語を自身の知識、ルールに則って体系化したため、凄まじい速さで習得し、施設内の第一言語として普及した。

特筆すべきは、ほかの施設でも同様の吉田大輔語が成立している点である。主に環境面の違いから単語数、単語の意味範囲に多少の差はあるが、それは言わば地理的方言程度の差でしかなかった。

のちに社会学者が『同一性シンクロニシティ』と命名したこの現象は、各施設における大輔氏の集団生活を観察していた学者によって吉田大輔語以外にも多方面で確認されていた。たとえばどの施設でも大輔氏ははじめ互いに距離を取っていたが、時が経つにつれて結束し、自分たちの力だけで環境改善に取り掛かっていった。廃病院で起こったような何かしらの肉体的感覚の共有が団結のきっかけになった場合もあれば、それなくして気温の低下とともに自然と結び付いていった場合もある。余興の内容もほぼ同様で、ジオラマ製作一つを例に取ってみても、その作品テーマは小代子夫人像やカレル橋などだいたいが同じであった。一六五三四番は活動範囲の拡大、関係性の深化を受け、己(おのれ)に対する見識が変化したと述べている。

「考えながら喋るときには目線を右下に向けることとか、読書中は足を組むにしても右足が上に来ることが多いだとか、そういったささいな癖(くせ)、傾向に初めて気が付きました。たぶんそれは他人の視点でしか知り得なかったこと、いや、他人でもよほど注意しなければ気が付けないような静かな思考や感情の流れ、その表出です。私の知る自分とはまるでかけ離れていて、見れば見るほど他人のようにも思えてきました」

だが一方では、救援物資の種類や量に偏りがあったため、昭然とした物質的格差が生じている。古書の類は回し読みや貸し借りも可能だったが、古着、食料の場合はそうはいかず、ニット帽、トレーナー、コーデュロイパンツ、革ブーツと一通り手に入れた大輔氏もいれば、サイズの合わないニット手袋だけの大輔氏、着古したスーツのままの大輔氏もいた。

この物質的格差ははじめ、各大輔氏のわずかな位置的差異からもたらされた。救援物資は食料コンテナと同じく鉄門付近で放置されたため、ここに駆け付けるにしても、単純に言って正面玄関により近い部屋、室内でもより出入り口に近い位置に居場所を確保していた大輔氏のほうが有利だったのだ。

多くを得た大輔氏は少なきを得た大輔氏に同情し、衣服や食料の一部を施したが、それでも防寒、美的観点から言って帽子とズボン、コットンとレザーと質自体に差があり、どだい数が足りなかったので全員には行き渡らなかった。

少なきを得た一六六二五番が「いくら相手が自分でも、もらう立場となれば遠慮しますよ」と、多くを得た一六六八七番が「裸同然の彼らには少し負い目を感じました」と言う通り、これによって大輔氏間で精神的な貸し借り、罪悪感といった意識のずれが生じた。両者の立場は実のところ不均衡で、前者の恩義のほうがより意識的に強かったことがあとで明らかになっている。唯一の例外は以前運搬係に殴られた一六五三六番で、軽傷で済んだとはいえ完治するまでその他大勢から厚遇された。

この意識のずれに一役買ったのが、対策本部が割り振った番号札だ。「外すこともできましたが、自分同士の団体生活ではつけていたほうが何かと便利だと思って、ずっと首から提げていたんです」とは一六七二八番の弁。「しかし、何とも皮肉なものですね。はじめは囚人のようでいやだと思っていた番号のおかげで、大勢の自分の中から特定の自分を認識できるようになったし、最終的には利用価値まで見出すようになったんですから」

その後も物資は継続的に供給され、物質的格差は刻々と蓄積し、春先には日々の行動でもその影響が散見されるようになった。トイレや食料、物資配給の優先、そこから生じる時間、機会損失、それに衣服の差異による消化不良、下痢、風邪といった体調不良である。

集団的な振る舞いにも判然たる変化が現れ始めた。大方の集団活動はアイコンタクト、暗黙の了解で成り立っていたが、新たな余興決め、ジオラマ製作のテーマ決めなど選択肢が無数にある場合、大輔氏自身が決めきれない場合は、自問自答的に一同で協議するのがこの頃の慣わしになっていた。言わずもがな、思考、嗜好、志向が同一なため、この協議は言語化による思惑の明確化、意志決定の円滑化が狙いである。そしてこの折、更なる決定プロセスの効率化、迅速化に向けて一名の大輔氏が代表し、最終決定者、進行役を務めることになったのだ。

この「疑似リーダー」は概して部屋ごとに一名が選出され、環境、食料、衣服面で多くを得た大輔氏が務める場合が比較的多かった。彼らはより健康な肉体、明晰な思考力を兼ね備えているとほかから看做され、それに先の恩義も相俟って優先的に推薦されたのである。

「実際は、多くの矛盾を孕んだリーダーです」と一六六九九番は語る。「私を取り仕切る私。まったく同じ能力なのに、ただ少し条件が違うだけで、上に立つことができるという不条理。でも、そんなに悪い気がしなかったというのもまた事実です。誰か一人が取り仕切ったほうが効率的でしたし、なにせリーダーも私自身なので、私が私自身を邪険に扱うわけがないし、決して威張り散らしたりしませんでしたから」

　リーダーが疑似である所以は、意識の上ではほかと対等な立場にあり、その役割も意志決定プロセスに限定されていた点にある。だがそうとは言っても、救援物資の数に限りがあった場合、労働に見合った対価という大輔氏ならではの配慮、フェアプレイ精神が働き、物資は優先的にリーダーに回された。

　疑似リーダーの設立に一定の成功を見た大輔氏は、便宜的にヒエラルキー化を推し進め、食料調達、掃除、洗濯、ジオラマ製作、朗読会などの分野にも一同の集合的意志として疑似副リーダーを設けた。同位には多くを得た大輔氏のほか視覚的、私的な番号の大輔氏が「重要性も低く、ただ分かりやすいだけでも十分だから」という理由で就いている。たとえば一目で識別可能な一一一一、二二二二、三三三三、一二三四五、大輔氏がすぐにそれと認識できるような八二六（良介君の誕生日）、一一一四（小代子夫人の誕生日）、七八三七（自宅電話番号の下四桁）、一一三五八（キャッシュカードの下五桁）などだ。

　ヒエラルキー化は各施設でほぼ同時期に確認されている。大輔氏もこの頃には『同一性シンクロニシティ』を少なくとも部分的に意識するようになっていた。

「宇宙にはほかにも知的生命体がいるかっていうあの疑問に対する答えと一緒です。つまり、どうして私たちだけが特別な存在だって言い切れるのかってことですね。別の部屋も同じような変貌を遂げているわけですから多かれ少なかれ、遅かれ早かれ、ほかの施設も似たり寄ったりであることは何となく想像がつきました」

そう話す一六五〇四番しかり、複数の大輔氏が『同一性シンクロニシティ』を「自己的真理」、「自己収束線」、「東京行き」などと呼んでいる。「東京行き」は、普通、快速、快速急行、特急、新幹線でも、どの出発点でも、別経路を辿っても、しまいには同じ終着地に到るという発想に由来している。

疑似リーダーの権力範囲は彼の所属する部屋に限定されていたが、この限定性およびヒエラルキーは各部屋の連帯感、結束の強化を促し、延いては集団意識の芽生え、部屋間の他者化、競争を引き起こした。

一例に、山菜(さんさい)採取がある。春先になると敷地内には緑が戻り、種々の花や実が成った。大輔氏は日々、『ポケット植物図鑑』や『0円の献立』を手に、散歩がてら花を摘(つ)んで部屋に飾ったり着色料として絵に用いたり、食用の山菜、果実で、味気ない食事にささやかな彩(いろど)りを添えたりしていた。しかし問題は、土地によって採取可能な草花の種類、量にばらつきがあり、大輔氏全員の需要を満たせなかったことだ。全体で収穫し、分配することも提案されたが、種類によっては不可分で、どうしても偏りが生じてしまう。そこで余興も兼ね、チェス、将棋、囲碁、暗算、速記、リレー、柔道といった健全な争いを通じ、救援物資、食料コンテナの優先権を含め、均等に線引きした各区画の優先選択権を決めることにしたのである。

各部屋は対戦形式に応じてより健康で明晰な大輔氏を選び、集中的に訓練を積ませた。病院の共同広間で開かれた対抗戦にはその他大勢の大輔氏も詰め掛け、大きな声援を送った。勝負は常に接戦にもつれ込み、勝敗は賽を振るようにしてほぼ無作為に決まった。

「ほかの私を背負ったおかげで、より真剣な姿勢で打ち込めました」と囲碁の代表選手に選出された一六七二六番は、当時の対戦を楽しげに振り返っている。「力量は全くの互角。私が一〇手先を読めば、相手もまた一〇手先を読む。そうなると、一一手先を読まなければならないわけですが、相手もまた同じ筋を読む。だから一二、一三、一四手先と、局面は自然とより高次に導かれていく。あれは一人で石を並べるのとも、他人と打つのともまったく異なる感覚でした。ほかの私を代表していましたし、負けることは許されないんですが、どこかで負けてみたいと思っている節もあったんです。たぶん、自分が自分を乗り越えるその瞬間を、他者の視点で目撃してみたかったんでしょう」

「傍から観ているだけでも十分熱狂しましたよ」と主に観戦に回っていた一六五二七番も述べている。「私でも何か一つのことに打ち込めばここまでできるんだっていう、自分の可能性をいろいろに見られましたから。要はちょっとしたイフの世界ですよね。もし囲碁の棋士になっていたら、もし柔道に打ち込んでいたらっていう、あったかもしれない時間軸を疑似体験できたわけです」

どの大輔氏も、非暴力の競争は同一人物だからこそ為せた業だと述べている。仮に他人同士が同施設内に幽閉され、わずかな資源しか提供されなかったとしたら、おそらくはそれを巡って血腥い抗争が勃発していただろう。

翻って大輔氏の場合、自己が自己を痛め付けるのは自傷行為でしかなく、彼らはもうそこまで自暴自棄に陥っていなかった。

「私たちの行動を暗に支配していたのは、おそらく冷ややかな諦念です」と一六五九〇番は言う。「もう昔には戻れないと悟っていました。ここから出たところで、あるいは一人に戻れたところで、世間からは後ろ指を差されるでしょう。妻や子供も以前のように接してくれないだろうし、こちらも接することはできないでしょう。だから少しでも、今一瞬を精一杯楽しむように心掛けていたんです」

実際にこの時分には、F社会保険労務士事務所が解雇の意思表示を告げる文面を正式に発行し、これに各施設の大輔氏が全体で話し合った上で合意して、自己都合退職という形が取られている。しかし大輔氏はその憂いや動揺を微塵も垣間見せることなく、むしろなおいっそう快活にのびのびと振る舞うようになって、部屋別の対抗戦ばかりでなく、定期的に合唱コンクールを開いて小中高の頃の合唱曲をそれぞれ披露し、芸術祭では不在の騎士像や、実在性と不在性、同時性と同一性といった抽象的なオブジェを製作した。ほかの施設に収容された大輔氏の生活風景のジオラマも想像で作り上げているが、何らかの『同一性シンクロニシティ』的要素が働いたのかそれとも単なる偶然か、そのいくつかは実際の一部施設の様子を詳細まで的確に再現していた。

自身にまつわる未来についても小説仕立てに書き下ろしており、そのあらすじは自身の現状とは好対照に一切の垣根なく自由に、無算に分岐している。

ある筋書きで、大輔氏は生涯施設に留まる。老いて体が利かなくなると、行動範囲も狭まり、四〇〇人全員が一部屋に密集して生活する。汗と垢にまみれた綿山の中で手足が幾重にも絡み合い、伸び続けた白い体毛で結ばれ、やがて一個の巨大な肉塊となって朽ちていく。

別の筋書きでは『同一性シンクロニシティ』を介して各施設が一斉蜂起する。脱走後、各地でファミリーレストランの占拠、公共交通機関の私有化、義賊の真似事を諧謔的に繰り返す。彼らを認めない世間に対し、「吉田同名」なる反社会組織を結成してテロ行為に至るか、市民権獲得に向けた巨大抗議デモを展開する。

脱走後、各地に散開し、増殖して、やがて日本中に遍在する。『まっぷたつの子爵』のように善悪に分かれ、そこから更に善は種々の美徳に、悪は種々の煩悩に細分化する。煩悩は私怨から知人友人、同僚、上司を襲い、目に入る女性を片端から強姦。最後、美徳と煩悩が衝突し、転じてゼロに帰る。

これらの筋書きは各自が単独で執筆していたのだが、あとで照らし合わせてみればまた別の大輔氏も同様の筋書きを書いており、結果として全体で一つのテーマを書き、細部を推敲するという集団執筆の様相を呈している。

6　主客一致

収容から約一年。

敷地内の木々が青葉を装うなか、再び薄着姿になった大輔氏は物資の優先権に関する取り決めを定期的に解消し、その都度何かしらの試合を開いて決め直す毎日に明け暮れていた。

長期的に見れば勝敗数は各部屋ともそこまで大差ないが、やはり条件の違いによるわずかなオッズが介在し、短期的には勝敗数が極端に偏ることもあった。だが全員が同意したルールに則っていたので勝者も、敗者でさえも、優先権の一極化などから生じた不平等な資源分配を妥当と看做していた。いやそれどころかこの頃には取り決めは二の次、三の次になり、誰もが競争という名の娯楽に血道(ちみち)を上げるようになっていた。

「初めて時間があることに感謝しました」と一六八二一番は言う。「文字通りの私見、ともすれば単なる自画自賛でしかありませんが、単に腕が上がっただけでなく、チェスだとか将棋だとかのルールをいくつか取り入れて自分たちだけの新しいボードゲームを開発できましたし、スポーツのおかげで身体(からだ)はむしろ逞(たくま)しくなりました。それだけでも十分喜ばしかったんですが、回を重ねるごとに互いの技量が上がっていることを確認できたりして、損得勘定も抜きに白熱しました……。そういった意味では、閉じ込められたのも良かったのかもしれません。質はともかく、好きなことを好きなだけやれる環境を初めて手に入れられたわけですから」

　多くの物資、食料を手にした部屋は目に見えて健康面、物理面で優位な立場に立ち、時に少なきを得た部屋に施しを与えた。後者は恩義を蓄積し、部屋間でも階層化が進んだ。

　だがこれは先の個体間と同じく、意識上の話であって支配的な従属関係ではない。少なくとも下層の大輔氏は、劣等感をほとんど覚えていなかった。「重ね重ねですが、相手も私なんです」という一六七六一番の言葉通り、下層は上層に対して自己投影を超越した、明々白白たる自己を見ていた。逆もまた同様である。

　晩夏に差し掛かった頃には、専門化に伴う個性化が浮き彫りになってきている。疑似リーダーの大輔氏はより多弁で、振る舞いも仰々しかった。チェスに特化した大輔氏はより寡黙で、思慮深かった。スポーツ関係、肉体労働に従事する者はより逞しく、知的活動に勤しむ者はより細身で色白だった。ほかの部屋との外交を務める疑似副リーダーはジャケットやスーツなど小綺麗な身なり、対して末端は髪や髭もぼさぼさ、防寒にしか気をつかっていないようなだらしない重ね着をしていた。

　人相もめいめいでわずかに印象が異なり、口角の釣り上がった者もいれば、眼光鋭い者もおり、伏し目がちになった者もいれば、眉をひそめる癖の付いた者もいた。だがこれらの違いは、外部から観察していた学者はゆめゆめ気付けなかった、大輔氏同士にしか見分けられない微細なものである。

現に一六七二〇番は、見知った同部屋の大輔氏程度であれば番号札を見なくとも認識できるようになったと証言している。「欧米人には画一的に見える東アジア人も、東アジア人の目で見れば日本人、韓国人、中国人とさまざまだということです」
不要になったのは何も番号だけではない。大輔氏が採用した吉田大輔語に関しても、日常の集団行動において自明の理である単語、食べる、トイレ、練習、寝る、掃除、作る、試合などは次第に使われなくなり、すたれ、一単語でも一音、一音がこそげ落とされていった。過去、未来時制も同様の理由から消え失せ、すべての会話は単語、あるいは現在時制で行われた。

このプロセスの果て、声なくして一律的に行動し、アイコンタクトなくして意思疎通を図れるようになった。口を開かずとも強い絆を確と感じ、内外で遣り取りができるようになった（あるいはしたつもりになった）。声を出す機会はもはや、まだ声が出るかという稚児めいた確認作業ぐらいだった。

やはりこの精神感応も『同一性シンクロニシティ』的に全施設で確認されており、研究者は任意抽出した六〇〇名（一施設あたり一〇名前後）の大輔氏に対し、トランプを用いた精神感応テストを実施している。ここで同施設内の大輔氏は九〇パーセント以上という驚異の正答率を叩き出した。別々の施設で暮らしていた大輔氏間でも、二〇パーセントほど正答率が下がったものの精神感応が成立することが判明している。

一六八〇七番によれば「コツは相手の心を読むのではなく、自分自身に問いかけること」

なのだという。「もし私だったらどのトランプを選ぶだろうか」と。

精神感応は対面時に限らず、離れていても誰か一人がたとえばジオラマ製作で材料が足りないと心のうちに叫べば、決まってその他大勢のうち誰かしらが持ってきてくれた。ともすればそれは似通(にかよ)った思考を持つ大輔氏同士の偶然の産物なのかもしれないが、客観的に見れば、ある大輔氏がある大輔氏と精神感応したのと変わりなかった。

「己を知るというのは、まず客体としての私を知り、主体としての私を知る、それに尽きます。少なくとも私を含め、私たち自身を理解する上ではそうだったんです」

一六七八二番は団結心、独自の言語発達、勝負事での読み合い、自己の客観化、他者の主観化が精神感応の成立を助長したと踏んでいる。そして自他の主客化という二項対立は、実は共存可能かつ相補的であり、「他者化するにつれ、不思議と自己にも接近していく」と。

この時期、監視カメラに映っているのは実に珍妙な光景だ。黙々とダンスを踊り、将棋を指して、コスモスを摘む大輔氏の群。

斯様な無声劇の奥底では、言(こと)の大河が絶え間なく流れている。

二度目の春、静謐(せいひつ)な日々を送る一九三二四名の大輔氏のもとに、小代子夫人から一九三二四通の手紙が届く。そこには心苦しい毎日を過ごしていたこと、実家に戻ったこと、離婚を望むことが簡潔につづられていた。

大輔氏は家族を慮(おもんぱか)り、小説のなかでもその生活を思い描いていた。

大量発生した吉田大輔の伴侶として、小代子夫人は偏見の目にさらされた。取材陣が気まぐれにやって来てノイローゼになった。近隣住民はあることないことを言いふらし、一家は嘲笑(ちょうしょう)の的になった。実家に戻り、仕事も転々としたが、いつかは大量発生した男性の妻であることが発覚した。良介君も学校に行けなくなり、家に籠(こ)もる日々が続いた。吉田の名を捨て、無関係の他人としてやり直したい。良介君を思えばなおさら。

それは多少なりとも的中していた。

「だけど」と一六八九三番は長い沈黙ののち、声を絞り出すようにして言う。「いざそのときが来てみると、やはり切ないものがありましたね。せめてもう一度だけ、息子の顔は見たかった」

精神感応など介さずとも、互いの表情を一瞥(いちべつ)しただけで皆が皆、心密かに同意したことを悟る。各施設の代表者一名がその旨をコンテナの運搬係に伝え、全体の意志として九六六二番が押印(おういん)した離婚届が小代子夫人のもとに郵送される。

その日、大輔氏は一切の集団活動を中止し、綿の山に潜る。何度も寝返りを打ち、そのたびに誰か別の自分の四肢に当たっては、また寝返りを打つ。室内には結露しそうなほど濃厚な静寂が満ちている。

そのうち一人、また一人とおぼつかない足取りでそぞろ部屋から出ていく。同じようにして偶然廊下に出てきた別部屋、別階層の大輔氏。自分よりも心なし汚い／綺麗な身なりで、逞しく／頼りなく、賢そう／愚かそうな自分。

だけど瞬間、目と目が合って、その瞳の深さに紛れもない今現在の自分自身を見出す。
そして二人、互いに声を掛けるでもなくともに外に出て、深い茂みに分け入り、交わる。
峻厳に、獰猛に。悲喜こもごもの咆哮を上げながら。

一六五二九番は離婚が引き金になったことを認めつつも、その実、以前から自分と交わってみたいという気持ちがどこかにあったと告白している。「モラル上のためらいがあったのも確かですが、何かきっかけさえあればそのまま一線を越えて、どこまでも行ってしまえるような予感はありました」

現に四肢の交錯は止まらない。

茂みを選択したのはなけなしの羞恥心からだったが、結局は皆が一斉に行為に及んだので隠す必要もなくなり、舞台は綿の山に移される。また別の自分を求めて暗黙裏に部屋から部屋へとのべつ移動し、汲めど尽きせぬ自己愛に耽溺する。それでいて日中は対抗戦や芸術祭など部屋別の集団行動も継続したので、幾度となく交わった自身と対立し、対立した自身と肉体を重ね合う。

やがて施設内では霞がかかったようにありとあらゆる境界線が薄らいでゆく。そこにはもう主体も、客体もない。階層、優劣、敵味方、性別もあって、ない。

「私たちも混乱していた」と大輔氏は口々に言う。「果たしてそれが混乱なのかも分からないほどに」「ただ存在のリズムに揺られながら」「幾重にも枝分かれした私がまた私に、私に、私に……」「幾重にも折り重なった私がまた私に、私に、私に……」「でも思いがけず、家に帰ってきたように安らいで」「陽だまりの芝生に寝転んでいるみたいに満たされて」「それはきっと、心のどこかで絶えず探し求めていたもの」「何もなくなって、誰もいなくなって、ようやく見つけたもの」「喜びも悲しみも、ありのまま噛み締めることのできる唯一無二の人」「私というあなた」「あなたという私」「だから吼えた」「放ち、受け止めた」「余すことなく自分のすべてを」
混淆の極みで大輔氏が辿り着いたのは肉体の共鳴、精神の共鳴。彼らは只一点に収斂し、自他の円環を巡りめぐる。

ずっと閉じ込められていたい、

私・僕・俺だけの世界に、と。

7　継続

以上、吉田大輔氏の私史を辿ったのは一一〇〇番である。

私たちは政府および関係機関の要請を受け、別途、独立した特別班として収容当初より同氏の考察を行ってきた。個々、集団の振る舞いに解釈を与え、研究者にも分かるよう吉田大輔語の翻訳に貢献した。監視カメラを通じたモニタリングのみならず、中途より大輔氏が番号無関係に入り交じり始めたのを皮切りに各施設内に単独潜入し、群に紛れて、彼らの声をじかに聞き出し、身をもって理解にも努めた。本稿はその密偵報告を客観的に、しかしあくまで主観的にまとめ直した概略である。

同一体として、思うことは多々ある。

私たちも当局の観察下にあることは確かだが、密偵の見返りとしてある程度の自由、衣食住が保証されており、施設内の狭苦しい日々を思えばやはり罪悪感は禁じ得ない。

世間一般と大輔氏の意識の乖離にはただ驚くばかりで、収容からはや三年近くが経過した現在、一人間の大量発生という未曾有の事態にもかかわらず、既に同件は過去のものとなりつつある。人権団体はとうに鳴りをひそめ、当然と言われればそれまでだが、大輔氏のことを気に留めている者はもはや無きに等しい。世間の関心が薄れてきた現状は、捉えようによっては大輔氏の解放に打って付けの頃合いだとは思うのだが、政府は大量発生の原因究明と解決策に関する目ぼしい成果をいまだあげられておらず、更なる増殖を恐れてか決断に踏み切れないでいる。

こうしたなか、大輔氏は群として言わば飽和状態にあり、どの施設でも混淆の極致に達している。今後果たして「完全なる他者に向かって散逸していく」のか、「自己平衡状態に落ち着く」のか、はたまた「このまま自他とも交差しない漸近線に収束する」のか、私たちの間でもさまざまに意見が分かれている。どの終局が大輔氏にとり最善なのかも定かでない。

それでも私たちには、私に最も知悉しているという自負がある。

当面は大輔氏の考察、密偵を続けるが、当局がこれ以上大輔氏の解放に二の足を踏むようであれば、本稿をメディアに送付するなり、もっと直接的な手段に訴えるなり、何らかの形で解放を働き掛けていく所存だ。大輔氏自身が集団生活の継続を望むにしても、施設に留まっている必要はない。たとえまた増殖したところで、誰に危害を加えるわけでもない。いやむしろ可能なら、誰とも関わりたくない。私たちはいま、私たちだけで自己完結し、私たちだけで生きていくことを渇望(かつぼう)しているのだ。

この旨については前回の潜入調査の際、二重密偵として各大輔氏に通達済みである。いずれの場合も、あとは大輔氏が無算に組み立てたあらすじのうちどれをなぞるか、その一点に尽きる。

半分世界

Cloven World

1

静穏な森野町がざわつき始めたのは、六丁目八四番地に半分の家が建っているという噂が流れ出した梅雨明け頃。

その家はドールハウスさながら、道路側のおよそ前半分が綺麗さっぱり消失していた。敷地面積は一〇〇坪ほど、露出している各部屋の広さは一〇畳以上あり、手前に覗く鉄筋コンクリートの基礎や芝生の庭にはたくさんの瓦礫が散在している。外壁は煉瓦タイル張り、屋根は方形の黒瓦で、隣家と接したコンクリート塀の脇にはツバキ、ハナカイドウ、フェイジョアが植わっている。正面右奥の玄関や黒塗りの鉄門は無傷のまま残され、赤い郵便受けの隣にはFUJIWARAという表札が掛かっている。

妙なことに家が崩落したような音を聞いた者はおらず、ある朝、近隣住民が通りかかってみれば既に半分に割れており、藤原さん一家はそこで平然とコーヒーを飲み、ワイドショーを観て、歯を磨いていたという。

インターネット上でもちょっとした話題になり、マスコミも数社駆けつけてきたが、藤原さん一家がまったく相手にしないでいるとすぐ下火になり、あとは近隣住民の好奇な眼差しだけが日に日に増えていった。

藤原家の前は目に見えて通行量が増加し、真向かいに位置するここ森野グリーンテラス二〇三号室にも、大勢の友人知人がオペラグラス、カメラ、酒瓶片手に集まりだした。いかなる欠陥住宅であればこんな事態になるのかと、半分になった原因を肴に酒盛りを始め、露な家に住み続ける奇妙な一家についても、吝嗇家で住宅保険に加入していなかった、よそに仮住まいするだけの蓄えもない、家と一緒に心も崩壊したと、揶揄、冗談交じりの憶測に花を咲かせた。どうやらお隣の二〇二号室、二〇四号室も事情は大同小異のようで、薄い壁越しに賑々しい物音やら笑い声やらが伝わってくる。

もろもろの謎を解き明かす手っ取り早い手段は藤原さん一家に直接尋ねることだが、自分たちから覗き見を認めるような真似は御免蒙りたいし、また多くがそれによって藤原家を拝めなくなる可能性を懸念して二の足を踏んでいる。本人が駄目なら誰か別の人に訊くほかないが、藤原家は築二〇年前後とそれ相応に古いのに、近所付き合いはなきに等しく、家が半分に割れるまで彼らの存在をすっかり忘れていた住民も少なくない。

となれば残る手立ては観察に基づく推論ぐらいだが、約一五メートル先の内部は漏電、漏水、ガス漏れの形跡もなく、唯一見て取れるのは家族四人の安穏たる日常ぐらいなのである。

2

ケンスケ氏。

約一七〇センチメートルの中肉中背でやや胴長。白髪交じりの七三分けで、黒縁眼鏡の奥に覗く二重のどんぐりまなこ、鼻は低いものの筋が通っている。唇はあるのか分からないほど色味が薄く、それがかえって存在感を引き立たせている。美男ではないが、醜男でもない。若くもなく、老いてもいない。要するに、満員電車に乗れば周囲と見分けが付かなくなってしまう類の人。

ネット検索で判明したところでは、都内の翻訳プロダクションで副社長を務めており、取締役紹介欄には紺の背広に赤いネクタイを締めた顔写真と共に、メキシコ・グアダラハラの大学で二年間の語学留学を経たあと、スペイン・サラマンカの大学院で三年間スペイン文学史を研究した旨が記載されている。

かような経歴を裏付けるように、二階の右端に覗く書斎の正面と右の壁には、八段から成る巨大な金属製の本棚が五架並んでいる。和書、英書、西書が犇き合い、本の上端と棚のわずかな隙間まで詰め込まれ、書棚の前にも本の山が一〇ほど積み上がっている。

書斎という呼称は、本棚や本の山をはじめ、部屋のほぼ中央に位置した横幅二メートルほどの古めかしい書斎机や赤い革張りの肘掛け椅子から、わたしたちが勝手にそう冠しているだけで、実のところケンスケ氏はこの部屋で寝起きしている。

左の壁際には、シーツの乱れた万年床と鳶色の洋服箪笥。スーツ掛けに吊り下がった背広は紺か、同色に極細の白線の入ったストライプで統一されており、ワイシャツはすべて無地の白。そのほか目に付くのは扇風機、アイロン、アイロンボードぐらい。

かたや書斎机の上は、一五インチほどの黒いノートパソコン、コーヒーメーカー、硝子の透明な水差し、大ぶりのマグカップ、ボール形の間接照明、何冊もの開いたままの本、書類の束、和紙製のペン立て、ビタミン剤容器……と、小人だったらさぞ冒険しがいのありそうな物の密林と化している。

3

ユカさん。

身長一六〇センチ弱、マロンブラウンの前髪は中分け、後ろ髪は肩に掛かるぐらいの長さ。高倍率の双眼鏡で覗くと、目尻の小じわやほうれい線が多少目立つものの、体型はさして崩れていない。四〇代前半と思われるが、毎日欠かさずメイクをしており、両目はアザミのようにぱっちり花開き、頬には薄いピンクのチークが入って、肉眼で遠望する分には二〇代後半にも見える。

　書斎の左隣にあるユカさんの部屋で一際目を引くのは、天井から鎖で吊り下げられた三つの鳥かご。ジュウシマツ、白文鳥、カナリアが止まり木を跳ね、餌を突っつき、鉄格子に両肢で飛びつく。一羽が甲高い鳴き声を上げればほかも一斉にさえずり、静かな昼下がりには、あたり一帯が鳥かごのなかに閉じ込められたような錯覚に陥る。

　そのなかで唯一、空色の長い尾が美しいルリコンゴウインコは、太い足首とベッドの脚が白のリードで結ばれているだけで、ベッドフレームからテレビの縁、ほかの鳥たちを嘲笑うように鳥かごの上を野放図に飛び回っている。ユカさんから手渡しでナッツをもらい、扉の脇に敷かれた新聞紙の上で糞をして、「YOU FUCKING FUCK」、「THATS EPIC, DUDE」などと叫び、「トゥートゥルットゥットゥットゥットゥー！」と何かのメロディも歌う。

　家具のおおよそは白で統一されており、半分になったビルトインクローゼットに掛かった白いミンクのショートコートをはじめ、ユカさん自身も白系の衣類を着る傾向がある。左の壁際に位置したレースのシーツが掛かったベッドがクイーンサイズであることから、かつてこの部屋は夫婦の寝室だったとわたしたちは推察している。ドアには花輪のアップリケキルト、壁にはカレンダーと掛け時計、ベラスケス『鏡のヴィーナス』。女神の肌白さは純白の部屋と見事に調和している。

　ユカさんは毎日のように紅茶の入った白のティーカップと洋菓子を載せた銀のトレイを用意し、ワイヤレスヘッドホンを装着してベッドの縁にもたれ掛かり、三〇インチほどの液晶テレビで映画を鑑賞する。ルリコンゴウインコが勝手気ままに肩から膝へ飛び乗るさなか、左手で粘着カーペットクリーナーを転がしつつ右手で花火柄の扇子をあおぎ、気まぐれにお菓子の欠片をインコにあげる。インコは喜びのあまりか、よくレンタルショップのバッグに頭を突っ込んで「FUCKING AWESOME, MAN」と快哉を叫んでいる。

4

カズアキくん。

数少ない近隣住民の証言に基づくに、中学二年生の時分に登校拒否を始め、以来約五年ものあいだ引き籠もり続けてきたらしい。

白日の下で見るカズアキくんは、予想していたよりもずっと小綺麗であった。髪の毛は短く切り調えられているし、服装もデザインTシャツ、ポンチョ風の薄手の羽織りもの、七分丈のチノパンと多種多様。背丈は一八〇センチ台まで伸び、肌は雪のように白いが肉体は引き締まっている。物腰柔らかそうな中性的な顔立ちと相俟ってちょっとした二枚目に見えなくもない。

ユカさんの左隣に位置した彼の部屋も大方の予想に反し、デスクトップパソコン、光沢美しい小ぶりの木製ハープ、オレンジ色の二人掛けカウチ、ライムグリーンの洋服箪笥、白い木製ラックがあるだけで、ポップカラーが目を引くシンプルで華やかな内観となっている。部屋には寝具がなく、カズアキくんは風変わりにも椅子に座ったままパソコンデスクに突っ伏すか、カウチで丸まって眠りに就く。壁にはリタ・ヘイワースがコーラ瓶片手に微笑むポスターのほか『ギルダ』、『上海から来た女』、『コンドル』、それに『雨に唄えば』、『ローマの休日』などの映画ポスターが貼られ、ラックの一、二段目には音楽ＣＤ、三、四段目には画集、小説がずらりと並んでいる。

唯一わたしたちの予想と合致していたのは、カズアキくんが明けても暮れてもパソコンと対峙していること。

ただし、スクリーンはいつも大きな背中の陰になっており、何をしているかまでは摑めず、専ら議論の的になっている。彼が席を立つときに覗くスクリーンは必ず尻を突き出したリタ・ヘイワースの壁紙に切り替わっており、一分ほどでスクリーンセーバーが始まって、リタを筆頭に、オードリー・ヘップバーン、フェイ・ダナウェイ、ラナ・ターナーが次々に乱舞する。

5

サヤカちゃん。

約一七〇センチの高身長で、秋の気配すら漂わせる熟れた豊満な胸に、悩ましく優美な曲線に富んだ四肢。父親譲りの愛らしいどんぐりまなこと母親譲りのぴんと張った強気なまつげ、山容のごとく聳える高い鼻。凜とした眉の上で切り揃えられた艶やかな黒髪が、細面を額縁のように彩っている。

男性陣からの人気が一際高いのがこのサヤカちゃんで、既に〈メレンゲの日々〉なる彼女のブログも発見されている。

誕生日一月二八日、血液型O型、趣味はスイーツ巡り、好きな食べものはカカオ七五―八〇パーセントのチョコレート、好きなミュージシャンはメロディーズ・エコー・チャンバー、好きな映画は『ビフォア・サンライズ』。都内の国立大学に通う三年生で、演劇サークルに所属し、複数の舞台でヒロインも演じている。ブログにはタイトル通りのスイーツ関連の写真や感想のほか、夏休みを利用した東南アジアへの小旅行の様子も写真付きでアップされている。しかし残念なことに、約一年前から更新されておらず、「家が半分になりました」という記事は見当たらない。

さらに残念なことに、サヤカちゃんはほとんど家にいない。たまに帰ってきても、二階の左端に位置した、深緑色の分厚い天鵞絨のカーテンが閉め切られた自室に籠もっているのか姿も見えない。カーテンは彼女の留守中も二四時間閉められたまま、半分になったビルトインクローゼットの断面にも隙間なくベニヤ板がはめられている。

その見目麗しき姿が顕現する瞬間を見逃すまいと、二〇三号室ではひねもす数多の男が窓に張り付き、天鵞絨のカーテンのしわ一つにも慕情を寄せ、ため息ついでにカーテンに向かってふぅっと息を吹いたり、扇風機で風を送ったりしている。そしてひとたびサヤカちゃんが大きなバーキンバッグ、フレアのミニスカートにノースリーブのブラウスといったコケティッシュな装いで現れれば、プレミア試写会場さながら盛大にシャッターが焚かれ、ビデオカメラが回り始める。

6

かくて平穏に移ろいゆく藤原家の日常をよそに、ここ二〇三号室はいつしか絶好の観察所として広く知れ渡り、日々、わたしの友人知人が呼んだ友人知人が呼んだ友人知人までもが入れ替わり立ち替わり来訪するようになっている。ただし2DKの室内では窓際のスペースにも限りがあり、特に週末は数少ない特等席を巡ってじゃんけんやくじ引きが行われるなど、終始十人十色の人いきれで溢れかえっている。

その半数は物見遊山の見物客で、窓外に覗く半分の家を見ながらうなり声を上げ、いぶかり、持論を滔々と語り、目が合ったとはしゃいでは顔を引っ込め、またおそるおそる覗き見している。そのほか、人の気などお構いなしに寝袋やタオルケットを持ち込み、夜通し暗視スコープを覗く熱心なニートもいれば、夏休みの自由研究なのか子供に観察絵日記を付けさせている母親もいる。母親は母親でその他の主婦らと車座になり、きゃっきゃと黄色い笑い声を上げながら、カズアキくんの似顔絵の入ったうちわ作りに夢中になっている。これを機に、藤原さん一家を少しでも綺麗に撮ろうとカメラやビデオカメラを新しく購入したり、買い換えたりした者も数知れず、近所の荒井電器店などは過去最高の週間売上高を記録したそうだ。

だがその一方で、ユカさんがゴミ捨て場に出したゴミ袋を漁ろうとしたり、郵便物を盗もうとしたり、カズアキくんのパソコンにクラッキングを仕掛けようとしたりする者もおり、彼らは結局、すんでのところでその他大勢に取り押さえられ、糾弾と袋叩きに遭った挙げ句わたしの部屋から追放された。子供もその例に漏れず、藤原家に石を投げ入れようとした男の子などは電光石火の早業で未然に取り押さえられ、少し離れた道ばたまで連行されるとこっぴどく叱られた。観察者は観察者なりの観察マナーとやらを拵えており、それがまた彼らを妙な連帯感で固く結び付けているようだ。

なんでもこの界隈では、こんなふうに私生活の一端、ないしはそのほとんどをなげうってまでして藤原家を観察する熱狂的な人々のことを多少の嘲り、多少の親しみを込めてフジワラーと呼んでいるらしい。

個人的には愛情表現も意見交換も結構だし、ついでにビールや菓子折を持参してくれるのはありがたいが、仕事机は藤原家の見取り図や一家のスケジュール表やら撮影機材やらで埋め尽くされているし、布団を敷くスペースもなく、玄関扉を開け閉めするドアマンに成り下がっているのはどうにも遣り切れない。口で言っても聞かないし、せめて入場料ぐらい取ろうか迷っているところだ。

7

階下のリビングキッチンは、半分になってもなお物の宝庫である。正面奥の壁には飾り棚があり、ブリキのビスケットボックス、カットグラスのデカンター、CANCUNの赤文字が入ったショットグラス、白いラクダの像、いろいろな種類の陶磁器、青磁の大壺、青銅の細工物が、左の壁の一角にはたくさんの色鮮やかな小皿が等間隔に飾られている。

しかし、どんなに物があっても賑わいはない。家族三人はほとんど寄りつかず、唯一ユカさんだけがベージュ色のL字形のソファで雑誌を読み、自室のものより大きい画面でテレビ番組や映画を観て、半ば第二の私室と化している。

リビング部分とキッチン部分は細長い調理台で仕切られており、電気コンロ、両開きツードア型の冷蔵庫、湯沸かしポットと、ユカさんの主戦場だからか心なし白が目に付く。白いメタルラックには彼女がしこたま買い込んでくる菓子パン、駄菓子、インスタントヌードル、レトルト食品などが常時山積みされている。これを皆、好きなときに、好きなだけ取っていく。

ユカさんは夕食時だけ自炊する。レパートリーは肉じゃが、鮭のホイル焼き、キムチ炒飯、アスパラとベーコンのカルボナーラ、ラタトゥイユと様々だが、揚げ物類はあまり調理しない。出来上がりを食すのは自分だけで、残りはタッパーに詰められ、冷蔵庫、冷凍庫にしまわれる。そしてラックの菓子パンと同じく、各自がその後、好きなときにレンジで温め直し、一人で食事を取る。だいたいにおいてユカさんはテレビを観ながら、ケンスケ氏は大儀そうに食器から目を離さず規則正しいリズムで咀嚼しながら、サヤカちゃんはラメのシールがべたべた貼られたスマホをいじりながら。カズアキくんは食事をタッパーのままトレイに載せ自室に戻り、パソコンデスクで食べる。

リビングの左隣にある洗面所と浴室には青いビニールカーテンが取り付けられており、シャワー時などには完全に閉め切られてしまう。さらに夜一〇時頃になると、ユカさんは自室に取り付けてある白い厚手のカーテンも引いてしまう。

この光景を目にするたび男性フジワラーは、こんなにも家のなかを晒け出しておいて肝心なときだけカーテンを閉めるのは理不尽だと口惜しそうに嘆き、そのかたわらでは女性フジワラーが、ケンスケ氏やカズアキくんはどうして自室にカーテンを引かないのかと、変に冷静な口調で囁き合っていたりもする。

8

ケンスケ氏は毎朝七時四〇分、鳥の鳴き声が家の内から外から響くなか、左手首に銀の腕時計を付け、黒革財布とハンカチをスーツズボンのポケットに入れ、黒革の通勤鞄を持って書斎を後にする。

ユカさんも毎日のように近所のスーパーやレンタルビデオショップに足繁く通っているほか、火曜、木曜日には必ずファンデーションを何層にも塗って午前九時前に家を出る。学生フジワラーの一人が尾行してみたところ、彼女は三駅離れた駅前の英会話教室に入っていった。はじめは単に英語を習っているだけと思っていたが、敢然と英会話教室の扉を叩いてみると、受付で出迎えたのはほかでもない水色の制服を着たユカさんその人であったという。

一方、カズアキくんは、日光が部屋いっぱいに広がる九時前後に自然と目を覚まし、強張った関節を解きほぐすようにしてゆっくりと大きく背伸びをする。洗面所に入り、カミソリで丹念に髭を剃って、歯を磨くときは見ているこちらがエナメル質の摩耗を心配してしまうぐらいの力強さで、右上の奥歯から左下の奥歯まで二往復する。仕上げにはマウスウォッシュ。一度など、器用にも合わせ鏡を使って自分で髪の毛を切っている場面も目撃された。
四六時中パソコンをしているわけではなく、西日が差し込んでくれば、自室でビーチパラソルほどもある大きな白い折りたたみ傘を広げ、ボクサーパンツ一枚で床に寝そべり、ロックアイスの入ったソーダ水のグラスを傾けながら、父親の書架から拝借してきた小説を読む。パソコンスクリーン横のスピーカーから流れるのはセルジオ・メンデス、ジャコ・パストリアス、ルイス・エンリケ。それなりの大音量だが、近隣のほぼ全員がフジワラー化した今となっては迷惑がる者もあまりおらず、むしろこれに合わせて口ずさんだり踊ったりしているほど。カズアキくんは読了後の本をあとでこっそり書斎の本棚に戻しているが、なかにはそのまま自室のラックに残るものもあり、そのせいか彼の部屋と父親の書斎には『リタ・ヘイワースの背信』、『マルドロールの歌』など同じ本が散見される。

時には床に胡座（あぐら）を掻き、『三月の水』や『イパネマの娘』をぽろんぽろんと滴（した）り落ちる雨粒のようにハープで爪弾（つまび）く。A4サイズのスケッチブック、練り消しゴム、鉛筆削り、鉛筆を五本用意し、リタ・ヘイワースのデッサンもする。その精緻なタッチも十分賞賛に値（あたい）するが、リタをそのまま写生するのではなく、ノースリーブワンピースやベルベット風のドレスに着せ替え、股（また）を開かせたりハープを弾かせたりと、いろいろな彼女を紙面上に再現してしまう。

夕闇が立ち込め涼しくなると、腕立て伏せ、スクワット、腹筋運動を五〇回ずつ行い、ついで五〇キロはあろうかというバーベルも繰り返し持ち上げる。胸板は家の壁並みに厚く、腹筋も亀の甲羅のように割れており、昨日今日の賜物ではないことが窺い知れる。これには女性フジワラーも大喜びで、既にカズアキくんの文化人たる側面に心打たれていた彼女たちの口からはうっとりとしたため息が漏れる。

夜八時過ぎ、ケンスケ氏が帰宅する。夕食を済ませて自室に入ると、書斎机で一、二時間ほどパソコン作業をし、あとは就寝時間の一二時頃までひたすら本を繰る。読書中は時折悩ましげに首を小さく傾げるだけで、基本的には微動だにしない。催眠効果でもあるのか、その姿を目に入れているだけでフジワラーのまぶたのほうが先に垂れてくる。

9

書棚は部屋の模様以上に人となりを映す鏡であり、並ぶ書籍を見ればその人のベクトルが分かる、と小説家志望のフジワラーが自信たっぷりに言い出す。血液型占い並みに疑わしい意見だが、ことケンスケ氏に関しては読書が世界の中心のようだし、その他大勢のフジワラーも騙されたつもりで一緒になって手分けし、まずは日本語の蔵書に絞って望遠レンズ越しに目録を作成してみる。

『ダーウィンの危険な思想』、『グレタ・ガルボの眼』、『地獄の季節』、『ボードレールからシユールレアリスムまで』、『族長の秋』、『ロサリオの鋏』、『方法論』、『白い心臓』、『重力の虹』、『盆栽／木々の私生活』、『愛しのグレンダ』、『赤と黒』、『「戦略」決定の方法』、『消しゴム』、『華氏四五一度』、『動物牧場』、『沈黙』、『地下室の手記』、『夜間飛行』、『紙の民』、『ムーン・パレス』、『山椒魚』、『スペイン古典文学史』、『フラメンカ物語』、『ウィーンから来た魔術師』、『デカメロン』、『路上』、『NHKフランス語会話3月号』、『言語哲学入門』、『クラウド9』、『暁の寺』、『マルグリッド・デュラス』、『車輪の下』、『荒地』、『阿片常用者の告白』、『フォルトゥナータとハシンタ 上巻』、『カミュ全集』、『アンダルシーア風土記』、『鼻持ちならないガウチョ』、『イリアス』、『蛇を踏む』、『都会と犬ども』、『眠れる美女』、『密林の語り部』、『ペンギンの憂鬱』、『英語らしく訳すための和英翻訳表現辞典』、『ピランデルロ名作集』

　ここで判明したのは、著者順、タイトル順、和書洋書関係なしに無作為に並んでおり、ハードカバー、分厚い本、縦長の本は下部に来る傾向にあること、黄ばんだ古書と帯付きの新刊が入り乱れていること、哲学、歴史、ビジネス、翻訳関連の書籍もあるが海外文学が圧倒的多数を占めることなどだが、最大の問題はフジワラーの大半も、小説家志望もこの半数以上を読んでおらず、ケンスケ氏のベクトルは向きすら摑めないことだ。

　しかしてわたしの部屋では空前の読書ブームがおこり、近所の中澤書店では『白鯨』、『罪と罰』、『ドン・キホーテ』などが幾年もの歳月を経て飛ぶように売れ出し、新刊を差し置いて店頭に山積みされるまでになった。

フジワラーは時間短縮のため各班に分かれ別々の本を精読し、大長編に至っては自宅や職場でもこんこんと読み続けた。最終的には週末などの一堂に会することのできる機会を利用し、発表会を通じて各書のあらすじ、要点、感想を皆々に伝達していった。ついで、夏休みも終わり間近ということで宿題をずっとなおざりにしていた子供フジワラーも、大人フジワラーに助けられながら『ハムレット』、『二〇〇一年宇宙の旅』、『百年の孤独』の読書感想文を一気呵成に書き上げた。

すると今度は、好きな音楽や映画でも精神世界は計り知れると自称映画監督のフジワラーが訳知り顔で言い出し、『失われた時を求めて』が長ったらしい比喩を繰り返すのに辟易した一部の人々は、ユカさんの観る映画の目録作りにも着手した。

そこで判明したのは、近所のレンタルショップの最新作コーナーからよく借りていること、そしてテレビ台の棚に並んだ〈ハリー・ポッター〉、〈ジュラシックパーク〉、〈ナルニア国物語〉シリーズからしてエンターテイメント作品が好きな傾向があることだ。別けても〈バック・トゥ・ザ・フューチャー〉がお気に入りの様子で、時にはテレビ画面から片時も目を逸らさずに、また時には家事の合間に流しながら、パートワン、ツー、スリーと数日おきに観てはまたワンに戻るという、過去、現在、未来を行き来するマイケル・J・フォックスにも負けず劣らずの循環を繰り返している。

だがこれについても最良の解釈は生まれず、フジワラーは良い映画の定義を巡る議論に終始し、しまいにはなんだか『バック・トゥ・ザ・フューチャー』がまた観たくなったと言って、皆で仲良くレンタルショップに出掛けていった。

誠に余談ではあるが、ルリコンゴウインコが歌うメロディもどうやら同映画の主題テーマから来ているようである。

「トゥートゥルットゥットゥットゥットゥットゥー!」

10

とある火曜日の午後一時一三分、サヤカちゃんが男を連れて帰宅した。大学生風の若者で、彼女から事前説明を受けていたのか、半分の家を前にしても特に驚いた様子は見せない。家に入ったあと二人の姿はどこにも見えず、天鵞絨のカーテンも依然沈黙している。

藤原家のスケジュールをこまめに記録しているフジワラーがタイムウォッチで計測したところ、玄関扉が閉められてから一時間一三分五四秒後にサヤカちゃんが洗面所に現れ、すぐさまカーテンを閉めた。二時間一五分四六秒後には二人して家から出てきて、手を繋いだまま駅のほうに歩いていった。

その日、サヤカちゃんは戻ってこなかったが、約一週間後にまた別の男を伴(ともな)って戻ってきた。それからまた一週間後にも別の男と戻ってくる。

　男を連れ込むのは両親のいない火曜、木曜日の昼時で、滞在は三時間前後。ラブホテルの休憩といった具合だが、百歩譲ってホテル代も払えないほど赤貧だとしても、男の家に行く選択肢もあるだろうにわざわざ人目に晒された家を利用する理由はいくら首を捻っても思い付かない。天鵞絨のカーテンは周囲の目を気にしている証拠だが、その上で堂々と男を連れ込むのは自家撞着のような気もする。

　あとをつければ手掛かりが摑めるかもしれないが、サヤカちゃんファンの間ではいつしか彼女の観賞／鑑賞は半分の家でのみに留めるべきだという、彼ら独自の厳格な不文律が成立している。そのグレーゾーンとして、大学の演劇サークルの公演に足を運んだ者はいる。目もあてられないオリジナルの三文恋愛劇だったらしいが、そのときサヤカちゃんが演じていた恋多きヒロインはまさにはまり役で、一人異彩を放っていたとのことだ。

11

　サヤカちゃんの意味深な振る舞い、その他家族が平然と私生活を晒していることなどから、彼らが家族ぐるみで芝居を演じているのだと主張するフジワラーもいる。ユカさんがキッチンで食器を棚に戻していた夜八時過ぎ、夕食を取りにケンスケ氏がリビングに入ってきた際に、劇場論支持者は次のアフレコでその一例を示してみせる。

ケンスケ　「（シチューを鍋から深皿に移しながら）家は舞台であり、家人はみな役者。玄関から入っていずれまた玄関から出ていくのが定め」

ユカ　「（沈黙の後で）なに言ってんの？」

ケンスケ　「私はこの家を世界として考えているだけだ。ここでは各々(おのおの)が一役を演じ、私は悲しい役を演ずる」

ユカ　「はぁ」

ケンスケ　「（スプーンを取る）人生は燃え尽き、どんなに堅牢な家もやがては瓦解(がかい)する定めにある。すべてはつまらぬ影に過ぎぬのだ。消えよ、消えよ。ご近所さんの有無にかかわらず、家は自ら幕を開け、そしてまた閉じなければならない（食卓に着き、バゲットとクリームシチューを食べ始める）」

ユカ　「何でもいいけど、食べ終わったら鍋にふたするの忘れないで下さい」

ユカは食器を片し終え、リビングから退出し、数秒後、洗面所に入る。

カーテン

想像力逞しいことは認めるが、空想はいくら肉を付けても空想の域を出ない。なぜ演じる必要があるのかとほかから根底を問い質されると、彼らはばつが悪そうに閉口してしまう。

一部のフジワラーはさらに追い打ちを掛ける。ここまで灰汁の強い家族は珍しいかもしれないが、だからといって、彼らが特別な一家であることを必ずしも意味するわけではない。猫屋敷やゴミ屋敷に住む人もいれば、家そのものがない人だって大勢いる。取っ替え引っ替え男を漁る魔性の女もいれば、洗いざらい我が身を晒す露出狂だっている。大過ない家庭のほうがむしろ珍しいだろうし、どの家も叩き割ってみれば何かしら埃が出るものだ。

これには、その他大勢も黙り込んでしまう。

12

概してフジワラーは藤原家全員をこよなく愛しているが、やはりそれぞれにお気に入りの家人が存在し、またそれぞれが特有の観察スタイルを持っている。

サヤカちゃんファンは、その実態が分からないだけ偶像化もしやすいのか、その姿を一目拝めるだけでも幸甚とする者、カーテンの向こうでいまだ純潔を守っていると盲信する崇拝者も少なくなく、撮影機材に巨額を投じているのもだいたいこの種のフジワラーである。

サヤカちゃんファンの年齢層は子供からお年寄りまで幅広いのに対し、ユカさんファンはだいたい若い男性だ。以前、偵察と称して英会話教室に通い出した男子学生に感化され、体験入学は無料だからものは試しだとか、このご時世英語の一つぐらいできないとまずいだとか言い訳がましく理由を並べ立て、多くが陸続と入学した。皆、ユカさんと入会手続きのやりとりを交わしただけで有名人と会ったような得も言われぬ感動を覚えたらしい。ユカさんは意外と主婦層にも受けが良く、彼女と同じ服を買ったり、夕飯の献立に困ったときにはレシピを参考にしたりもしている。

ケンスケ氏に魅力を見出す女性も多数おり、ミステリアス、インテリジェントな雰囲気が良いという声もあれば、デカダンな佇まいにいやが上にも母性本能をくすぐられるという声もある。彼をきっかけに読書に傾倒したフジワラーもすっかりその感性の虜になっており、なかには蒙を啓いてくれた人生の恩師と仰ぐ者もいる。

カズアキくんファンを公言する女性も、年齢を問わず幅広く存在する。彼女たちに言わせれば引き籠もりも個性の一つらしく、長い人生、いつなんどき挫折するか分かったものではないし、そのときはああいったスタイリッシュな引き籠もりになりたいと、それぞれが羨望の眼差しを向けている。ことに一〇代の女性は熱心で、リタ・ヘイワースの髪型を真似、スマホの着信音を『バイ・バイ・ブラックバード』や『ムード・インディゴ』に設定し、カンパを募って数点のハープを共同購入し見様見真似に練習している。そしてカズアキくん本人がハープを弾き出せば奇声を上げて泡を吹く。

こうした熱狂的フジワラーは、暇さえあれば互いにどの家人が良いと愉悦に満ちた議論をたたかわせ、最終的にはそれぞれが愛する家人の良さを認め合い、仲良く杯（さかずき）を合わせるという一連の流れが既定路線となっている。

仲間内では藤原家を観察することを「フジワル」、「フジワリング」と表し、また、非フジワラーからいったいどういう心構えで他人の家を観察しているのかと問われれば、別にセクシャルな対象として見ているのではなく、彼らのパーソナリティやオリジナリティに惹かれているだけで、根本には半分の家の謎を解き明かしたいという単純な好奇心があるのだと、目を泳がせながらとぼけた表情で答えるのが常である。

まれにではあるが家人を巡る議論で折り合いが付かず、軽いもめ事に発展してしまう場合もあり、そんなときはたいてい、家族四人を平等に愛するフジワラーが仲裁に入ることになる。こういう中立的フジワラーの特徴として、森野グリーンテラスの常連ではあるが出入りは比較的控えめであり、窓ともつかず離れずの距離を取る傾向があるという点が挙げられる。

だが彼らのなかには、本当は誰か特定の熱狂的ファンなのに、周囲の目を気にしているのかなにがしかの屈折したプライドゆえか、取り澄ました顔で中立の振りをしている者もたまに交じっている。そんなエセ中立的フジワラーを見分けたいときは、財布の中身やスマホの待ち受け画面をチェックするのが効果的だ（これはエセ非フジワラーにも当てはまる）。

13

ここ二〇三号室は森野グリーンテラスのなかでも藤原家の真っ正面に位置しており、全体を満遍（まんべん）なくフジワレることから変わらず一番人気だが、シルバー・ウィーク前後からはフジワラー数の著しい増加も相俟ってか、めいめいのフジワリたい家人の位置、角度に応じて、両隣だけでなく二〇一、二〇五号室とフロア全体を自由に行き来し始めている。もっと奇抜で多角的な自分独自のフジワリングにこだわる好事家などは、たとえばカズアキくんがパソコンチェアから立ち上がり床に胡座を掻いてハープを奏でるといった些細（ささい）な移動、動作においても、最良のフジワリング・ポジションを求めて三階、四階まで足を伸ばすようになっている。

またこの前、ここ二〇三号室をはじめとした森野グリーンテラスのいくつかの部屋に定点観測カメラが実質無断で設置され、いつでもどこでもフジワラー専用のSNSコミュニティを介してフジワレる環境が整備された。だが、熱狂的フジワラーに言わせれば、それはどうしても森野グリーンテラスに足を運べないときに使う急場凌（しの）ぎの手段であって、フジワリングはやはり、藤原家が醸（かも）し出す一種独特の空気感やほかのフジワラーの熱気を体感できる「自由参加型立体スタンド」こと森野グリーンテラスに尽きるらしい。

この状況下、誰か一人ぐらい文句を言う家主がいても良さそうなものだが、いつの間にか森野グリーンテラスの大家さんまでフジワラー化しており、もはや文句を言うにも言えない雰囲気がマンション内には漂っている。わたしも詮方(せんかた)なく施錠を諦(あきら)め、「開けたら閉めること」という注意書きを玄関扉に貼るだけ貼って、あとはもうフジワラーのなすがままにさせることにした。

14

藤原家のリビングにある固定電話は鳴ったためしがなく、類縁、友人知人はまったく寄り付かない。定期的にやって来るのは新聞や郵便配達人で、家を見上げる彼らの眼差しはいつも、フジワラーのそれに通ずる驚嘆や興奮に満ちている。

朝刊を取るのは早起きのユカさん、インターフォンに出るのもだいたいが彼女の役目。その気になれば外に目を向けるだけで配達人の顔を確認することも可能だが、あくまでインターフォンのモニター越しに言葉を交わす。電話機の横にあるプラスチック製の戸棚から印鑑を取り出し、リビングから出て、数秒後、玄関扉を開ける。たおやかな微笑を貼り付け、そそくさと荷物を受け取って、リビングに戻る。自分宛てだった場合はその場で開封するが、それ以外はリビングのソファテーブルに置き、あとでほかの家族がリビングに入るついでにピックアップする。ユカさんは日々の買い出しついでに自分のものを購入しているが、ほかの家族はネット通販を頻繁に利用しているようで、ケンスケ氏には書籍、カズアキくんには洋服やCD類がよく届く。サヤカちゃんは確認できていない。

家庭常備薬、ミシン、掃除機、化粧品、ダイエット用品のセールスもちらほらやって来る。はじめのうちユカさんはインターフォン越しに一人ひとり丁寧に断りを入れていたが、だんだんと往来から見えるにもかかわらず無視するようになり、何枚もの「セールス・勧誘お断り」のシールを郵便受けに貼り出した。それでも執拗にインターフォンが鳴らされると、ついには二階の自室に引っ込んでカーテンを閉めてしまう。

カズアキくんは我関せずとパソコンに向かっているし、こういう場合、代理を務めるのはルリコンゴウインコである。たいていは突拍子もない英語を叫んでセールスを気味悪がらせるだけなのだが、あるときには奇跡的にこんな言葉が放たれた。

「FUCK OFF!!!」

15

これまで雨らしい雨はほとんど降らなかったが、秋が深まり、長雨が降り出すと、ユカさんはリビングと洗面所にカーテンレールとビニールカーテンを付け始めた。脚立を登り、電動ドリルを使って慣れた手付きで天井にネジを締め、フックにカーテンを通していく。そのあとで自室にも、既存の白いカーテンの外側に同じものを取り付けた。人目を気にするなら色付きを選ぶのが道理であろうが、実際はなぜか無色で、多少ぼやけはするものの向こう側が透けている。

その夜、一〇時近くに帰宅したケンスケ氏も、リビングで手早く食事を済ませ、書斎に再登場したときにはビニールカーテン、カーテンレール、電動ドリルを抱えている。肘掛け椅子に立ち、無表情に天井にカーテンを取り付けていく。

カズアキくんも洗面所で歯を磨き、自室に戻ってきたときにはビニールカーテンを手にしていたが、彼はパソコンデスクの脇にそれを放置してしまう。雨風が入ってきても、タオルやTシャツで床の表面をさっと拭うだけで、濡れたまま看過するのもしばしば。そのせいか道路側の床の端のほうには、うっすら黒カビらしきものが発生している。

サヤカちゃんもしばらく経ったある日帰ってくると、床の際に椅子を置いて、天鵞絨のカーテンを背に手ずからビニールカーテンを付け始めた。その白く華奢な手からはおよそ想像もつかない手際の良さで、てきぱきとネジを締めていく光景は天晴れの一言に尽きたが、それ以上にフジワラーが瞠目したのは、彼女の小さな両足を支える、背もたれとクッションがレザー張りになった白い折りたたみ椅子であった。

初めて目の当たりにした桃源郷の家財にわたしの部屋は興奮の坩堝と化し、フジワラーは噴煙巻き上げる勢いでシャッターを切った。

16

フジワラー読書倶楽部はいまだ見果てぬ文字の大海を突き進んでおり、英語に精通した面面は一致団結して英書を、スペイン語の心得のある者、読書欲旺盛な者は遅々たる進みながら西書を輪読している。

洋書の場合は、未邦訳の書籍が一部交ざっているほか、他言語の英訳、西訳版や、原書、邦訳両方が本棚に見られる場合もあり、総じて古典が目立つ模様。フランス語の書籍や教材も数点あることから、すべての本に目を通したいと意気込む完全主義的フジワラーは、他言語と並行して仏書の読解にも取り組んでいる。なかでも仏語の原書、英訳、西訳、邦訳が書架に同時存在する『嘔吐』はハインリヒ・シュリーマンの聖書さながら、異なる言語で読書を推し進めるフジワラーが相互理解を深めるための架け橋となり、ケンスケ氏にとっても何か特別な意味を持つのではないかとの見方から、わたしの部屋ではこの読解を巡って各言語で研究会が開かれるまでになった。

読書の秋は芸術の秋にも転じ、頽齢のフジワラーは藤原家にまつわる俳句を詠んだ。

うりの家　さやと切れども　種はなし

木枯らしや　うちに伝いて　そと出ずる

しばとゆか　二手にまたぐ　すみれかな

続いて、言葉の上でも藤原家のかたちに関する捜索は行われた。たとえば物言わぬケンスケ氏の書架はそれ自体が総体的なメッセージ、ユカさんの鳥かごは極めて限定的な空間でしか愛は勝ち得ないというメタファー、内外を結ぶサヤカちゃんの性器は半分の家自体の、引き籠もりの自由性は世が孕む不条理のシンボルとなる。

こうした文化的活動を介した藤原家の解体運動は「フジワリズム」と称され、芸術志向の強いフジワラーたちも森野グリーンテラス各部屋にて、肉体的表現に訴えたコンテンポラリーダンス、鳥の羽や天鵞絨の切れ端が絶妙なバランスで釣り合ったモビールなどで、藤原家のかたちを模索し始めた。

とりわけ彼らが注力したのは、この前露見した白い折りたたみ椅子をもとに想像を膨らませた、サヤカちゃんのモデルルーム制作であった。椅子がつましい造りだったので、ユカさんのそれのような白を基調とした飾り気の少ない内装が半数を占めたが、なかにはゴミ袋に埋め尽くされた部屋、ハローキティグッズだらけの部屋、大人の玩具だらけの石膏製の部屋まであり、絵画教室の講師はどの家具がどの家具とも見分けの付かない色とりどりの点描画を、美大生は線と図形で構成された切り絵を作るなど、終わってみれば各自の趣味嗜好が如実に反映された展覧会となった。作品のほとんどは自宅に持ち帰るか、森野グリーンテラス各部屋のトイレ、靴箱や箪笥の上に勝手に飾られたが、好評を博した半分の家全体を磨り硝子で再現した小型模型『半透明の家』や、『鏡のヴィーナス』をベースに描いた天鵞絨のカーテンにくるまったサヤカちゃんの裸婦画『天鵞絨の娘』など数点は、周囲の後押しもあってアート・コンクールに出品された。

そのほか、カメラマンの卵は天鵞絨のカーテンの重厚感や細微な揺らめき、圧倒的な佇まいに取り憑かれ、その写真だけで構成された写真集『天鵞絨の時』を自費出版。藤原家劇場論の提唱者は『人形の家』のオマージュたる喜劇『他人の家』を書き上げた。いつか赤恥を掻いた小説家志望も、悔しさをバネに書架の文学書を端から端まで読み込んで力を付け、家庭の崩壊とともに実際の家も半分、四分の一、八分の一、一六分の一と崩壊してゆき、限りなくゼロに近づいたところで家族が心身ともに一つに結ばれる奇想小説『極点の家』を完成させた。

加えて、バンド経験豊かな一〇代のフジワラーらは、カズアキくんファンのなかでもとりわけ歌とハープの上手い女の子をボーカル兼ハーピストとしてスカウトし、ジャズとハープを融合させた「アルパ・アルバ」なるフュージョンバンドを結成、オリジナル曲『カサカサ』を引っ提げ駅前のライブハウス K's Dream でライブを開いた。言わずもがな、観客のほとんどはフジワラーであった。

こうしたフジワラー現象の波及効果は留まるところを知らず、ユカさんが料理に使った食材は近隣の食材店でもたちまち品切れになり、町じゅうの家からハープの甘い旋律が漏れ聞こえてくるようになった。リタ・ヘイワースの髪型は森野町全体に広まり、偶然か否か、都内の若い女性の間でもにわかに流行り出していると聞く。ほかの市町村からやって来るフジワラー予備群も跡を絶たず、最近では駅前の商店街まで活気づいている。

　森野町の町長も森野グリーンテラスを訪問し、人知れず始まった町興しの功績を称えて藤原さん一家に表彰状を贈りたいなどと漏らしていたが、フジワラーはそんなことをしてはすべてがふいになってしまうと、束になって彼を説得した。そんな熱弁があらぬ方向に実を結んでしまったのか、今や町長もお忍びで二〇三号室に通うようになり、自前のノミとカナヅチで、映画を観るユカさんやルリコンゴウインコをせっせと木に彫っている。

17

　ハナカイドウが紅葉した頃、書斎には白の、ユカさんの部屋には花柄の羽布団が登場し、カズアキくんはパソコンデスクで眠るにも青い掛け布団をかぶるようになった。ケンスケ氏とカズアキくんは靴下のままだが、ユカさんは白いファーのスリッパを履き、外出時にはミンクのショートコートを羽織るようになった。

さらにカズアキくんは衣替えの一環であるかのように、やにわにパソコンデスクの抽出からトランプを取り出し、パソコンデスクの下で埃をかぶっていたモノポリーを取り出し、どこからともなくサッカー盤を取り出し、折り畳み式の麻雀や野球盤はネット注文で取り寄せ、一人複数役で各種ゲームに興じ始めた。

フジワラーも慌てふためきながら条件反射的に同じものを買い揃え、カズアキくんがポーカーをやればポーカー、モノポリーをすればモノポリーをし、相手役が複数いるゲームの場合は双眼鏡越しにカズアキくんの盤上を再現して、一手一手の是非と意図を検討しだした。相手役まで操作すると一本調子になってしまいそうにも思えるが、カズアキくんは常としてどれか特定のプレーヤーに勝たせるのではなく、至高の勝負を目指すような接戦を繰り広げていた。局面ごとの最善手はほとんどの場合一つに限らず複数存在しており、どれを選ぶかはその人の好みや筋によるらしく、フジワラーにとってはいかなる一局も、いかなる一手も、カズアキくんの思考を辿っているようでなんとも味わい深いそうだ。

他方、英会話教室に通う学生フジワラーの一人はとうとう真性のストーカーと化し、ユカさん行き付けのカフェ、美容院、エステサロン、ついには不倫相手まで突き止めた。お相手は英会話教室の講師ダニエル・O・ハーモン。ホームページの講師紹介欄で確認したところ三五歳のオーストラリア人で、マイケル・J・フォックスよりもケビン・スペイシーによく似た、歳の割に生え際がかなり後退した男性だった。勤続三年目なのにいまだ「G'day」といったオーストラリア英語を生徒に教え、混乱させることで有名だそうである。

二人の関係は半分の家ほど大っぴらなものではない。このひと月のあいだに少なくとも二回、ハーモン氏の授業がなく、ユカさんの仕事が午後三時に終業する火曜日に、英会話教室から徒歩一五分の距離にあるハーモン氏の自宅マンションで落ち合い、五時間ほど滞在した。三階の角部屋だったので、なかまでは窺えなかったが、その日はユカさんも普段は塗らない薄桃色のグロスを塗り、マンションから出てきたときにはそれがすっかり取れていたという。

この一報が舞い込んできたとき、町長が思わずノミを滑らせ、ユカさんファンから落胆や憤りの声が上がったのを別にすれば、その他フジワラーは別段目を見張るでもなく互いにこっくりと頷いてみせた。息子の往年のハリウッド女優好きや娘の色情ぶりを引き合いに出し、やはり彼らは家族なのだと口々に言う。ケンスケ氏の日々の沈黙は妻との冷戦の一幕で、夫婦関係が破綻し、息子娘とも隔たりが生まれたあと、物語に慰めを求めるようになったのだ。

かような悲劇を積み木のように組み立て、離婚経験者は涙ぐみ、既婚者は携帯電話で誰かにこっそり連絡を取りだした。

18

とある日の正午過ぎ、一人のフジワラーがパソコンに向かうカズアキくんの丸い背中を打ち眺めながら、現存する半分の家のなかに半分になった原因、そこに藤原さん一家が住み続ける理由が見つからないとなると、消失したもう半分の家もけだし検討に値するのではないかと何気なしに呟いた。すると、自分も内心ずっとそう思っていたという賛同の声が電気信号のように森野グリーンテラスじゅうを駆け巡り、これに触発された自称映画監督が、藤原家の現在と過去に迫るセミドキュメンタリー映画『インビジブル・デロリアン』を八ミリビデオカメラで撮影し始めた。

撮影場所は森野グリーンテラスの全室。

ここで藤原家は栗原家に、フジワラーはクリハラーに、森野グリーンテラスは森田グリーンテラスに名を変えている。

まずは約二〇名のクリハラーが山積みの本、ハープ、映画ＤＶＤなどを背景に、自身のクリハラー的体験を交えながら現存する半分の栗原家について語り、次に、めいめいが想像する消失したもう半分の家を言葉ないしは絵で描写した。

誰も気付かなかっただけで端から半分だったなどという益体もないオチが付かない限り、

壁があったのは確実である。窓とカーテンがあったのも間違いないし、エアコン、ベランダもあっただろう。リビングには家族共用のデスクトップパソコン、グランドピアノ、ルームランナー。カズアキくんの部屋はベッド、テレビ、勉強机、レコードプレーヤーとレコード、種々のリタ・ヘイワース。ユカさんの部屋は桜文鳥、九官鳥、ベニコンゴウインコ。書斎には『薔薇(ばら)の名前』の下巻があっても上巻がなく、モーリス・ブランショがあってもポール・ヴァレリーがないことなどから、おそらくほかにもたくさんの本棚が存在していた。サヤカちゃんの部屋はありとあらゆる物がたゆたう可能性の海である。

映画監督はこれらの証言を基に、インテリア・コーディネーターや近所の丸山(まるやま)家具店、荒井電器店などの協力を仰ぎつつ、熱狂的クリハラーでもある二〇二、二〇五、三〇三、三〇四、四〇二、四〇五号室の家主が提供してくれた自室を、栗原さん一家それぞれの私室、リビング、洗面所に作り替えていった。映像は早送りになり、その他大勢のクリハラーも映画ポスターや鳥かごなどの小道具を持ち寄ってきて、もう半分の家が瞬(また)く間に完成する。

そして監督らがフレーム外にはけたあと、背格好のよく似た、白シャツと黒のスラックスを着た男女二組がリビングに登場する。彼らはおもむろに散らばり、ケンスケ氏らしき男性はマッサージチェアにもたれながら新聞を読んで、ユカさんらしき女性はルームランナーでジョギングをし、カズアキくんとサヤカちゃんらしき男女二人はラグの上に寝そべって『ぐりとぐら』を読み始める。

それから場面は数十秒ごとにランダムに切り替わっていく。

カズアキくんが一人自室のベッドに寝転びながら『火の鳥』に読み耽り、ケンスケ氏が書斎の本棚の前に立って『薔薇の名前』上巻を抜き取る。ユカさんが体重計の上に乗って顔をしかめ、サヤカちゃんが勉強机の上に広げたマスカラ、アイシャドウ、アイライナーを代わる代わる手に取り、まじまじと眺める。カメラは常に部屋の半分しか映さない。役者は衣装を替えず、口も開かない。過去を行ったり来たりしているらしく、同じ役者、同じ部屋でも、場面が変わるたび家具や小物が少しずつ変化している。

一〇回目ぐらいのシャッフルから唐突に、それまでケンスケ氏を演じていた男性がおしゃぶりをくわえながらベビーベッドに寝て、ユカさんだった女性が音楽の教科書を見ながらリコーダーを吹くようになる。鑑賞者が状況を把握しきれないうちに、今度は男性役者がベニコンゴウインコにナッツをやり、女性役者がスクワットをし始める。リビングだった部屋にバスタブが設置され、書斎だった部屋にテレビゲーム機が登場し、各部屋の模様もめまぐるしく変化し続け、もはやどれがどの部屋とも、いつのことなのかも判断が付かなくなる。最後、役者四人がどこかの部屋の中央にぽつねんと置かれたソファで仲睦まじそうに寄り添っている光景が映し出される。カメラはそのままだんだんと遠ざかっていき、監督のものと思しき男性の手がフレーム外から伸びて、ばたんと扉が閉められる。

映像は路上から見た現存する半分の家に切り替わり、一分ほど静止状態が続く。家にはパソコンをするカズアキくん以外誰もいない。鳥のさえずりだけが響き渡っている。突如、道ばたにカメラが投げ捨てられ、半分の家に向かって歩いていく監督本人の後ろ姿がローアングルで映し出される。

暗転、エンドロール。

エンディングテーマ曲はルイス・エンリケ『夢見る人』。

19

初冬の週末、ずっと森野町を避けてきた台風が三三号になって直撃する。季節外れの大型台風にもかかわらず、日常に特別な変化が生じるのではないかという不安と期待にいざなわれ、数多のフジワラーが森野グリーンテラスに集結した。

窓硝子はフジワラー熱で曇り、窓外は水中のようにぼやけている。

藤原家の階下は全室ビニールカーテンが閉め切られ、その端が所在なげにはためいている。ややあってユカさんの部屋のカーテンにうっすら人影が浮かび上がる。カーテンの隙間からも雨風が吹き入ってくるのか、両端を釘で壁に固定している。

書斎の揺らめくビニールカーテンには、間接照明の明かりがぼうっと広がっている。

悲惨なのはカズアキくんの部屋で、床は一面水浸し、手前のポスターは強風のせいか下部が破けている。それでも水色のレインコートを着たカズアキくんは風雨に打たれながら椅子で胡座を掻き、何やら分厚い本を読んでいる。だが水気でページが張り付き、一枚めくるにも苦戦している様子。しばらくするとついに観念したのか、長いこと放置したままだったビニールカーテンを取り付け始める。しかし突貫作業はぞんざいで、出来上がってみればレールは傾き、カーテンはフックに全部通っておらず、端は依然めくれたまま。

サヤカちゃんはいない。ビニールカーテンは端に括り付けられ、天鵞絨のカーテンが水を吸って重たげに垂れ下がり、雨水がひだに沿って滝のように流れ落ちている。今にもレールから外れてしまいそうだし、フジワラーの多くは実際にそうなることを切に願っている。

台風通過中、破壊的な雨音が鼓膜を埋め尽くし、往来は一面幻想的に霞がかかって見える。階下とユカさんの部屋のビニールカーテンは、強風に翻弄されるがままへこんでは膨らむ。シルエットから察するに、カズアキくんは床にしゃがみ込んで、じっとカーテンの裾を両手で押さえている模様。天鵞絨のカーテンも左右に揺さぶられ、隙間をちらつかせてはフジワラーの心を弄ぶ。

鈍色の空を飛ぶ枯れ葉、ビニール袋。

書斎のビニールカーテンがめくれ上がったかと思うと、瞬間、レールごと外れて宙に舞い上がり、庭先に落下する。書斎に乱れ飛ぶ紙、駆け回る人影。初めて見る慌てふためくケンスケ氏。布団のシーツを引き剥がして一番手前の書架に覆い被せ、散乱した紙を拾い集める。彼が書斎から出ていくのとほぼ同時に、意表を突いて、サンダルを履いたユカさんが玄関から飛び出してくる。スカートの裾を両手で押さえ、全身豪雨に打たれながら、ツツジの脇ではためくビニールカーテンのほうに小走りで駆けていく。遅れてケンスケ氏がユカさんのもとに駆け寄る。二人してカーテンとレールを脇に抱え、ずぶ濡れになりながら並んで玄関に駆けていく。

玄関扉が閉まった瞬間フジワラーは欣喜雀躍、森野グリーンテラス内にも風速五〇メートルの拍手喝采が吹き荒ぶ。

20

水晶のように澄み渡った青空の下、カズアキくんはTシャツで床や家具を拭い、濡れたリタ・ヘイワースのそこここを愛撫するように優しく拭く。ケンスケ氏とユカさんは私室を片付けたあと、リビングとキッチンでそれぞれモップ、雑巾をかける。どんなに言葉少なで、どんなに表情に乏しくとも、確かに言葉を交わしている二人。これを見たフジワラーは、夫婦仲は見かけほど冷え切っていないのかもしれないと口元を綻ばせる。

さりながら、ひとたび後片付けが終わればすべては元の木阿弥。

ケンスケ氏は寡黙にページを繰り、ユカさんは仕事終わりにグロスを塗って、カズアキくんは外の世界に知らんぷり。見事台風を凌ぎきった天鵞絨のカーテンは主不在のまま時のまにまに乾いてゆく。

フジワラーの目は、深い森に迷い込んだ羊のようにあちこちをさまよう。シーツのしわ、はねた後ろ髪、ラグの染み、こんなにもすぐ近くに見えるのに、その実、藤原家は大洋の遙か彼方に等しい。

ユカさんのコレクションの一つである『ロード・オブ・ザ・リング』を観終えたフジワラーは、そもそも藤原家にまだ語るべき物語は残されているのかと一抹の疑問を投げ掛ける。もしかしてわたしたちは、完結したとある物語のエンディングを連綿と目の当たりにしているのではないだろうか。

こうして藤原家はいつまでも幸せ（不幸せ）に暮らしました。

21

北風が枯れ葉をキッチンに招き入れる。キジトラの野良猫が人気のないリビングのソファで丸くなる。

書斎机の脇には小型の電気ストーブが置かれるが、ケンスケ氏は寝ても覚めてもカーキ色のコートを着ている。カズアキくんは暖房器具を導入せず、インディゴのニットセーターの上にレインコートを着て、黒のニット帽をかぶり、ウールの靴下を二枚履いている。冷え込みの厳しい夜半や朝方にはニットの手袋を付け、カシミア風のショールを巻き、蓑虫のように布団にくるまる。ユカさんはミンクのフード付きのロングコートを着、夜半や時には日がな一日、自室の白いカーテンとビニールカーテンを閉め切る。リビングキッチンも入るたびにビニールカーテンを閉め、浴室のシャワーカーテンは壁に留め、完全に密閉する。

サヤカちゃんは台風のあと一度だけ帰ってきたが、その二時間四二分後、誰とも顔を合わさず出て行った。それからもう三週間近く姿を見せていない。

霜が降り、藤原家を覗くにもいちいち窓硝子の曇りを拭き取らなければならなくなる。ところがしばらくすると曇りを取ってもなお、ケンスケ氏の読書風景、ユカさんとルリコンゴウインコのやりとり、カズアキくんの描くリタ・ヘイワースの輪郭がぼやけ、一介の背景と化しつつあることにフジワラーは気が付き始める。慣れのせいもあるだろう。フジワラーが近頃目よりも口や手ばかり動かすようになっていたのは、多少なりとも惰性が関係していたに違いない。

フジワラーの不安を煽るように、冷え込みがますます厳しくなるとユカさんは自室と階下全室のカーテンを常時閉ざすようになった。ことリビングキッチンに関しては、ビニールカーテンの裏に厚手のグレーのカーテンも引いてしまう。

防寒策の一環か、それとも今更ながら人目を気にするようになったのか。フジワラーは当て所なく激論を交わし、無闇矢鱈と危機感が募っていく。いかなる思索も現実の前には塵芥に等しいと憂え、議論と称した罵り合いを繰り広げては、そこかしこからため息やすすり泣く声が聞かれ始める。

22

期せずして、一人のフジワラーがオンラインのポーカーゲームでカズアキくんらしきプレイヤーを発見した。

今現在、生身のカズアキくんが約一五メートル先でパソコンをしていること、ユーザー名の「ラナ・ガルボ」、プロフィールの大まかな住所、性別、年齢からしてほぼ本人に間違いないとのこと。それに何より、カードの切り方やツーペアでも上がろうとする足の速さこそがカズアキくんたる証左と言ってはばからない。

一同を代表し、ポーカーに長けたフジワラーが「セルジオ・コルトレーン」に化け、一人テーブルに着いていたラナ・ガルボに一対一の勝負を申し込んだ。

ほかのフジワラーも一台のノートパソコンに群がり、ゲーム上のチャット機能で質問しようと意見を出し合った。ポーカーの腕を褒め、何気なくユーザー名の由来を尋ねると、ラナ・ガルボは昔のハリウッド女優にあやかったと答えてきた。こちらも好きなジャズプレイヤーから半分ずつ名前を取ったと言うと、ラナ・ガルボも、俺も好きだと調子を合わせてくる。そこからさらに話を膨らませ、自分は双子の片割れでジャズ好きは兄譲り、お小遣いとか服だとか何をするにしても兄と半分ずつだったとか、部屋も半分ずつ分けられていただとかキーワードをちりばめる。すると思いがけず、ラナ・ガルボのほうから半分の家に住んでいることを明かしてくる。

「それじゃ外から丸見えじゃん」

「だね」

「気にならないの？」

「別に」

「どうして？」

「隠すものなんてないし」

「家族は？」

「父、母、たまに姉」

「たまに姉って？」

「ほとんどいないんだ」

「なんで？」

「さあ」

「両親は？」

「普通に生活してる」

「どうして平気なの？」

「質問ばっかだな」

「ごめん、冗談にしては面白くてさ。最後に一つだけ、どうして半分になったの？」

「よく知らない」

「知らないって、どうして？」

「それよりいつまでやるんだ。もう大負けだろ」

「悪い」

カズアキくんは一つ大きな背伸びをする。

23

仕事の行き帰り、足下に視線を落としながら歩くケンスケ氏は近付きがたく、家に入れば書斎と同化して身動き一つしない。そこで一部のフジワラーは週末、浮浪者やセールスマンに扮し、ケンスケ氏が外に出掛ければ道ばたで待ち伏せ、カフェに入れば『嘔吐』片手に隣の席に座り、書店で本を取れば同じ本を取って、さりげなく声を掛けた。だが探偵小説のようには上手くいかず、不審がって目も合わせてくれない。飲みかけのブレンドコーヒーを返却口に置き、本を棚に戻して、そそくさと立ち去っていってしまう。

英会話教室に通う学生フジワラーは大胆にも、半分の家に住んでいる旨を面と向かって尋ねる博打に打って出たが、ユカさんはたおやかな微笑を顔に貼り付けたまま無言で見つめ返すばかり。何を訊いても取りつく島もなく、物言わぬ強気な上目遣いに気圧され、学生フジワラーは話題を逸らしてしまう。事後報告を受けたほかのフジワラーは、ユカさんに気安く接触したことやその愚策について囂々たる非難を浴びせた。

　サヤカちゃんが一ヶ月ぶりに帰宅したが、また二時間と経たないうちに家を出て行った。この機を逃さず、サヤカちゃんファンはついに禁忌を破って尾行した。電車に揺られること三〇分、彼女は都内近郊の駅から徒歩一〇分の四階建てマンションの一室に入った。それからフジワラーは交代で二週間張り込みを続けたが、部屋を出入りするのはサヤカちゃんと家主らしき若い背広姿の男性だけで、彼女も大学、マンション、スーパーを行き来するだけの毎日を送っていた。サヤカちゃんはついに自分だけの完全な家を見つけたのかもしれない。半分の家に時々戻ってくるのもきっと私物を運ぶためで、今までわたしたちが目にしてきたのは過渡期でしかなかったのだ。フジワラーは当初の目的も忘れそう結論付けると、赤く泣き腫らした目で帰還した。

　AはAなるトートロジーはカズアキくんにも通用しない。掛け替えのない存在だったはずのリタ・ヘイワースは見向きもされなくなり、今ではその右隣に貼られたフェイ・ダナウェイがデッサンモデルを務めている。スピーカーから流れる音楽はウルリッヒ・シュナウス、ヤナーチェク、水曜日のカンパネラ、モトリー・クルー、マヌ・チャオと矢継ぎ早に移り変わり、ハープもどこかにしまわれて、突然ピアニカの伸びやかな音色でもって『想い出のロックン・ローラー』が演奏され始める。

長い巻き髪の女性フジワラーはハープに指を添えたまま凍り付き、丸い目だけをしばたたかせる。

24

「久しぶり」

「前に対戦したっけ？」

「二週間前ぐらいに」

「覚えてないな」

「半分の家のことを聞いた」

「ああ」

「あれからいろいろ考えたんだ」

「なにを？」

「あれ、冗談じゃないんだろ？」

「……」

「なんで直さないの？」

「いろいろあるんだ」

「金の問題？」

「まあそれも」

「面倒臭い？」

「それも」

「皆に見せ付けるため？」

「……」

「一体なんなんだ？」

「めんどいよ、お前」

25

以降、ラナ・ガルボはオンラインポーカーから姿を消した。焦って質問攻めにしたのが拙かった、こちらの正体に気付いた、ポーカーに飽きたと、憶測と後悔は尽きないが、いずれにせよ本人は答えてくれないし、姿も見せてくれない。書斎、カズアキくんの部屋にもグレーのカーテンが引かれ、藤原家は全室に幕が下りてしまった。

クリスマス、インコの罵倒が叙情をまとうほど閑散としている。

元旦、いっそうの静寂。

初雪が降り、振り袖を着た若い女性がカーテンだらけの家を物珍しげに見上げながら通り過ぎていく。

背広姿のケンスケ氏が行き来する。

ユカさんがビデオを借りに行き、グロスを付ける。

音楽が聞こえても、カズアキくんは見えない。

誕生日が過ぎても、サヤカちゃんは帰ってこない。

双眼鏡やカメラは床に転がったまま、フジワラーは泣き疲れて寝転び、茫然(ぼうぜん)と天井を眺める。酩酊(めいてい)したフジワラーはさめざめと繰り言を呟く。そもそも家庭の事情など他人が覗き見たところで分かるわけがない、初めて目にしたときから既に幕は下りていた、なのに駄々をこねて別れを延ばしていたに過ぎないのだ。

しばしの沈黙ののち、二〇三号室いっぱいに衣擦(きぬず)れのような不気味な笑い声が立ちこめる。

26

火曜日の午後一二時過ぎ、映画監督が読みかけの『ファウスト』を閉じ、何も言わずにわたしの部屋を出ていった。

数十秒後、窓外をぼんやり眺めていたフジワラーが、藤原家の鉄門を開く彼の後ろ姿を目撃した。映画監督は庭先にまわり、聞き耳を立てるように数刻立ち止まったあと、スニーカーを脱いで左手に持ち、リビングのカーテンを開けて室内に入っていった。フジワラーが窓際に殺到し、固唾を呑んで見守るなか、一五分ほどしてリビングのカーテンが再び開けられ、映画監督が駆け足でわたしの部屋に戻ってきた。

拍手と罵声に出迎えられた彼は、玄関先に立ったまま冒険譚をひもといた。

薄暗くてよく見えなかったし、ゆっくりフジワってる暇もなかったから断片的にしか語れないけど、ソファの隣には電気ストーブがあって、食卓には果物かごが一つ置いてあった。静物画のモチーフみたいに赤リンゴとかレモンとかいろいろ入ってたな。麝香みたいな匂いもうっすらした。たぶんお香の残り香だと思う。カーテンだけでもきちんと閉められてるからか、室内はけっこう暖かかった。

リビングを出ると、フローリングの廊下があった。等間隔に明かり窓が並んでいて、そこから裏手のブロック塀が見えた。右手に進むと広い玄関があって、サンダルに赤いパンプス、それに一度も見たことなかったけど、ずいぶん履き古した草履なんかも並んでた。靴箱の上にはスノードームとか黒い猫の置物とか、お土産の寄せ集めみたいな感じの細々としたものがいっぱい飾られてた。階段の下は収納スペースになってた。たくさん段ボール箱があって、ためしに一つ開けてみたら本が入ってた。英書もあったし、たぶんケンスケさんのだ。

忍び足で階段を上がると、家族四人の部屋のちょうど中間あたりに出た。どの部屋の扉も閉まってて、扉の横には、服の入ったプラスチックのかごが置かれてた。一階と同じ丸い明かり窓があって、そこから白い光がうっすら差し込んでた。音楽も鳥の鳴き声も、物音一つしなくて、しんと静まり返ってた。でも、階下に人気はなかったし、カズアキくんは間違いなく自室にいるはずだった。

頭のなかで四人の部屋の配置をもう一度整理したあと、音を立てないよう慎重にカズアキくんの部屋の前を通って、サヤカちゃんの部屋の扉を開けた。だけど、目に付いたのは白いベッドぐらいだった。ほかにもいろんな物があったのかもしれないけど、分厚いカーテンのせいかとにかく暗かったし、何もない空間のほうがかえって印象に残った。

またすぐに廊下を戻って、今度はユカさんの部屋に入った。消し忘れたのか明かりが点いてて、扉を開けるなりぎゃあぎゃあ鳥が騒いできた。ベッドのフレームに止まってたインコも羽を大きく広げて威嚇(いかく)してきた。カズアキくんに気付かれたらまずいと思ってすぐに扉を閉めた。少し立ち止まって聞き耳を立ててみたけど、カズアキくんの部屋のほうからは何の物音も聞こえてこなかった。

それで最後に、どうしても一度足を運んでみたかった書斎に向かった。ケンスケさんは、ぼくにいろんなインスピレーションを与えてくれた父親みたいな人だ。たぶん皆にも同じことが言えると思う。ぼくらはある意味、藤原家と同居してきたんだから。ほかの家族も、何らかの形で血となり肉となり息衝(いきづ)いているはずだ。

フジワラーは思い思いに頷き、映画監督は続ける。

書斎は薄暗かった。古本屋みたいな古い紙のにおいがうっすら漂ってた。カビの臭いも微(かす)

かに交じってるような気がした。しばらくすると闇に目が慣れてきて、書架に並ぶ本のタイトルがはっきり見えてきた。『不滅』に『精霊たちの家』に『クラウド9』。言うなら、ぼくらにとってのバイブルだ。床にも賽の河原みたいに本の山がたくさんあって、一番近くの山にはスペイン語の本が載ってた。ファン・ホセ・ミリャス。金魚を食い入るように見つめる女の人が表紙になった、ぼくらもまだ読んでないペーパーバックだ。なんだか印象的で、変に記憶に残ってる。

それから慎重に本の山の間を歩いて、部屋のなかを見て回った。前よりも本の山の数が増えてる気がしたな。近くで見ると、洋服箪笥は小さなひっかき傷だらけだった。部屋の隅には、埃とか葉っぱの欠片とかがうっすら積もってた。人が住むにしてはちょっと汚すぎたかもしれない。それでも嫌悪感なんてなかった。書斎はやっぱり書斎だったんだ。ずっと夢見てきた舞台に今立ってるっていう実感がそのときになってようやく込み上げてきて、全身鳥肌が立った。

肘掛け椅子に腰掛けて、クッションの心地を確かめてみた。想像してたよりも固くて少しびっくりした。机の上にはノートパソコン、コーヒーメーカー、間接照明、水差し、マグカップ、とにかくいろんなものがあった。マグカップの縁は黒ずんでいて、底のほうにはコーヒーが少し残ってた。

ためしにノートパソコンを開いてみると、スリープ状態だったのかパスワードもなしにすぐ立ち上がった。はやる気持ちをおさえながら、フォルダを片端から漁ってみた。だけど、仕事関連のファイルがほとんどで、音楽ファイルも、ポルノの類(たぐい)も一切見つからなかった。ブックマークとかネット履歴も調べてみたけど、目を引くようなのはなかった。ぼくらの知るケンスケさんそのまま、無味乾燥としたパソコンだ。

でも、最後にもう一度だけフォルダを見直してみると、仕事関連のフォルダに『半分世界』というテキストファイルが交ざってるのに気付いた。軽く目を通しただけで、興味深い内容だということがすぐに分かった。みんなにも見せなきゃいけないと思って、手持ちのUSBメモリーにコピーして、音を立てないようできる限り早足で家から出た。

27

映画監督は自分のノートパソコンを開き、『半分世界』を皆の前で音読した。それは半分の家から見た外の世界を綴(つづ)った観察記で、日々の空模様や庭の草木に見る季節の移り変わり、往来を行き交う通行人や自動車を含め、わたしたちのことも次のように語られていた。

(……)向かいのマンションにいる人々がそうである。窓に蠢(うごめ)く無数の顔に、双眼鏡のレンズにきらりと反射する光。私たちが大罪人であるかのように二四時間の監視態勢が敷かれている。

（……）私がコーヒーを飲めばさも聖水であるかのようにまじまじと眺め、『カラマーゾフの兄弟』を久方振りに開けば挙って同じものを買いに走る。エピローグのパンケーキのくだりを読み終えふと顔を上げれば、向こうにも木漏れ日のようなひそやかな微笑がこぼれている。

（……）帰り道、近所からカレーの匂いが漂ってくれば、我が家の夕食もカレーであることが分かる。見慣れぬ赤い蝶の刺繍の入ったブラウスを道行くたくさんの女性が着ていることから、妻か娘（たぶん後者だろう）が新しくそれを買ったことが分かる。窓辺に浮かぶ彼らの顔の角度で浴室に息子がいることが、妻が自室に引っ込んだことが見て取れる。眉根に寄せられる皺の数や微細に釣り上がる口角の角度まで子細に読み取ることができれば、部屋から出ることなく家族の一挙一動、表情や思考、この家の隅々まで窺い知ることも可能だろう。

（……）日々、かくも奇妙な世界に生きていると実感して止まない。彼らの目には、ただ壁がないだけで一介の日常も神秘に映るのだ。

（……）矛盾した人の世を形作るものとは、真っ平らな大地に深淵を穿ち、自らそこに分け入ろうとする自作自演の冒険心に他ならないのだろう。

家族や半分の家に関する記述はほとんどなく、徐々に外界の観察から内なる考察に移行し、この前、グレーのカーテンが引かれた年末あたりを最後に完結している。

（……）すべての部屋が閉ざされてしまえば、彼らはそのうちこの家にも上がり込んでくるのではないだろうか。そしてそのようなとき、この部屋にも万が一侵入し、このファイルを見事探し当てた場合を想定して、次の言葉を以て本稿を幕引きとしたい。

どうも初めまして。

28

映画監督は力なく壁にもたれかかり、天井を仰ぎ見る。ほかのフジワラーもやおら重い腰を上げ、窓外のほうにうつろな目を向ける。何も言わない。何も言えない。もはや思いの丈を言葉に変える術を持たず、思索に委ねる余裕も持てず、その場にただ存在することすら耐えられず、めいめいがめいめいの意志を内に秘めたまま、無言のうちに部屋から去っていく。

わたしは「開けたら閉めること」を破り捨て、玄関の扉に鍵を掛ける。

29

手簡で言うP.S.は春。

ツツジの蕾が花開くと、静寂の淵に沈んでいた森野町を柔らかなそよ風がそっと揺らし、カーテンが開かれ、窓が開かれ、扉が開かれていく。向かいのマンションの住人たちが壁を破壊し始めたのを皮切りに、町じゅうの建設会社が奔走し、あるいは住人自らの手で道路に面した壁を勢いよく打ち壊していく。

そして私が通りを歩けば、半分になった家々の住人が、赤いレザーの椅子に座り、肩にインコを乗せ、トランプを切りながら明朗に挨拶をしてくる。目笑とともに晴れ渡った空を褒め称え、その日の献立から明日の予定まで詳らかに話をしてくる。

だが彼らはどんなに胸襟を開いても、家を開いた理由については触れようとしない。

いや、もはや明かす必要すらないのかもしれない。てんからみんな半分だったかのように、今や残りわずかな完全な家のほうが奇特に目立っている。

だから私も敢えては尋ねず、ただ微笑み返すだけに留める。ええ、今日も良い天気ですね、と陽気に一言、二言添えながら。

(…)

と、このP.S.で今度こそ幕を引くつもりだったが、彼らの自作自演の冒険劇はどうやらまだ終わりそうにない。

また季節はめぐりにめぐり、彼らがモンパルナス墓地、ナショナル・ギャラリーを探訪し、グアダラハラ、サラマンカへ飛び立っていくことで、新たなP.S.を追加せざるを得なくなる。だがそのP.S.も次のP.S.へ続き、『半透明の家』がアート・コンクールの大賞を受賞し、『天鵞絨の時』展覧会が催され、『インビジブル・デロリアン』の単館ロードショーが開かれる。なおもP.S.は枝分かれし、『他人の家』がロングランを継続し、『極点の家』が多言語翻訳され、『天鵞絨の娘』が海を渡ってゆく。そしてまたP.S.からP.S.からP.S.へ、女の子なら誰もがリタ・ヘイワースのファッションに憧れ、男の子はギター代わりにハープを練習し、カラオケでは定番ナンバー『カサカサ』が歌われる。

そんな心当たりしかないN次のP.S.に、普通なら文句の一つでも垂れるべきなのかもしれないが、こうなってみると腹立たしいようでいてどこか誇らしくも、嬉しくもあり、どうにも得心のいく態度が定まらない。

それにどのみち、今更何を言ったところで証拠も、意義もない。

半分の家並みは既に、森野町のずっと向こうまで脈々と連なっている。

今ちまたに定着しつつある言葉のように、いずれも彼らの手を離れ、そもそもの意味すら離れ、もうずっと遠くまでフジワリ、フジワレている。

白黒ダービー小史

White and Black Derby

熱狂渦巻くノースサイド・スタジアム。

つたの絡まったスコアボード〇―〇。

収容人数二万九〇〇〇人のスタンドを二分するホワイツとブラックスのサポーター。白がブーイングをどよめかせれば、黒は割れんばかりの拍手と歓声、チャントの大合唱にハイタッチ。

彼らサポーターが見つめる先は大型ビジョン、映し出されるはゾーン四八の小路を縦横無尽（じゅうおうむじん）に駆けるホワイツ二二番隊とブラックス一三番隊。

黒がパスを要求し、ドリブルで仕掛けるなか、白はファウルすれすれの強烈なスライディングタックル。小路の沿道では、パン屋がわざとらしく転んだ拍子に焦げたバゲットを白の後頭部に投げつけ、走る白の足をすまし顔の老婆が黒いステッキの先端で引っかける。白のキャップ帽、黒のキャップ帽をそれぞれかぶった少年たちが罵声やらエールやらを浴びせ、白黒ぶち模様の野良犬まで一緒に吠え立てる。黒が白の股下（またした）にパスを通して小路から抜け出ようとすれば、アパートの二階の窓から小麦粉のような白い粉が煙幕のようにまかれ、真向かいのベランダからは、白のシーツやらハイソックスやらTシャツがひらひら落ちてくる。審判団がひっきりなしに笛を鳴らすが、雨あられと降りそそぐ妨害物はやまない。

それでもホワイツは気にしない。

ブラックスも気にしない。

尊きゴールを守るため、尊きゴールをあげるため、ただひたすら白と黒のボールを追いかける。

○

ノースサイド・スタジアムの青きピッチに散らばったホワイツ一番隊とブラックス九番隊も、一様に緊張した面持ちで大型ビジョンを見つめる。

そんな張りつめた空気のなかサイドライン際に立つ、白のチュニックと白のスキニーパンツに身を包んだマーガレット。マシュマロめいた白いやわらかな肌に黄金色の髪、すっきり整った鼻と桃色のつつましい唇、見るものすべてを包み込んでしまいそうなほど大きく、光の加減によって若葉色にも瑠璃(るり)色にも葡萄(ぶどう)色にも見える二つの目。

彼女はいま、その目をぱちくりぱちくり薔薇(ばら)色に燃やしながらこんなメッセージを送ってくる。

「ヘイ、レオ。ホント久しぶり。あなたってぜんぜん変わってない、そのチャーミングなまっ黒い瞳も、りりしい顔つきも。ホントならいますぐぜんぶ脱ぎ捨ててぴったり抱き合いたいぐらい。ここが向日葵畑だったらどんなにいいのにって……」

だがそのとき、薔薇色のアイコンタクトは巨大な白い影にブロックされる。

「ヘイ、レオナルド。どこ見てんだよ。いまおまえが気にしなきゃいけないのはボールのほうだろ？ それともこの期におよんで未練がまだあんのか？ まぁどっちにしても、おれがぜんぶクリアしてやっけどなぁ」

大きく口元をゆがめ、にたにた笑う木偶の坊アルブレヒト・ツェルメロ。二メートル超の長身から見下ろすキツネ目もさることながら、醜悪な人相とは不釣り合いの八重歯に、白のヘビ柄ジャケット、七分丈なのかつんつるてんなのかはっきりしない白のカーゴパンツまで、とにかくもうぜんぶ腹立たしい。

やつのほうに詰めよろうとした矢先、ぐいとうしろから肩をつかまれる。

「ヘイヘイ、レオナルド。挑発なんかに乗んな。マーガレットを救いたいんだろ。だったらまずは冷静になれ。おまえはただゴールを決めることだけに集中すればいい。おれがぜったいお膳立てしてやるから、まずはそれを目指そうぜ」

そう言って親指を立てるのはカンディンスキー・リアプノフ。きりりとした顔立ちにトレードマークのぴかぴか黒革ベスト、キャプテンマークの黄色いスカーフを首に巻いた彼は、ピッチ内外を問わずいついかなるときも沈着冷静で、ぼくら九番隊の面々が絶大なる信頼を寄せている天才レフティ。ぼくがうなずくと、彼は悪戯っぽくウィンクしてセカンドトップのポジションに戻っていく。

それからぼくは一つ息を大きく吸い、ほくそ笑む木偶の坊と目を合わせないよう後ずさりし、もう一度だけマーガレットを見やる。するとそれを待っていたかのように、澄んだ一瞥(いちべつ)を投げかけてくる白銀の女神。

「ヘイ、レオ。いろいろごめんなさい。でも、ようやくめぐってきたチャンス。白も黒も、三〇〇年の歴史も、これでぜんぶ終わりにしましょう。そのためならわたしもなんだってするから。たとえば、ねぇ、たまにはなにかの拍子に白が黒に裏返っちゃうなんてことがあってもいいと思わない？　ラブ」

●

白黒ダービー。その競技の名称はこの町にあるホワイツ、ブラックスという二つのクラブに由来する。

町役場が最近ホームページ上で公表した『白黒ダービー第三四半期報告書』によると、現時点におけるホワイツ・サポーターは六万三三〇六人、ブラックス・サポーターは六万三三一七人。

住民は自分の家族がホワイツ・サポーターであればホワイツ、ブラックス・サポーターであればブラックスのサポーターとなることを宿命づけられており、おのがクラブのサポーターであることが唯一無二のアイデンティティー。各選手は住民番号のゼッケンを背中と胸につけたチームカラーの衣類を着用しており、ノースサイド・スタジアムがスタンドから開閉式天井、コンコース、トイレまですべて白塗りなら、サウスサイド・スタジアムはすべて黒塗りと、白黒ともに徹頭徹尾おのが色に染まっている。

町役場の玄関ホールにかざられた巨大な航空写真を見ると、面積約六〇平方キロメートルのこの町は、民家、レストラン、オフィスビルをはじめ、おおよその建物が白か黒の一色に塗装されている。往来の石畳の色も白と黒が交互に続き、町役場や路面電車などの公共機関は平等に白黒半分ずつに塗りわけられている。

町全体は縦長のフットボール・フィールドのようなかたちをしており、ゴールマウスは最北端のノースサイド・スタジアムと最南端のサウスサイド・スタジアム、センターサークルは円形の中央広場と両クラブの監督が在籍する町役場、センターラインは東西に流れる河川、町とその外に広がる田園地帯の境目はサイドラインおよびゴールラインに相当する。

○

現在、町は横五×縦一〇の正方形に分けられ、それぞれがゾーンと呼ばれている。最南西がゾーン一、そこから東へゾーン二、ゾーン三と進み、中央広場および町役場はゾーン二三と二八にまたがり、最北東がゾーン五〇となる。ぼくの住むゾーン四八にはノースサイド・スタジアムが位置し、同ゾーンのブラックスは必然的にゴールを狙うフォワードの役割を、ホワイツはそれを阻止するキーパーの役割をになうこととなる。

各ゾーン内の選手編成はそれぞれこまかに異なるが、たとえばゾーン四八のブラックスには五—二〇選手からなる小隊が計二三存在しており、そのときどきの状況に応じて流動的にポジション・チェンジを行うものの、各小隊はある程度特定のプレーエリアを受け持っている。さらに各小隊のなかでは、機を見計らって最後方から駆け上がるリベロ、ボールを散らすことに長けたレジスタなど、選手めいめいが個別の役割を持っており、所属するゾーン以外には干渉せず、ボールが自身のゾーンに入ってきた場合のみプレーする。

●

ホワイツ、ブラックスは一〇—三〇代の男女混合で構成されており、ぼくやカンディンスキーのような町の外からやって来た選手のほか、この町生え抜きのプロ選手、また、八百屋、行政書士、電気工事士などなにかしらかの職を兼任している選手も多く在籍する。

選手獲得手段にはおよそ二通りある。

うち一つは両クラブが一年に一度ゾーンごとに実施するトライアル・テストで、体力測定やボール・テクニック、紅白戦（本当は白黒戦と言うべきなのだろうけど）などを通じて合否を決定するというものだ。
だが予測不可能なボールへの臨機応変な対応力が問われるこの白黒ダービーでは、テクニックうんぬんより「ダービー指数（Derby Quantity：DQ）」、すなわち全体の流れを読みとり、大勢の味方とアイコンタクトで意思疎通をはかり、ゴールまでのイメージを共有するための判断力や第六感的能力が重要視されており、ＤＱが高くないといくらフィジカルやテクニックが優れていてもてんで使いものにならない。そのため一般には肉体競技において不利とされる女性であっても、マーガレットのような才女が採用されるケースは珍しくない。

もう一つの選手獲得手段は、外部からの移籍である。

ぼくもその一人であり、俗にいう九番タイプのストライカーで、ダイアゴナル・ランからの裏抜けはもとよりドリブル突破からのシュートを得手としている。前所属先における一試合あたりの平均走行距離は一二・八キロメートル、スプリント数は四八本、アシスト数は〇・四、得点は一・二。こうした目覚ましい数字を評価され、ブラックス歴代第三位となる移籍金で獲得されたのだ。

その注目度の高さは町役場のセレモニーホールで開かれた移籍会見からも顕著で、大勢のブラックス専属記者がこの町の印象や白黒ダービーへの意気込みを訊いてくるなか、ホワイツ側の記者たちは質問の名を借りたさまざまな挑発を仕掛けてきた。

「ブラックスなんていうクソったれのチームに入ることを不名誉に思いませんか？」「ホワイツの華麗なパスまわしを闇雲に追いまわすのってむなしくないですか？」「ブラックスはその名のとおり腹黒い連中ですけどそれについてどうお思いで？」「ブラックスに入るなんて自殺行為ですよ？」「ご自身の輝かしい経歴を黒歴史にしたいんですか？」

ぼくがぽかんと口を開けるなか、ブラックス専属記者が「いい加減にしろ！」と一喝したのをきっかけに、白と黒の凄絶な舌戦がはじまった。聞いているこちらが感心してしまうほどボキャブラリー豊かな悪言の組み合わせでののしり合い、そのうちマイクやボイスレコーダーやパイプ椅子がそこらじゅうを飛び交うようになって、取っ組み合いにまで発展すると、しまいにはそれまで素知らぬふりを決め込んでいた警備員たちが記者を外につまみ出していった。

「それではこれで記者会見を終わりにします」

司会者がみだれ髪を手でなでつけながら宣言した頃には、ホールは一部の関係者を残してがらんと静まりかえっていた。

◯

記者会見後には、ホワイツとブラックス合同の立食パーティーが催された。ライバル関係ながらも、必要以上に険悪にならないよう親睦を深めるのが狙いらしい。とはいえ、それも結局のところ建前らしく、実際は水と油のごとくホールの右手左手にはっきり分かれていたが。

カクテルサーバーに飲みものを取りに行った際、ホール右手にかたまった白たちのなかでも、ひときわ高貴な光をまとった白が目に留まった。純白のロングドレスに純白のハイヒール、そして彼女自身も、背景の白い壁紙がくすんで見えるほどの色白さ。それを目にしているだけでぼくの頭のなかも真っ白に染まり、彼女ひとりを残していっさいが白んでゆく。

「白目むいてるけど、大丈夫かい?」

そのままどこかに行ってしまいそうになったところを、すんでのところで一人のブラックス関係者が呼び止めてくれた。

ぼくはすかさず尋ねた。どんな白より白いあの娘はいったい誰なのかと。

すると彼は舌打ち混じりに教えてくれた。彼女はホワイツの監督フィッツ・ホワイトヘッドの一人娘マーガレット、そのたぐいまれなる運動能力とこの町きっての高い「ダービー指数（DQ）」を買われ、大学院生ながら今年よりホワイツの右サイドバックをつとめている。しかも、ノースサイド・スタジアムのゴールマウスを死守する栄えあるホワイツ一番隊の一員、つまりは、そのゴールマウスをこじ開けることが至上命題であるぼくらブラックス九番隊の宿敵ということだ。

関係者はそこまで話すと、仏頂面して「そんなやつはくたばっちまえ！」とホール右手まで聞こえるぐらいの大声でつけ加えた。「どうせ裏じゃだれかれ構わずよろしくやってんだろ、くたばっちまえ！」と二度も。

その噛みつくような声をぼくは両の耳でしかと聞いたはずだった。しかし頭と心はすでに真っ二つに引き裂かれていて、彼女がほかの白たちから離れた一瞬のすきに、サイドバックのようにそっと早足で白と黒のセンターラインをまたいだ。

「あぁ、あなたは……」

マーガレットはぼくを一目見るなり落陽のように頰を赤らめた。

それから彼女となにを話したろう。舞い上がっていたためつぶさには覚えていない。ただ、彼女がなやましげな上目づかいで見つめてきたことは覚えている。ああ、うん、いえいえ、とか言っていたのも覚えている。彼女の顔を直視するのがたまらなく気はずかしくて、かといって片時も目をそらせないでいたのを覚えている。

だがそんな法悦のひとときは、マーガレットのとなりにとつじょ現れたホワイトヘッド監督にインターセプトされてしまう。

「きみねぇ、ここじゃおもてだって話さないほうがおたがいのためだよ」

親睦などさらさら頭にないかのような言葉。

別れ際、なごり惜しそうに目を細めるマーガレット。かたや凄みをきかせてくるホワイトヘッド監督。いつの間にかしんと静まりかえってこちらを注視していた大勢のモノクロの関係者。その日主役のはずだったぼくは、ほんのすこしマーガレットと話しただけで黒の輪に入れてもらえず、ホール片隅で一人さみしくカクテルを飲むはめになった。

そのときすでに脳裏にはかの『ロミオとジュリエット』がよぎっていたが、幸いにもマーガレットとは首尾よく番号交換をすませていたので、早くもその夜、ロミオみたいに危険をおかして彼女の家に忍び込まずとも、スマホでたやすく話をすることができた。

●

ぎこちない沈黙に愛おしさすら覚えた初めての通話。マーガレットは二三歳で、好きな食べものは白桃パイで嫌いな食べものはトリュフ、好きな動物はヒツジで嫌いな動物はネズミ、ボーイフレンドは二年間不在で現在積極的に募集中。

好きな異性のタイプについては「やっぱりフォワードかな」と回答。「身体を張ったポストプレーとかもいいけど、プレッシングとかどんなところにも顔を出すような献身性あふれる人が好きだな。あとは、重心移動の駆け引きとか目線のフェイントだけで相手をかわしたり、トラップからちょっとボールをずらしてそのまま巻いたシュート打ったりとか、小技のうまい人も素敵。たぶん、自分がディフェンス・タイプだから、自分にできないことを簡単にやってのけるオフェンスは尊敬しちゃうのよね。相手を好きになったり、好きでい続けたりするには、そんなふうにおたがいなにかしら尊敬できるところを持っていることが大事だと思うのよ」

それから毎晩のように電話、電話、ときどきメール。

マーガレットがどうしてあなたはレオナルドなのと問いかけずとも、ぼくがレオナルド・ピサダという名を捨てますと宣言せずとも、ビデオ通話で彼女の顔を見ながらうっとりできたし、なかなか言い表せない慕情は絵文字やスタンプで表現できた。

ところが、いよいよデートの約束を取りつける段になったところで壁にぶつかる。

落ち合う場所がない。

この町では誰もが自身に流れる混じり気なき黒の血、白の血に誇りを抱いており、白と黒の恋愛は禁忌とされている。そしてマーガレットが白の血を引いているように、ぼくもまたブラックスに所属している以上は黒の血が流れていると見なされる。

さらに彼女はホワイトヘッド監督のいる実家暮らしだし、ぼくのマンションはブラックスが手配した、白にばかり目を光らせる屈強な黒ずくめのガードマンつきときた。町なかは白と黒のサポーターであふれかえっているし、ぼくらは町の誰もが知る有名選手。パーティーですこし言葉を交わしただけであの有様だったのだから、仲良く手をつないで歩きでもしたらなにを言われるか分かったものではない。

電話口でそう言うと、マーガレットも「なにを言われるかっていうか、なにをされるかっていうほうを考えたほうがいいわね」と冗談とも本気とも取れない調子で返してきた。

○

そこでぼくは町を練り歩き、白と黒の交点を探しまわった。

ここの住民はホワイツ・サポーターなら白の、ブラックス・サポーターなら黒の洋服を着る傾向が強いが、それ以外にも、ホワイツ・サポーターは男女ともに美白を重んじるため日陰を、ブラックス・サポーターは日焼けを重んじるため日向をよく歩いている。

中央広場から南北にのびる商店街では、店先やオープンカフェで白と黒のサポーターがオセロやチェスに興じている。その白熱ぶりはもはやゲームの域を越えており、うまい手を打たれれば腹いせに盤上に駒を叩きつけ、相手の頰を引っぱたくほど。空き地では子供たちが白と黒に分かれてフットボールをしていたが、遠慮知らずの強烈なスライディングにタックル、飛び交う声は「おらぁ！」「つぶせつぶせぇ！」「ぼうっと突っ立ってんなボケぇ！」と遊びからはほど遠い殺伐たるムード。

商店前の婦人同士の井戸端会議も話題はもっぱら白黒ダービーで、ひいきの選手をめぐって激論をたたかわせ、思いあまってレタスやピクルスのびん詰めなんかをたがい目掛けて蹴り合っている。この町では「利き手」を尋ねても「右足／左足／頭」という答えが返ってくるのが常らしいが、現に年齢性別を問わず住民全員がボールのあつかいに優れており、こうした婦人同士の蹴り合いも思わず拍手を送りたくなるぐらいハイレベル。

電器店に陳列されたテレビはすべて白黒ダービー中継を映しており、画面下には各ゾーンのボール出現予報が流れている。

ブラックスびいきの電器店やレンタルビデオショップは「ブラックス今年最大の補強、レオナルド・ピサダ！」なる特集コーナーで、ぼくの過去プレー集DVDを大々的に喧伝中。ブラックスびいきの洋服店などでは、ぼくの住民番号五八一三二一の入ったパーカー、ニット帽、リストバンドが店頭のワゴンいっぱいに山積みにされ、黒い人だかりができている。

一方、ホワイツびいきのショップではブロマイドからポスター、カレンダー、スマホケースまでマーガレットが一番人気らしく、どこに目を向けても彼女が愛嬌たっぷりに笑いかけてくる。

黒のサングラスと黒のニット帽で変装していても気づく人はいるもので、道すがら、ホワイツのサポーターに中指を突き立てられたり、肩をぶつけられたりするなか、ブラックスのサポーターからは写真撮影やサインをせがまれた。

よその町でもスマホ、財布、Tシャツといろんなものにサインしてきたが、ここではラブラドール・レトリバーの首輪にベビーカーのなかですやすや眠る赤ん坊のおでこ、頬や唇や首筋にもサインを頼まれ、三つ編みの女学生には「レオナルド選手のサインと一緒にみさおを守りたいんです」と公園の茂みに強引に連れ込まれた。それではみさおを守っているようで守っていないのではないかと思いつつ一応サインしてみたが。

●

この町にはどの通りにもかならずホワイツ、ブラックスびいきのバーが一軒以上あり、常日頃から大勢のサポーターがテレビのダービー中継を観ながら飛び跳ね、怒り狂い、笑い合い、泣き合っての人生劇場。そしてひとたび自分のチームが劣勢に陥れば、相手サポーターのバーに乗り込んでの乱闘騒ぎが幕を開ける。

チームチャントは代々歌い継がれる過程ですこしずつ変わってきたらしいが、現在ホワイツのチャントは次の通りになっている。

行くぜ我らがホワイツ
白は白よりも白くあれ
白妙の衣をまとい　白き鉄槌を下せ
見果てぬ井戸の奥底　立ち込める常闇
穢れなきおまえの敵ではない

黒だってもう黒に飽き飽きしてるから
　白星で楽にしてやろう
　もういい加減白黒つけようぜ

対するブラックスのチャントも色がらみで、どちらが先なのかは分からないがたがいがたがいのアンサーソングになっている模様。

行くぜ我らがブラックス
黒は黒よりも黒くあれ
漆黒の翼を広げ　黒き荒野を駆けろ
空を流るる白雲　立ち昇る白煙
一つ残らず余白を塗り潰せ
白だってもう白に飽き飽きしてるから
奴らに黒星つけようぜ
もういい加減黒白つけようぜ

○

町じゅうに蔓延(まんえん)する白黒ダービー熱を考慮した結果、ぼくらは町の北西、ゾーン四六の北側に広がる向日葵（ひまわり）畑で落ち合うことにした。マーガレットいわく、郊外の田園地帯へは住民もあまり足をのばさないし、見かけるのは、白黒ダービーとは一定の距離を置いている中立的で温和な農夫たちぐらいらしい。

約束の土曜夜九時前、ぼくは上下黒のジャージすがたで闇夜にまぎれ、往来を駆けぬけた。ゾーン四八から四七、四六と進むにつれ民家はだんだんとまばらになっていき、町の境界線を越えると、とつじょ見渡すかぎりの田園がひらけた。ロマネスコ畑に入り、パイナップル畑を抜けた先で、やわらかな月明かりの下、ランプのように闇夜に浮かび上がる黄金色の花々がぼくを出迎えた。

向日葵のあいだを当てどなくさまよっていると「ヘイ、ヘイ」とささやくような声が聞こえてきた。

声のするほうへ駆けていくと、その先で白いブラウスがふんわり宙に舞い上がった。そちらに走っていくと、またその近くから白いスカートが舞う。

いちだんと大きくなっていく「ヘイ、ヘイ」

ぼくも走りながら一枚ずつ服を脱いでいき、あたり一面の黄色のなかから神秘的な光輝を放つ白を見つけ出したときには二人ともすっかり裸になっていて、息つく間もなくたがいに飛びついた。人差し指の先から足のつけ根まで雪のように白く滑（なめ）らかなマーガレットの身体とこんがり日焼けしたぼくのそれが重なり合って、どこを探しても見つからなかった白と黒の交点がたしかにそこにはあった。

宝物でも掘り当てるようにしてたがいの身体をあますところなくたしかめ合ったあと、向日葵のあいだに覗く三日月を見上げながらいろんなことを語らった。

ぼくが話したのは、潮風や香辛料の入りまじったにおいが練習場までただよってきた港町や、標高三〇〇〇メートル級の山頂に建つスタジアムで行われた息もたえだえの試合など、これまでにフットボールの試合で訪れた各地の風景。この町を出たことのないマーガレットにとって外の世界はおとぎ話も同然らしく、恍惚とした面持ちで聴き入っていた。

一方、マーガレットが話してくれたのは大学院での歴史研究のこと。彼女は白黒ダービー史を勉強しており、いまはその卒業研究に頭を悩ましているという。

その折、ぼくが白黒ダービー史のことをなんにも知らないと答えると、マーガレットは目を丸くしてあっけらかんと言い放った。

「背景も知らないままボールを蹴るなんて、白桃の入ってないパイを食べるようなものよ」

●

白黒ダービーの起源はあまりにも古く、それを知る唯一の手掛かりも、文化人類学者カルロス・ドウェインがその人生をまるまる費やして収集した口頭伝承のみだという。

それによると、第一回白黒ダービーはブラックスの勝利、第二回はホワイツの勝利に終わり、今からさかのぼることおよそ三〇〇年前、サウスサイド・スタジアムで開かれた第三回白黒ダービーは、おそらくスコアレス・ドローのまま延長戦に突入した。

〝おそらく〟というのは、試合時間、得点、選手数といった基本ルールがこの時代に存在していたのかどうかも定かではないためである。ただたしかなのはこの頃すでにして、ホワイツとブラックスという勢力が町を二分しており、それぞれを代表する白と黒の選手たちが、相手ゴールマウスに革製のボールを蹴り入れようと、長方形の芝生を駆けまわっていたということ。そして第三回白黒ダービーにかぎって言えば、次の一点を決めたクラブが勝利を収めるという了解が成立していたことだ。

いずれにせよ、第三回白黒ダービーはいく昼夜を経てもいっこうに決着がつかず、やがて選手たちは渇きや疲労で続々と倒れていった。そのたびにまたべつの選手がピッチに乱入して、何週間、何ヶ月と途切れることなくプレーを続けていった。

戦いが長きにわたるうちに、思いがけない出来事が起こった。あるときボールが、ラインを割ったあともフィールドに戻されず、そのまま町なかへと蹴られていったのである。そしておのずとホワイツはサウスサイド・スタジアムへ、ブラックスはノースサイド・スタジアムへと、つまるところ双方ともに相手側ホーム・スタジアムのゴールマウス目指して進撃をはじめたのだそうだ。

「なんでそうなったのか、その理由はいまじゃもうよく分からないの」マーガレットはそう言うと、息継ぎでもするようにぼくの頬に小さくキスしてきた。「でもわたしはなんとなく、友情が恋愛に変わるような感じだったんじゃないかなって思ってるわ」

ぼくはふと彼女の顔を覗き込んだ。その瞳はないだ湖面のようにほの白い月明かりを湛えている。

「レオも心当たりがあるだろうけど」マーガレットはすこし間を置いて続けた。「恋ってこれといった理由もなく、目と目が合う感じとか、名前を呼び合う感じとか、ふとしたことからはじまっちゃうことが多いじゃない？ それに、友情と恋愛って似ているようで、実はべつのルールで動くぜんぜん違ったものでしょ。そしていったん恋人同士になっちゃったら、もう前みたいな友達の関係には戻れない。気持ちがあっても、なくてもね。きっとボールもそんなふうにたいした訳もなく町なかに蹴られていって、べつのルールに支配されるようになって、もう元には戻れなくなっちゃったのよ」

○

白黒ダービーのフィールドが町全体に拡大した時期を《揺籃期》と呼ぶそうだ。

その頃には混沌と狂気が蔓延した。住民全員がサポーターかつ選手であり、老若男女がたった一つのボールに群がる阿鼻叫喚の団子状態。中央広場などのひらけた場所ならいざ知らず、小路にボールが転がり込んだりすれば大勢が抜け出せなくなり、ボールともども足を蹴っては蹴られの小競り合いがはじまった。プレーに直接干渉するのはせいぜい五、六人にかぎられており、それ以外の選手は傍観者とさして変わりなかった。

この頃に登場したスターが、ブラックスのウィルソン・ウィルソンである。

ドリブル・ダンサーという異名をつけられた彼は生来のしなやかな身体を生かし、小刻みにステップを踏みながらせまり来るスライディングをジャンプでかわして、敵陣の奥深くまでボールを運ぶことに成功した。ウィルソンは瞬く間に町一番の有名人となり、ブラックスは彼にその年の収穫物をおくり、地元名産の向日葵酒をおごった。

さらにはブラックスのみならずホワイツの面々も、ウィルソンのテクニックを身につけようと見よう見まねにステップを踏みだし、これが今現在でもゾーン二二のディスコで夜通し踊られているこの町特有の情熱的な「ボールダンス」の発祥となった。

「『ボールダンス』はドリブルに必要な基本動作をすべて兼ね備えてるから、この町ではみんなドリブルを習う前にまず『ボールダンス』を習うの。だから子供からお年寄りまで、基本ステップぐらいならみんな踊れるのよ。それに、長い歴史のなかですこしずつかたちを変えて、いまじゃ白黒ダービーに対する意気込みだとか、誰かを恋いしたう強い気持ちを表現した情熱のダンスとしても知られるようになったの。つまりはこの町のリズム、人間の、肉体のリズムってことね」

そうしてマーガレットはぼくの手を取って立ち上がらせる。

星明かりのダンスフロア、お月さまがミラーボール、そよ風にこうべを揺らすたくさんの黄色い観衆。

たがいに向き合って、

右足トゥーキック　右足ヒール

フェイント右またぎ　左またぎ
ジャンプでスライディングかわして
右シュート　左シュート
チャチャチャ
ウッ！

●

こうして住民全員が「ボールダンス」を踊れるようになった時分、当時の町長アイザック・ロックが〈フィールド改革〉を実施し、プレーを継続しながらもボールのないエリアから順々に町を区画化していった。これにより、白黒ダービーに一定の秩序がもたらされた。区画数は二〇、一区画における選手数は最大一〇〇人というのが最初のルールであった。住民のプレー範囲は各自が居をかまえる区画内にかぎられ、ボールはリレー形式で道から道へ、区画から区画へ運ばれるようになった。これを受け、ウィルソンは一区画に押し込められ、主役の座から引きずり降ろされた。

彼にとってさらなる打撃となったのが、ホワイツの監督ジェームズ・クラークが導入したパス戦術であった。効率性を重視したそのスタイルは革新的で、ボールはブラックスを翻弄しながら足先や股下、頭上を大きく通過し、通りから通りへ流れるように移っていった。なす術なくサウスサイド・スタジアム付近まで攻め込まれたブラックスも、一も二もなくパス戦術を会得して巻きかえし、ふたたび両勢力は拮抗した。

クラークは英雄として称揚されたが、いまだボールがまわってきてもドリブルに固執するウィルソンは独善者と見なされ、ブラックスの面々からさえもつま弾きにされた。最後にはそれが原因で彼の営んでいたバーにも人が寄りつかなくなり、この町からひっそりと去っていったという。

「ドリブルからパス主体に変わっただけで仲間はずれにされちゃうなんて、ひどいと思わない？」踊り疲れたマーガレットはぼくの肩にもたれかかってきた。「だってそんなの単なる流行でしかないじゃない。たとえばいま、この時代に生まれてればまた違ったかたちでずっと活躍できたんだろうなってつい考えちゃうのよね……。まぁもちろん、レオのほうがよっぽどドリブルうまいんでしょうけど」

チュッ。

ウッ！

〇

パス戦術の誕生した《革新期》には、町長のポストを両クラブの監督が二人して兼任するようになった。さらに、区画ごとに人数制限がもうけられたことにより、自然とボールのあつかいに秀でた者が優先的にプレーするようになって、サポーターと選手のあいだに明確な線が引かれた。

当時、ボールの位置をリアルタイムで把握するのは実質的に不可能で、戦況を伝達する手段は「ボールボーイ」という使者の足にかぎられており、監督は区画別の選手数や戦略のみを操作していた。あとはこの頃、各区画内に置かれるようになったキャプテンと選手が個々で判断し、対処するのだ。

各区画のキャプテンは、白黒ともに目印として赤い布を右の二の腕にまくことが義務づけられていたが、制度の移り変わりとともに現在では部分的に変化し、各小隊のキャプテンは黄色の、各ゾーンのキャプテンは赤のスカーフを首にまくことになっている。

ぼくらブラックス九番隊を例に取れば、カンディンスキーがキャプテンをつとめており、黄色いスカーフをなびかせながらボールをぴたっとトラップし、長短のパスを正確に蹴り分ける様は、モノクロの風景のなかでそうとう見栄えが良い。実際に、ゾーン四八のブラックス専用練習場で定期的に行われる公開練習では毎回、カンディンスキーにひときわ大きな声援が送られていた。そして若い女の子たちはフェンスから身を乗り出してカンディンスキーのたくみなボールさばきを写真に収め、少年少女はこぞって彼の一挙一動をまねするのだ。ボールをこすり上げるような独特のキック・フォームとか、親指を突き立てることとか。「ヘイヘイ」という口癖(くちぐせ)とか、火花でも出そうなぱっちりウィンクとか。

●

今日(こんにち)では、両クラブの監督は四年ごとに実施される住民投票によって選出される決まりになっている。

両監督の方針がもっとも色濃く反映されるのが全五〇ゾーンにおける大局的戦術、住居施設の提供による有力選手の配置、各ゾーンのフォーメーションである。たとえば通りごとのボール通過数や確率に関する統計学的データ、ディープラーニング・システムを導入したスーパー・コンピューターが弾き出した大局的なボール軌道予測、相手側の予想布陣などに基づき、現行の規定である一ゾーンあたりの最大選手数三〇〇名を個々の実力も考慮しながら五―二〇名の小隊に振り分け、それをさらに適材適所で配備するのだ。

現代は守備意識が非常に高く、両監督ともにホーム・スタジアム周辺のゾーンに守備力の高い主力選手を集中的に配している。さらに、ボールは運ぶよりもクリアするほうが簡単ということも相まって、一昔前よりも相手側ホーム・スタジアムに攻め込みにくい状況が生まれている。

これに加え、両監督はヘッドコーチ、テクニカルコーチ、フィジカルコーチ、分析班とともに二四時間の監視態勢を敷いており、ボール周辺のエリアを担当する各小隊のキャプテンに対して、局所的なボールの軌道予測、相手側の予想選手配置図、それに対する自軍の最適な配置図や展開図を、スマートフォンやタブレットを通じて一分刻みでデータ提供している。キャプテンはこれをもとに各選手に指示を出し、さらに各選手はその指示をもとにプレーするのだ。

○

場面はふたたび、現在の熱狂渦巻くノースサイド・スタジアム。

大型ビジョンには、民家の庭先に迷い込んだボールをめぐって白と黒の選手が入り乱れるなか、首に黄色いスカーフをまいた白ずくめの選手がスマホ片手に、なにやら鬼の形相で叫んでいる一幕が映し出されている。

しかしほかの白たちは命令を聞いているような素ぶりをいっさい見せず、家主らしき老人があんぐり口を開けるなか、黒のパスをカットしようとところかまわず走りまわり、プランターや植木鉢をことごとく蹴りたおし、スライディングで芝生をけずって、ショルダーチャージを空ぶりしたいきおいそのままベランダに突っ込み、窓ガラスを割っている。

●

マーガレットが向日葵畑で語ったところでは、実のところ、いざボールを前にしたらデータを気にかけている余裕なんてぜんぜんないらしい。

「数字なんか気にしてられるのは椅子に座ってるお偉いさんだけだって、選手はみんな言ってるわ。最後にものをいうのはやっぱり一瞬のひらめき。恋に落ちる瞬間みたいな、あの電撃的な流れに身をゆだねるしかないのよ」

そう言って彼女はぼくを押したおし、またもや電撃的に身をよじらせてくる。

○

《革新期》には実利的な思想が根を下ろし、ボールの正確な位置が分からないことを逆手にとって嘘を吹聴(ふいちょう)する、相手と同じ色の服を着てボールを横取りする、美女に相手の主力男性選手を誘わせ酒に酔わせたり骨抜きにしたりして戦略情報を入手しついで戦意を削(そ)ぐなど、数多(あまた)のマリーシアが横行した。

史上もっとも過激だったとされているのは、ブラックスがボールを一〇〇人ほどの選手で取り囲み、敵陣に行進した「ボール包囲戦術」である。

ホワイツの選手は黒の輪のなかに一歩も踏み入ることができず、進行を阻止すべく殴(なぐ)り蹴り、果ては白の石材やこん棒で襲いかかった。ブラックスも武器で応戦し、なおもボールを囲んだ黒の輪を区画から区画へとつないでいった。そしてブラックスがノースサイド・スタジアムまで迫ると、当時ホワイツの第一七区画キャプテンだったエリック・ドリンクウォーターが「黒のゴールよりも先にゴールマウスを奪え」と号令をかけ、ホワイツの選手およびサポーターを率いてノースサイド・スタジアムのゴールマウスの破壊行為に打って出た。

これがのちにいう〈白の乱〉である。

ドリンクウォーターは当時、実は稀代の戦術家として名を馳せており、それまでにも町全体に主戦力を均一に振り分けるゾーンプレス、主戦力をサイドラインに集中させボール奪取後サイドを起点に駆け上がるカウンター、東西のラインに主戦力を一列に配してラインごとボールを押しかえすライン戦術など、数々のタクティクスを編み出してきた。しかしそのなかでもゴールマウスそのものを奪うというコンセプトは、たとえその行為が暴挙であっても、人々にとりわけ鮮烈な印象を残した。そしてマーガレットが「パイに白桃を入れるぐらいとびきり革新的な試みだった」と言及していたように、時を経るにつれ、当時まだ暗黙の了解で成り立っていた曖昧模糊たる白黒ダービーのルールの盲点を突いた戦術として再評価されるまでになった。

その影響力は言葉の上にも如実に表れており、常識を奇抜なアイデアで塗りかえることを指す比喩「ドリンクウォーター的転換」の大本になったとされている。

この言葉は誤用を含めけっこう日常的に使用されており、あるときマーガレットはこんなふうに使っていた。

「ちょっと値段が高いんだけど、ゾーン九にあるケーキ屋さんの白桃パイがとにかくもうドリンクウォーターなの！」

●

かねてよりこの町で発生する実生活上の犯罪は白と黒の因縁に端を発するものが多く、警察が便宜上、白黒ダービーの審判団としての機能をあわせ持つようになり、どの通りにもかならず二人以上の審判員が配備されていた。そして白黒ダービーで暴動などの非常事態が起こったときには「武装審判団」と呼ばれる騎馬隊が投入された。〈白の乱〉においてもこの

「武装審判団」が、圧倒的な武力でもってホワイツを阻止したのである。

いまもなお審判団の基本理念は引き継がれている。町じゅうで白と黒の攻防に目を光らせ、ラフプレーに走った選手はもちろんのことプレーを妨害するサポーターにも銀の笛を鳴らして警告を与え、石を投げたり耳に噛みついたりするなどの行き過ぎた者に対しては、老人であれ子供であれ容赦なく手錠をかける。

こうした審判団には白にも黒にも染まっていない中立的な人間がもとめられるが、町なかにはいないため、主として田園地帯に住まう農夫たちから選出され、中立性の象徴として青の服に身をかためることになっていた。

「たぶんこのあたりにもいるわよ」マーガレットはさんざん大きな声を上げたあとでいまさらのように声をひそめた。「わたしたちを見つけでもしたら、すかさずピーッって笛を吹いてくる青の人たちが」

ぼくのような外部から来た人間からすれば、白と黒のあいだならグレーがふさわしいと思うのだが、この町ではそんな理屈は通じないらしい。グレーは衣類どころか家具から食品まで徹底的に排除されており、灰色の猫が目の前を横切れば不吉のしるし、曇りならば雨のほうがまだいさぎよいとされ、恋人でも友達でもないグレーな関係は言語道断とされている。

とにもかくにもここの人々は、白黒はっきりつけたいのだ。

○

その姿勢は〈白の乱〉鎮圧後に今一度問われた善悪の判断基準にも表れている。審判団ははじめホワイツを悪と見なしたが、そもそもの発端はブラックスの「ボール包囲戦術」にあり、大義は白黒どちらにもあってどちらにもないようにも思われたのだ。

厳密なルールなくしてはいつまた第二、第三の〈白の乱〉が起きるかもしれないため、このときはじめて白黒ダービーのルールブック『白黒大法典』が作成された。ボールを三人以上で取り囲んではいけない、ボールを足以外のもので運んではいけない、ゴールマウスのほうを運んではいけない、などの基本原則で、破った者には罪の重さに応じて罰則が科せられた。これにより、今現在にまで続く、町役場、審判団、裁判所が権力の濫用を防ぐためたがいに牽制し合う、三権分立の雛形（ひながた）が確立されたのである。

またこの時代には、ゴールマウス前に数多の選手が殺到する醜い混戦を解消しようという「ダービー美学」なる運動も興（おこ）った。その影響もあって、両スタジアムのピッチは現代のフットボールでいうハーフコートサイズに縮小され、オフサイド・ルールがもうけられたほか、白黒ともにそれぞれフィールド・プレーヤー八名、ホーム・スタジアムのクラブにはそれに加えてゴールキーパー一名のみがプレーを許されることとなった。

「あなたも知ってのとおり」マーガレットは目をふせ、またいちだんと声を落とした。「ノースサイド・スタジアムでいえば、わたしのホワイツ一番隊、あなたのブラックス九番隊がその八人に当たるっていうわけ」

●

約一〇〇年続いた《革新期》のあとには、ホワイツが《氷河期》、ブラックスが《暗黒期》と呼ぶ時代が訪れた。この頃、この地方一帯が厳酷な寒冷気候に見まわれ、農作物の収穫量がいちじるしく減退し、町は飢饉に窮して、さらには黒死病が流行りだしたのだ（《氷河期》と《暗黒期》の名称に関しては統一すべきという意見が絶えない。白黒／黒白ダービーや白黒／黒白戦争などの名称においても、「白」と「黒」どちらが先に来るべきかといった論争がある）。

　ホワイツは味方の皮膚が黒ずみ、次々と倒れていくのを目の当たりにしてブラックスの呪いとおののき、皮膚に白うるしを塗り、石灰で白濁した温泉に浸かったが、なんの効き目もなかった。他方、ブラックスの黒死病に対する見地はやや複雑で、はじめこそ白黒双方の黒ずんだ皮膚を見て、これぞ我らが望んだ神通力だと喜びもしたが、そんな彼らも結局はあえなく倒れていくのであった。

　通りを歩く人はまばらになり、区画によってはわずか数十人でボールを蹴り合う事態に陥った。それでも住民は白黒ダービーを中断しなかった。おそらくはやめるという選択肢すら思い浮かばなかったのだ。ボールがすぐそこの通りにあると聞けば、熱心な選手は這いつくばってでも病床から抜け出し、あくなき執念でボールを蹴り続けた。しかしこれが結果的に、接触プレーを介した皮膚、飛沫感染を助長し、黒死病がさらに蔓延した。

近年になって判明したことだが、当時、ブラックスは黒パンを、ホワイツは白パンを主食としており、前者の高い栄養価のおかげでブラックスはより健康で抵抗力もあったのだという。そのため、それまで拮抗していた人口比もこの時期には約三対二の割合でブラックスに傾いたとされている。

しかし当時の人々はその原因が主食にあったとはつゆ知らず、一部では本当に、黒死病はブラックスの呪いによるものだと信じられていた。

○

黒死病の猛威が過ぎ去ったあと、ホワイツのほうが有力選手の数が若干少なくなり、力関係もわずかながらブラックスに傾いた。

ブラックスはこの好機をのがさず、破竹のいきおいで敵陣に攻め入っていったが、おりしも〈ボールの消失〉という奇々怪々たる事件が起こった。いまでいうゾーン四二にて、ブラックスのウルフギャング・チューリングがボールを高く蹴り上げたところ、尋常ならぬスパイラル状の軌道を描いて民家の屋根を越え、そのまま行方(ゆくえ)知れずになってしまったのだ。

白と黒の選手たちは周辺の屋根、下水道、民家のなかまでしらみつぶしに捜索した。それでも出てこないとダウジング、タロット占い、占星術と手をかえ品をかえ、サポーターの全面協力のもと、町全体まで捜索の範囲を拡大した。

だが、その努力はいずれも結実しなかった。

「信じられないような話だけど、古い文献をあさるかぎり、ボールが消えたのはホントのことらしいの。ボールがなくなるなんて考えただけでぞっとしちゃうし、この気持ちは当時も同じだったんじゃないかな」

向日葵畑からの帰りしな、マーガレットはそうつぶやきながら暗がりの向こうに小石を蹴り飛ばした。

●

週一回、土曜日夜九時。

それがマーガレットとぼくの取り決めた、周囲に怪しまれないですむ、そしてたがいのこころが恋しさのあまり破裂しないですむぎりぎりの頻度だった。

週日も、自宅マンションと練習場を往復しながら、絶えず電話やメールで連絡を取った。ランチを写メで送り合って、寝る前には、相手よりも自分の想いのほうが強いことを示そうと躍起になって愛の言葉をささやき合った。そうかと思えば、液晶画面に映る相手の顔に見入ったまま一言も発さず、そのまま夜を明かしてしまうなんてこともあった。

週のなかばに差しかかった頃には長針を、木曜日には秒針を呪いだし、金曜日には練習前から息苦しさを感じるようになって、土曜日の夜が訪れればつんのめるようにして家を飛び出し、向日葵畑に咲くたった一輪の白い花を朦朧とした意識で探し当てた。そして、その馥郁たる香りを胸いっぱいに吸い込むことでようやく息を吹き返すことができた。

逢瀬のたび、マーガレットは瞳を虹色にきらめかせながら白黒ダービー史を語ってくれた。

その語り口は熱に浮かされているようで、ときには興奮のままにぼくの上で飛び跳ね、向日葵を揺らしながらひどく熱情的に弁をふるうこともあった。ふんわりした土のにおいが鼻をくすぐり、昼と夜を間違えたミツバチが夢遊病者のようにふらふら飛びまわって、向日葵が土にまみれたぼくらをなやましげに見下ろしている。それにすこしばかりの眠気が彩りを添えて、あたり一面が夢のようにかすんで見えた。

「いまって、ホントは存在しないはずの特別な時間なのよね」あるときマーガレットは半月を見上げながらそんなことをつぶやいた。「みんないつも言ってるじゃない、どんなこともちゃんと白黒つけなきゃいけないって。でも、たまにはグレーのままずっと続くのもあっていいんじゃないかな。白と黒の恋愛も、一つや二つぐらいハッピーエンドがあってもいいのに」

そのとき彼女がこぼした話では、この町には白と黒の禁断の悲恋にまつわる場所がいくつか存在するらしかった。

となり同士の家に住んでいた白と黒の少年少女が屋根の上でキスしていたところ、グレーの霧に包まれ石化し、屋根から転がり落ちてこなごなになってしまったというゾーン三〇の廃屋。

望まれぬグレーの子供を身ごもってしまい、男女ともに身投げして水面をグレーに染めたとされるゾーン七の池。

周囲の激しい反対を押しきって想いを遂げたが、すさまじい情熱のあまり身体が発火し、二人とも灰（グレー）になってしまったというゾーン一一の焼け落ちたボール倉庫跡。

これらグレーの道ならぬ恋物語はいかなる歴史書にも記されておらず、何世代にもわたり口伝で伝えられてきた。それも年配者が若者に対して、白と黒の交わりの禁忌に関する訓戒（くんかい）として語り聞かせるものと相場が決まっているらしい。

ぼくも内心ずっと煩悶（はんもん）していた。この町で結ばれることがかなわないなら外の世界に出て行くしかないが、マーガレットはホワイトヘッド監督の愛娘（まなむすめ）で、ぼくはまだ三年もの契約期間を残したブラックスの一選手。ロミオとジュリエットよろしく向こう見ずに駆け落ちするにはすこし歳を取り過ぎているし、かといっていつまでもいまの関係を続けられるはずもない。毎日練習場で顔を合わせているチームメイトへの後ろめたさもぬぐえない。その思いはきっとマーガレットも同じだったろう。

はじめはどんなに楽しく土の上を転げまわっていても、逢瀬を重ねるにつれ、向日葵畑をあとにするぼくらの頭は晩夏の向日葵みたいに垂れていった。

○

ノースサイド・スタジアムは長い歴史のなかで何度も増築、改修を繰り返してきたそうだが、約三〇年前の大規模改修の際、最上階にＶＩＰルームをもうけたはいいものの、五年に一度あるかないかのスタジアムでのプレー時をのぞき誰も使用する者がいなかったため、ホワイツの監督が住居として使うのがならわしとなった。マーガレットの父フィッツ・ホワイトヘッドも二二年ものあいだ監督を続投しており（その手腕は確かで過去に四度相手ゴールに迫った実績を持つ、歴代四位の任期）、就任時からずっと家族三人でＶＩＰルームに暮らしてきた。

マーガレットの持つもっとも古い記憶は、母親に手を引かれて見学したがらんと静まりかえった選手控室だった。歴代監督の肖像画が壁にかけられた応接室で食事をとり、学校の友達とコンコースで鬼ごっこやかくれんぼをしてきた。ひまなときにはＶＩＰルームのガラス越しに眼下に広がる青いピッチを漫然と眺め、白黒ダービーに惑溺する住民のすがたを幾度となく思い描いてきた。

マーガレットいわく、ボールがゾーン四八に近づきつつあるという一報が町に流れるやいなや、ノースサイド・スタジアムのメインスタンドには、生涯ボールを追い続ける熱狂的サポーター「ボーラー」が先乗りし、テント、寝袋、食料品を広げはじめるそうだ。それから徐々にほかのサポーターも集まりだし、「ボーラー」がチームフラッグやチームＴシャツ、向日葵酒やサンドイッチを売り歩き、余興のジャグリングをしだして、ボールがゾーン四八に入った旨を知らせるアドバルーンが上空に上がる頃にはもう、スタンドは白と黒のサポーターで埋めつくされている。

無論、ボールがスタジアムはおろかゾーン四八にすら入ることなくべつのゾーンにクリアされてしまうことのほうが多いのだが、サポーターの多くはまたボールが戻ってくるようにという願掛けも込めて、その後も数日間はスタンドに留まるらしい。

●

マーガレットにとってそこまではまだ見慣れた光景だったが、一〇歳の頃ついにボールが家の庭に転がり込んできた場面を目撃した。

その日彼女は、自分がボールになって街路で楽しく弾んでいる夢を見ており、とつぜん得体のしれない巨大な黒い怪物に思いきり蹴とばされたところでベッドから飛び起きた。まわりがやけに騒がしかったのでパジャマのまま部屋から出てみれば、コンコースはすでにサポーターでにぎわっており、VIPルームにもひっきりなしに関係者が出入りして、ノートパソコンの画面を指さしながらなにやら深刻そうな顔で父親と話し込んでいた。サポーターのチャントやエールがVIPルームまで伝わってきて、朝食の食器をカタカタと震わせた。

正午を過ぎた頃、ホワイトヘッド監督は全身白の一張羅を着込み、ケータイ電話で誰かと話しながらピッチサイドの錆びついたベンチに腰掛けた。かたやマーガレットは危ないからと、母親とともにVIPルームに留まることを命じられた。

ぶぅぶぅ文句を垂れながら窓ガラスに鼻とおでこをくっつけていると、にわかに歓声が高まり、ホワイツが「地獄の口」、ブラックスが「天国の口」と呼ぶ巨大な入場ゲートから、白黒の選手一団がいっせいに飛び込んできた。

ボールは結局、一分と経たないうちにおはじきみたいに弾かれてまたスタジアムの外に出て行ってしまったが、そのわずかなあいだに繰り広げられたつば迫り合い、ホワイツが泥くさいスライディングを仕掛け、ブラックスが華麗なスルーパスをディフェンスラインのあいだに通し、観客がボールの行方に一喜一憂する様は、幼きマーガレットの目に鮮烈な印象を焼きつけた。

彼女はその瞬間のことを「レオと戯れるときの熱っぽさみたいなもの」と振りかえっている。「それであのとき、みんなを夢中にさせるあのボールはいったいなんなんだろう、どういう紆余曲折を経てわたしの家にたどり着いたんだろうって不思議に思ったの。それが白黒ダービー史を学びたいって思ったきっかけ。ボールの軌跡を逆に追いかけていけば、いつかそのうちダービーの根っこみたいなものを引き抜けるんじゃないかってね」

○

向日葵畑での逢瀬のあと、ぼくらはロマネスコやランタナの畑を通り抜け、その合間にも何度となくたがいを押し倒しながら、ノースサイド・スタジアムに向かった。

スタジアムは街灯のほの白い明かりに大事そうに抱かれ、巨大な白まゆのようにそびえ立っていた。正面ゲート近くには、第二回白黒ダービーでゴールをあげたとされる伝説の選手ロイ・チャールズの白い石像が建っていた。半袖半ズボンのいかめしい顔つきで、いましも強烈なシュートを決めようとしているかのように右足を大きくうしろに振り上げている。もちろん本物の写真は残っていないので想像上のチャールズ像らしい。

ぼくらはチャールズ像の陰でたがいの顔をキスで埋めつくしたあと、ときおり『ロミオとジュリエット』ごっこをした。誰かに見つかってはまずいので手短（てみじか）に、サイレント・ムービー風に。

まず、マーガレットがスタジアム上階の窓ガラスに顔を押しつけてブタ鼻になり、白いハンカチを目元にあて泣くふりをする。ぼくは左手を胸にあて、右手を彼女に向かって差し出し、くるくるくるりと三回転。その場にひざまずき彼女への愛を口パクする。そしてマーガレットはハンカチに顔をうずめて大泣きし、窓ガラスにキス。最後、豪華客船の出航前とばかりにハンカチを振りながらあとずさりしてすがたを消す。

嘘泣きの茶番だったはずなのに、回を重ねるにつれいつしか彼女のハンカチは本当に濡れるようになっていた。冗談だが、冗談ではない。お茶目だが、切実なお茶目。

親愛なる友、ロミオよ。

●

〈ボールの消失〉についてはなんの手掛かりも残されておらず、神隠し説、白黒ダービーにうらみのある何者かがボールを隠し持っている陰謀説、軌道が常軌を逸していたことからボール自体が昇天したという説までさまざまな憶測が交わされた。

その後も選手やサポーターの一部は当てどなく町をさまよい、そのうちボールのほうからひょっこり現れてくれるのではないかという淡い期待を抱いて路上に寝泊まりするようになった。こうした熱心な人々がいまでいう「ボーラー」の先駆けになったといわれている。

ほかの住民もひまさえあれば沿道に立ち、手を目の上に添え、遠くの空を眺めわたした。この時代にはすでに、物理学者ハーディ・トラフォードが『白黒ダービー力学大全』のなかで発表した地動説が広く浸透しており、ボールがそのうち地球を一周して戻ってくるのではないかと考えられていたのだ。

ちなみにこの頃になると、この町の教育機関では数学や物理学を応用したダービー戦術論や歴史、ボールのあつかいに関する基本技術が教えられていた。

それは現在も続いており、この前、ブラックス・サポーターとの交流キャンペーンの一環でぼくら九番隊が小学校を訪問した際には、ぼくのシュート速度、時速一二八キロメートルでボールが半径六三七八キロメートルの地球の赤道を空気抵抗の影響なしに一周するにはどれだけの時間がかかるかという問題が先生から出された。

子供たちの手本となるべく選手側が解答することになっていたのだが、ほとんどがきまり悪そうに顔を見合わせるなか、プレー同様計算力に優れたカンディンスキーは見事に即答してみせた。

「ざっと三一〇時間！」

〇

だが〈ボールの消失〉から三一〇時間が経過し、一ヶ月経っても、一年経っても、ボールは戻ってこなかった。

両クラブの監督は協議を重ねた末、ボールに懸賞金をかけることにしたのだが、これは結果として予想外の論争を引き起こした。懸賞金欲しさにボールを発見したと名乗り出る者が続出したものの、両クラブの監督やスタッフが審査したところ、どれもたった一目で偽物であることが見抜かれたのだ。その上、ボールを届け出た者ですら、指摘されたとたんそう素直に認めたのである。

このときにはすでに、「ダービーのボール」は直径一九センチメートルの白と黒の革製にかぎるという現在と同じ規定がもうけられていた。これは量販店で売られているようなしごく普通のボールと同じ規格だったのだが、にもかかわらずそれら市販のボールが「ダービーのボール」になりえなかったのは、その時代における「ダービーのボール」が一つしか存在しないためと考えられた。つまり、たんなる物質ではなくある種の常識の一形態として、一時代において一つしか存在しえない概念的物体として人々のあいだで共通して認識されていた可能性があるということだ。これはすこしのちに流行する「ダービー哲学」にも通ずる考えであった。

しかしそうとは言っても、結果だけ見ればボールは出てこないままでなんら変わりなかった。

積もりに積もったサポーターの鬱憤はとうとう、最後にボールを蹴ったチューリングに向けられた。測量士の見習いだった彼は、非凡な才覚こそないものの連携プレーに優れた選手で、とても生真面目な性分であったという。それなのに、本人がいくら分からないと涙ながらに訴えても、ボールを消滅させてしまったというだけでホワイツ、あまつさえブラックスの面々からも糾弾された。

そしてついには、チューリングが黒魔術師であるという噂が広まり、ある夜、白黒入り交じった一群がチューリングの家に押し入り、パジャマすがたの彼を表に引きずり出して、中央広場の楡の木に括りつけて火あぶりにしてしまった。現在の審判基準に照らせばこの暴挙は無期懲役刑に該当するが、当時、チューリングに対して不信感を募らせていた町役場、審判団はそれを不問に付したという。

この焼け焦げた楡の木はいまも中央広場の片隅に残されており、とくに子供たちのあいだではチューリングの怨霊が出る肝試しスポットとして知られている。

●

チューリングを処刑してもボールは帰ってこなかった。あとに残ったのは索漠たる虚無だけだった。なにをしても、誰を非難しても、ボールは戻ってこない。人々は口をつぐみ、これまで外にばかり向けてきた疑いの目を内へと向けた。

ボールとはそもそもなんなのか。

蹴らなければならないと強いられたわけでもないのに蹴るのを禁じえず、先にボールがあったのかそれともダービーのためにつくられたのかも定かでない。ダービー、ボール、ヒトの三角関係は普遍的な真理としてこの町にあり続けてきたが、ボールが消失してその均衡が崩れたいま、もしやわれわれの存在意義そのものが危険にさらされているのではないか。

古来より存在していた「ダービー哲学」がこれを機に町全体に普及し、哲学者のみならず町の誰もが日常的に思索に耽(ふけ)った。とりあえずゴールネットに絡まってみたり、誰かに蹴られてみたり誰かを蹴ってみたり、頭を丸めてみたり、枯れ枝で地べたに無数の円を描いてみたり。

○

この時流のなか、多数の住民が日々の思索を日誌、随筆、評論などさまざまなかたちで書き残している。

たとえばマーガレットがすすめてくれた『マンガで学ぶ白黒ダービー哲学史　白きレイチェルの嘆き編』によると……


•酒場の売り子レイチェル・ブッチャーは、向日葵酒の入ったジョッキ両手にキッチンとお店を行ったり来たりしながら、もうちょっとボールの立場になって考えてみてとなげいた。ボールに目がついていたら、ボールが消えたのではなくてあたしたちが消えたとも言える。あたしたちは自分本位で物事を考え過ぎなのよ、だからこき使われてばかりいるあたしのこともちょっとは考えて、と。

・レイチェルの恋人、鍛冶職人の飲んだくれニール・シールズは、彼女の働く酒場で「ボールの死」を触れまわった。この未来永劫繰り返される白黒ダービーという現象のなかでおれたちの唯一のよりどころであったボールが死んだいま、おれたちも死んだ。だから毎日酒を飲んでもべつに構いやしないんだと豪語し、レイチェルを泣かせながら。

シールズが言った「ボールの死」しかり、この時代に蔓延したダービー思想は悲愴感濃いものが多く、人々はシールズに負けず劣らず酒を浴びるように飲み、それでもやりきれないとなると最後は死にすがった。

これが《氷河期》／《暗黒期》もまだやさしかったとされる《無の時代》である。

●

「ねぇ、歴史ってなんのために作られたか知ってる?」

ある夜、マーガレットがとろんとした目で見つめてきた。

ペナルティエリアへの侵入角度にシュート精度、バイタルエリアでのボールの受け方やディフェンダーとの駆け引きしか考えてこなかったぼくは、うまい答えを思いつけるはずもなく出鱈目に言葉を返した。好奇心、繰り返すため、歴史が歴史であるため、意味なんてない、そんなのぜんぶ嘘っぱち。

「なんだかどれも惜しいわね」マーガレットは破顔した。「わたしが思うに、正解なんて単なる言い訳。心配性の人類が、自分たちがどうしていまここにいるか説明をつけるために発明したの。本来、歴史なんてヒトの頭の中にしかないうやむやなグレーなのに、それじゃ困るってことでお偉いさんたちが四捨五入、切り捨てごめんって感じに無理矢理白黒つけたのね。だけどわたしたちってふだん、歴史がなんなのかなんて気にも留めないじゃない。そういう肝心なことはなおざりにして、目の前のボールばっかり追っかけてる。でもそんなのわたしからしてみれば、よそ見ばっかしてる浮気性とそんなに変わらないわ。ところであなたって浮気したことある？」

浮気したことはないが、一度だけ既婚者と恋をしたことならあるとぼくは正直に答えた。

「なんでそんなことしたの？」マーガレットは不思議そうに問いつめる。分からないとぼくはまた正直に答える。ただ一つ言えるのは、とてもグレーな経験だったということ。終わりの見えた幸福は不幸と同義。すると彼女は「もしかしてそれはわたしたちも同じなのかな」と、乾いた笑い声を綿毛のようにふっと飛ばす。

それによってせきが切れたかのように、ぼくの口からは心の奥底にため込んでいた種々の思いが止めどなくあふれだした。いつかやって来る終わりのこと、行き場のないグレーの鬱憤、そして本当にダービーでゴールを決められるのかという不安までも。過去には母国の主要リーグで最年少得点王の金字塔を打ち立てたこともあったが、今回ばかりは歴史の重みが違い過ぎた。三〇〇年分の重みの詰まったゴールときたら、右足一本で蹴り込めるかどうか誰だって不安になるのが普通ではないだろうか。

だがそんなひどく頼りない言葉にも、マーガレットは優美な微笑でもって耳を傾け、頭をよしよししてくれる。

「歴史なんて発泡スチロールみたいにすかすかの見かけだおしなんだから、思いつめることなんてないのよ。さぁ、ママだと思ってなんでも打ち明けなさい。弱音でも不安でも、甘えるだけでもなんでも」

そうしてぼくを抱き寄せ、白くてやわらかいおっぱいを押しつけてくる麗(うるわ)しき慈愛の女神。

むにゃむにゃむにゃ……。

○

そんな黄金の日々は、向日葵の花びらよりも先に儚(はかな)く散った。

マーガレットと音信不通になる前、最後に送られてきたメールによると、週末ごとに自主練と言ってはスタジアムを抜け出し、スニーカーを泥で汚して帰ってくる彼女をホワイトヘッド監督が不審に思って使用人にあとをつけさせたところ、ぼくとの逢い引きがあっさり発覚してしまったらしい。

なお悪いことに使用人が言いふらしたのか、ぼくとマーガレットの関係は一夜にして町じゅうに広まった。

往来ではホワイイツのサポーターからやじが飛んでくるのは当然のこと、ブラックスからも「裏切り者!」と水をかけられ、生卵までぶつけられる始末。ブラックスのラッセル監督に呼び出されて町役場に行ってみれば、「チームという言葉を知ってるかね？　きみのおろかな振るまいが、ブラックスの調和を乱すことにもなりかねないんだよ」と叱責のついでに減俸も食らった。

がっくり肩を落として練習場に行けば、今度は九番隊のチームメイトがそろって無視を決め込み、パスも出してくれない。唯一話しかけてきてくれたカンディンスキーも、口をとがらせて警告してきた。

「ヘイヘイ、レオナルド、同情はするが白と黒の交わりはタブーだ、近親相姦よりも重いタブーだ。今度おれが良い子紹介してやるからさ、マーガレットのことなんて早いとこ忘れちまえ。そういやうちのチームのプルーデンスだっておまえに気があるらしいぞ。可愛いし、気立ても良いし、今度デートにでも誘ってみたらどうだ？」

しかしそのプルーデンスだって、練習場でぼくのスパイクをゴミ箱に捨てた犯人の一味だという噂である。

極めつけは、ホワイツのホームページ上で発表されたホワイツ歴代第五位の移籍金で獲得された大型ディフェンダー、アルブレヒト・ツェルメロの移籍契約締結に関するプレスリリース。そこで、今冬よりゾーン四八ホワイツ一番隊の一員としてプレーすることになったアルブレヒトが、マーガレットと婚約した旨もあわせて発表されていたのだ！

おそらくはホワイトヘッド監督の腹いせ、あるいは世間体を取りつくろうためのもみ消しだろう。でもなにもそこまで『ロミオとジュリエット』をなぞらなくてもいいのに……。

●

マーガレットと連絡が取れず、ただ彼女の無事を祈ることしかできない悶々たる日々。唯一残された望みは、彼女からの最後のメールに添えられていた「土曜夜にスタジアム前でトムを待って」というメッセージだった。

各スタジアムに一つだけあるゴールマウスを守るキーパーは例外的に手の使用が許された特殊なポジションで、白黒ともに一名しか登録が認められておらず、サウスサイド・スタジアムではブラックスのフィック家が、ノースサイド・スタジアムではホワイツのギブス家が、過去三〇〇年にわたり代々ゴールキーパーをつとめてきた。御年六二歳になるトム・ギブスはホワイツ二三代目のゴールキーパーにあたり、約一五年前には一人息子のサムエルにその座を譲りわたしていた。妻に先立たれ、現在はノースサイド・スタジアムのコーナーポストのそばに建つ掘っ立て小屋で、サムエルと二人暮らしをしながら日々ピッチ整備にいそしんでいるそうだ。

ノースサイド・スタジアムで生まれ育ち、誕生前に祖父母をなくしていたマーガレットにとって、トムは白黒ダービーのいろはを教えてくれた良き師であり、良きおじいちゃんでもあった。

彼女を驚かせてやまなかったのは、トムのたぐいまれな信念の強さである。実際、ボールがスタジアムに来ることはめったになく、キーパーの仕事はほぼ皆無だったが、トムは誰に命じられるわけでもなく雨の日も、嵐の日も、毎日欠かさずゴールマウスの前に立ってきた。たった一人、誰もいないピッチの一点を見つめながら不動の姿勢でえんえんと。

大粒の雹(ひょう)が降ってきた日には、幼きマーガレットもトムのことが心配でいてもたってもいられなくなり、早く小屋に避難するよう傘を持って呼びかけに行ったらしいが、それでもトムは「マギー、いまもどこかでホワイツが戦っている。ダービーが中止にならないかぎり、わたしもここに立ってなきゃいけないんだよ」と断ったそうだ。

○

マーガレットのメールには明確な時刻が指定されていなかったので、ぼくは土曜の夕刻からチャールズ像の陰でトムを待ち続けた。ノースサイド・スタジアムのピッチはふだんゾーン四八の数あるホワイツ専用練習場の一つとして開放されており、ホワイツ関係者の出入りも頻繁なため、白い影が見え隠れするたび目をこらし、それがトムでないと分かって何度も肝を冷やすことになった。

根気よく待ち続けること約三時間、正面ゲートから一人の老人が出てきた。街灯の淡い明かりのもと、一目でそれがトムだと分かった。上下ともに白のジャージ、両手にはしわだらけの白いキーパーグローブ。それになにより彼自身がしわだらけだった。白い口ひげをたくわえ、腰がかしいでいるのにいまだ二メートルはあろうかという長身、老樹のような威厳をまとっている。

ぼくのすがたを認めると、トムは「レオナルドってのはきみだね」と穏やかなしゃがれ声で話しかけてきた。「マギーから話は聞いているよ、いろいろと大変だったね、きっといまも大変なんだろうけど、めげるんじゃないよ。それで早速だけど、これがマギーからの頼まれものだ」

トムが手渡してきたのは『白黒ダービー近代史I』という一冊の本だった。だいぶ使い込まれている感じで、ぱらぱらページを繰ってみると、あちこち赤いマーカーで線が引かれ、メモ書きもたくさん添えられている。

「マギーはきみに、この本をすみからすみまで読んでもらいたいそうだ。本文だけじゃなく、カバーの裏までそっくりね」

にんまり笑うトムの言うとおりにカバーの裏を見てみると、そこにはサイドライン際を駆け上がるようなリズミカルな字体でずらっとメッセージがつづられていた。

●

ヘイ、レオ、とつぜんこんなことになってしまってごめんなさい。心配も迷惑もたくさんかけたと思います。こんなかたちでしか連絡が取れなかったこともホントにごめんなさい。

実を言うと、あなたに最後のメールを送ってから、父とさんざんケンカした挙げ句、スタジアムに閉じ込められてしまって、大学院での歴史研究も一時打ち切り。インターネットの使用にも制限がかけられて、スマホも取り上げられてしまいました。父にちかしいスタッフからガードマンや使用人まで、わたしをスタジアムの外に一歩も出さないよう結託して、なんだか「ボール包囲戦術」のボールにでもなった気分です。
でも前に話したとおり、トムは信頼のおける人だから安心してください。今回のことでもいろいろ相談に乗ってもらいましたし、この本をあなたに渡す役目も喜んで引き受けてくれました。このメッセージを届けるついでにわたしのお気に入りの歴史書を渡すのがいいかなと思ったんですが、どうだったかしら？　あなたも気に入ってくれること、楽しみながら学んでくれることを願っています。

それにしても、あなたはきっとわたしの父にひどく憤りを覚えていることでしょうね。でも、けっして悪い人ではないんですよ。わたしのことをいつも大事に思ってくれていますし、今回のこともわたしを思うあまりしてしまったことなんでしょう。それに監督という大きな責任をともなう立場だから、模範的な振るまいを示さなければならないのも当然のことなんだと思います。だから無理なお願いかもしれませんけど、どうか父のことをうらまないであげてください。

ただ一つ、あなたにどうしても知っておいて欲しいのは、わたしはいまでもあなたのことを心から愛していますし、これからもその気持ちは変わらないということです。

アルブレヒトのことも、あなたなら分かってくれるでしょうが、わたしの望んだことではありません。それどころか、ちょっと苦手なぐらいです。だって彼のプレースタイルって電柱みたいに突っ立ってボールを待つだけなんですもの。その点、あなたの得意なドリブルは勇猛果敢なだけじゃなく敵を引きつけて味方にスペースも作るし、プレスもおとりになるフリーランもいとわない。あなたは周囲をつぶさに見られる虫の目と、ピッチ全体を上から見下ろせる鳥の目を持った選手。あなたの人柄がそっくりそのままプレースタイルに反映されているようです。そういうところがわたしは大好きなんです。

でもだからこそ、こうしてはなればなれになったいま、ふと思ってしまいます。できることなら、練習でもいいから、わたしのクロスからボレーシュートを決めるあなたを一目見てみたかったって。思いかえせば、あなたとはまだ一度もボールを蹴り合ったことがないんですもの。一度ぐらい、向日葵畑にボールを持ってきても良かったんじゃないかとすこし後悔しています。そして近いうちに、一緒にプレーできる日がやって来ることも心から願っています。ラブ。

◯

それからというものぼくは誰よりも早く練習場を訪れ、誰よりも遅くまで練習場に残り、ひたすら練習に明け暮れた。

ランニングに筋トレにシャトルランにドリブルにシュート。

数百通りの攻撃パターンを積み上げる戦術練習でのけ者にされても、鳥カゴや紅白戦でカンディンスキー以外からまったくパスがまわってこなくても、キルバーンがスパイク裏を見せてスライディングを仕掛けてきても、レントゲン兄弟が挟み撃ちして吹き飛ばしてきても、そのたびに起き上がり、裏に抜け、サイドに流れ、ハイボールを競り合い、ボールを呼び込む動きを繰り返した。そうすることでマーガレットの想いにすこしでも応えられるような気がしたし、すこしは悲しみも和らいだ。

練習以外の時間はずっと自宅マンションにこもってマーガレットの歴史書に読みふけり、飛び跳ねるような筆跡からページのすみにうっすらついていたコーヒーの染み一つまで慈しみ、ときにはそこに唇を重ねて、彼女に想いを馳せた。

そうして一、二週間に一度、トムから電話をもらうたび、ゾーン四三の鬱蒼とした雑木林に建つ廃発電所の前で彼と落ち合い、『白から見た歴史、黒から見た歴史』、『白黒ダービー近代史Ⅱ』、『ボール軌道から読み解く白黒ダービー史』と、マーガレットからの新たな本を受け取った。

トムは良き理解者だった。ぼくが書いた手紙もマーガレットにきちんと届けてくれたし、彼女に対する恋慕やチームメイトとの不和などの悩みにも親身になって耳を傾けてくれた。その様には白と黒を超えた、なにかべつの色を思わせるようなふところの深い雰囲気が備わっていた。そのせいもあってか、彼は日頃よりほかの白の選手からもいろんな相談を受けるらしかった。

「もっとも、わたしにできることなんてたかが知れてるんだけどね。一人のキーパーとして、飛んできたボールをキャッチする。そして次につながるようなフィードを供給するだけだ。あとは選手それぞれが自分で判断して、自分の力でゴールへの道を切りひらいていくしかないんだよ」

トムはグローブをはめた手で葉巻をくゆらせながら、遠くを見るような目つきでそう言っていた。なんでも彼は現役時代から葉巻をたしなんでいたらしい。選手で葉巻を吸うなんて昔も今もトムぐらいのものだった。

●

『白黒ダービー近代史Ⅰ』によると、《無の時代》の終焉は、啓蒙家デイヴィッド・マクスウェルの『再試合提言』に集約されている。

「絶望するのはやめよう。たとえかつてのボールが死んでしまっても、その子供はこの世のどこかでいまもなお成長し続けているに違いないのだから。われわれがいま為すべきことは単にそれを見つけ出すことなのだ」

この平明にして力強い言葉は人々を大いに鼓舞し、絶望のがれきのなかから希望を見つけ出す復興運動がはじまった。キャベツ、毛玉、石ころなどの球体に近い物体から、郵便ポスト、カスタネット、スリッパまで、ボールが新たな形態を帯びている可能性を考慮してありとあらゆるものに目は向けられた。

○

「ダービー哲学」もさらなる発展を遂げた。『マンガで学ぶ白黒ダービー哲学史　大まじめな黒きペンローズ夫妻編』によると……

•売れない絵描きのケヴィン・ペンローズは、筆を動かしながらうわごとのように繰り返した。ぼくらがこの白黒ダービーにおいて持ちうる純粋な意識のありようは、ボールやヒト、すべてのものがどろどろに混ざり合ったスープのようなものとしてとらえることでしかなく、そもそも「ダービーのボール」自体の認識はかなわない、ならば「ダービーのボール」に関するなにがしかの確固たるイメージを一枚の絵のように便宜的に町全体で共有するほうが得策なのではなかろうか、と。

•ケヴィンの妻ビリンダは穴だらけの靴下につぎをあてながらつぶやいた。白黒ダービーと一心同体といっても過言じゃないこの町の人たちは、白黒ダービーの選手やサポーターという枠組みから抜け出すことはできないし、白黒ダービーを意識することなしに「ダービーのボール」を意識することもできないのよ、だから「ダービーのボール」を今一度見つけ出すには、まずほころびだらけのわたしたち自身やダービーの定義からぬい合わせていく必要があるんじゃないかしら、と。

これらペンローズ夫妻の思索活動は当時七面倒くさいと一蹴され、あまり相手にされなかったが、白黒ダービーの本質を端的にとらえていると後世になって再評価された代表例である。

また、ケヴィン・ペンローズが描いたいくつもの白と黒の円が重なり合った抽象画『ボール・イン・ザ・スープ』も当時は二束三文の値しかつかなかったが、のちに近代絵画の白眉として評価され、現在では町役場の航空写真の横にかざられている（抽象画ではなく、ひどい乱視だったケヴィンが裸眼で見ている世界をそのまま描いたものという説もある）。

●

科学分野でもボールの発見、生成に関する研究が活発化した。『マンガで学ぶ白黒ダービー科学史　黒き仲良し三人組編』によると……

・幼少より神童として知られていた錬金術師ポール・リチャードソンはフラスコのなかにボールを探しもとめ、その過程で金やホムンクルスの生成に成功したが、ボール探しに夢中になっていた人々からは見向きもされなかった。

・ポールがフラスコならおれはシャーレでいくと張りきった化学者ジョン・アンダーソンは顕微鏡の世界にボールをもとめ、少量の水に浮かぶ向日葵の花粉がジグザグに微動することを発見した。アンダーソンはこれを町じゅうにひしめく選手とボールの運動に結びつけ、ボールが極小化している可能性について言及した。

・そんな二人と親友でありながら裏ではそれぞれと肉体関係を結んでおり、どろどろの三角関係だったことを日記でにおわせている物理学者パティ・ブラックウェルは、ボールの軌道をたどり白黒ダービーの初期状態の構築を試みようとしたが、選手の数から動きまで膨大な初期条件を要するため実質不可能なことが判明した。

ことにこの「ブラックウェルの魔」なる考えは、のちにボールの軌道に関する決定論的解釈を否定する代表例として知られることになったが、当時はボール探しとは無縁のはなはだしい脱線と人々からののしられただけであった。

またこの頃から白黒ともに、ある目的や会話の道筋からそれたときのことを「ブラックウェルの魔がささやいた」と表現するようになった。あるいはもっと単純に「魔がささやいた」と。

○

幾多の試みの末、消失したボールは思いも寄らないところから発見された。ある日、一人の少年が学校帰りに公園で壁あてをしていたところ、そばを通りかかった人々が異口同音にあれこそがダービーのボールだと騒ぎたてたのである。

少年の名はアルバート・ラムゼー。煙突掃除夫の一人息子で、ボールのあつかいも学校の成績もいたってふつうの小学生。ボール自体もどこにでもあるような革製で、アルバート少年自身もつい数日前に誕生日のプレゼントとして父からもらったものだと証言していた。

だが人々は、それこそが探しもとめていたボールと信じてやまなかった。

そして実際に、アルバート少年のボールは両クラブの選手および監督の検閲を受けた上で正式に「ダービーのボール」と認可された。その根拠は先の「ダービーのボール」という共通認識にしか基づいていなかったが、当時の学者らも合理的な説明を与えられなかった。マーガレットの『白黒ダービー近代史I』のメモ書きによると、この「ダービーのボール」成立の背景に関しては現在も議論の俎上(そじょう)に載(の)せられているが、いちおうは外の世界より伝えられた〝同調現象〟などが有力視されているそうだ。

ボールは一躍時の人となったアルバート少年の足で中央広場まで運ばれ、故チューリングに敬意を表し、ブラックス・ボールで試合が再開されることになった。

これが名高い〈ボールの再生〉である。

その歴史的瞬間を一目見るべく中央広場には町じゅうの人がわんさと詰めかけ、沿道やベンチ、周辺の民家や商店の屋根までびっしり埋めつくした。みなが固唾(かたず)を呑(の)んで見守るなか、当時のブラックス監督ショーン・ヘンリーは宣言した。

「われわれは多くの矛盾をはらんだ世を生きているのかもしれない。だがそれでもたった一つだけ変わらぬ真理が存在する。われわれはボールを蹴り続けなければならないのだ」

この文言はゾーン三二にある、アルバート少年が壁あてをしていたという小公園に建立(こんりゅう)された「奇跡の少年像」にも刻まれている。

そして審判団が高らかに笛を吹き、当時ブラックスのエース・ストライカーだったドノヴァン・ローレンツがボールを蹴った瞬間、二一年八ヶ月一七日におよんだ《無の時代》についに終止符が打たれた。歓声とともに紙吹雪が舞い、花火が打ち上がった。八百屋はキャベツを大安売りし、スポーツバーは向日葵酒を無料で振るまって、錬金術師は景気づけにホムンクルス入りのフラスコを叩き割った。ついでにマーガレットもスマイル・マークつきで「やったね」とページの余白にでかでかと書き込んでいる。

このときばかりは白黒ともに祝福し合ったが、ダービー再開から一〇分が経過した頃には、歓声は早くも相手に対するブーイングに変わったとされている。

●

〈ボールの再生〉から一〇〇年近くは、のちに《光の時代》と語り継がれる泰平が続いた。白黒ともに戦略はロングボール主体になり、ボールはいくつもの屋根を一遍にまたいで、ゾーンからゾーンへわたっていった。

「ひいじいさんが言うには、それはそれは自由闊達な雰囲気だったらしくてね、真夏の暑い日にはみんな水着すがたで、真冬の珍しく雪が降った日にはスキー板を履いてプレーしたそうだよ」

廃発電所で落ち合った際、トムは肩を小さくふるわせ、葉巻の灰をぼろぼろ落としながら教えてくれた。

《光の時代》の終わりには、ダービー思想の成熟にともない戦略やビジョンも枝分かれしはじめ、リベラルなダービーを礎に置く自由派、必要であれば武力行使も辞さないとする野獣派、選手のみならず老若男女で平等なダービーを展開しようとする未来派などが乱立し、監督の座を巡って派閥同士がしのぎを削った。暗殺やクーデターに発展することも珍しくなく、監督任期がわずか数ヶ月で終わることもあった。

この頃にはすでに現在の五〇ゾーン制が確立されていたが、目まぐるしく変化し続けるクラブ・ポリシーに業を煮やした選手たちがゾーン別に結束し、「白／黒騎士」、「ネオ・ホワイツ／ブラックス」、「ホワイツ／ブラックス分離派」など白黒あわせて一五近くのゾーンが独立を宣言した。

独立ゾーンは監督の命令も聞かず、『白黒大法典』にも則らず、独自の意志、思想、戦略でそれぞれ白黒ダービーにのぞんだ。ボールをもとめてほかのゾーンにも分け入り、目指すゴールマウスこそ同じであれ、場合によってはほかのホワイツ、ブラックスとボールを奪い合い、町全体にさらなる混乱をもたらした。町役場の各派閥のあいだでも独立ゾーンへの対処法で意見が分かれ、内部抗争が激化し、また『白黒大法典』の違反を理由に各独立ゾーンと衝突を繰り返した。

この頃のことに関し、マーガレットは『白から見た歴史、黒から見た歴史』の余白のところどころで「オフホワイト！」「オフブラック！」「もうしっちゃかめっちゃか！」と叫んでいる。

〇

ときを同じくして、ホワイツとブラックスのサポーターのなかから過激な武装集団「ゾーン〇（ゼロ）」が台頭した。

「ばあさんが語ってくれたやつらは、悪魔みたいなうすらおっかない連中だったよ」トムはその言葉とは対照的にまろやかな口調で振りかえった。「相手選手の乗ったチームバスを襲撃したし、相手チームのスタジアムを一時占拠したんだ。不甲斐（ふがい）ないプレーを見せた自軍のプレーヤーにも殴る蹴るの暴行を働いて、気に食わない判定を下した審判員の家には豚の頭なんかを送りつけたそうだ。ばあさんったら、わたしが夜更かししていたりすると、悪い子のところには『ゾーン〇』がやって来るよなんてよくおどかしてきたもんさ」

そしてゾーン三九の大通りで、ブラックス監督ジェイミー・グリーズの長男をホワイツ系「ゾーン〇」の一員が暗殺するという〈ゾーン三九の変〉が起きた。

ブラックスはこの報復としてそのときボールを保持していたホワイツの選手を重火器で砲撃し、ボールを略奪。するとホワイツも同様に重火器を導入して対抗しはじめた。これを機に、ばらばらになっていた各ゾーンの選手およびサポーターも白と黒の名のもとに再結束し、銃を取って白黒ダービーに参戦した。

こうして〈白黒戦争〉の火蓋が切られたのである。

●

ヘイ、レオ、元気にしていますか？　わたしのほうは相も変わらず、自室とキッチンとピッチを行ったり来たりするだけの毎日です。でも、こんな状況だからこそあなたの言葉が、あなたの愛がなによりの支えになっています。

そうそう、たしかにあなたにはまだわたしの研究テーマを詳しく教えていませんでしたね。実は、白黒ダービー史という機構そのものにあるグレーを探すのがわたしの目標なんです。個々の史実ではなくて、現在と過去を結びつける歴史という方式に内在するグレーを。そんなものはないかもしれないし、ホワイツ寄りの教授にも反対されましたが（先生ったら口に泡をためて、そんなことより偉大なホワイツ選手のバイオグラフィーでも研究しなさいって言うんですよ！）、どうしてもそれが気になって探しているんです。だから最近は、トムに頼んで図書館からいろんな参考書籍を借りてきてもらっているんですよ。

レオ、あなたはどう？　歴史を知って、すこしは白黒ダービーの見方が変わったかしら？この町に移籍してきた頃といまを比べてゴールにかける意気込みはどう？

こんなことをあらためて訊いているのも、最近になってこれまで以上に想像するようになったからなんです。ゴールネットが揺れるその瞬間のことを、そしてそれから一変するだろうすべてのことを……。

でもいまはまだ、それ以上言葉にするのはやめておきます。一度言葉にしてしまったら、もうそれ以外なにも考えられなくなってしまいそうな気がして。

だからいまはただ、この言葉を精一杯伝えるだけに留めます。ラブ。

○

場面はみたび、現在の熱狂渦巻くノースサイド・スタジアム。

大型ビジョンに映るのはスタジアム前の光景。

監督の指示に従い、ないしはほとばしる熱情に突き動かされたキャプテンが独断で隊を動かし、三、四、八、一三、一七、二〇、二二番隊と数多の白と黒が陸続と集結して、「地獄の口」から是が非でも遠ざけようと／「天国の口」に是が非でも近づこうと、目まぐるしい大混戦。ボールはチャールズ像の顔に当たって跳ねかえり、黒を経由して足に跳ねかえり、白を経由して手に跳ねかえり、すこしずつすこしずつ入場ゲートのほうへ近づいてゆく。

目の色を変えたホワイトヘッド監督がベンチから立ち上がってつばを飛ばしながら檄も飛ばすと、木偶の坊アルブレヒトがやっとうすら笑いをやめ、その場で駆け足をはじめる。キャプテンマークの黄色いスカーフを首に巻いたトムの子息サムエルが、ゴール裏のスタンドに向かって両手を振り上げ観客をあおる。マーガレットがライン際でさっそうとスプリントをすればスタンドでウェーブが起こり、最前列の男性サポーターたちが身を乗り出して歓声と指笛とラブコールを一遍に送る。そのかたわらではマーガレットに負けじと美女ぞろいのチアリーダーが乱舞し、いきおいピッチに乱入してきた半裸の男が審判員に取り押さえられる。またそのかたわらでは、マスコットのホワイトタイガーとブラックドラゴンが取っ組み合いのケンカをはじめ、大勢の審判員がおおわらわで止めに入る。
いっさいの狂乱を祝福するかのように咲き乱れる発煙筒の火花。なおいっそう高まってゆく天井知らずのチャント。

守れ我らがホワイツ
白は白よりも白くあれ！

ブラックスのラッセル監督が熱のこもった身ぶり手ぶりで指示を送ると、九番隊もウォーミングアップのピッチを上げる。ウダイとキルバーンが組み合ってストレッチを行い、レントゲン兄弟がその場で交互にぴょんぴょん飛び跳ねる。カンディンスキーは直立不動の姿勢で瞑想し、ぼくは低空のクロスに合わせたダイビングヘッド、アーリークロスに合わせたボレーシュート、シザーズからのループシュート、数百通りのシチュエーションを思い描きながらスプリントを繰り返す。
ゴール裏にひるがえるは、ぼくらを鼓舞してやまない大小さまざまなチームフラッグ「オール・トゥゲザー・ナウ！」バケツを逆さにして黒ペンキを頭からかぶる熱狂的なサポーターたち。なおいっそう高まってゆく天井知らずのチャント。

攻めろ我らがブラックス
黒は黒よりも黒くあれ！

●

ヘイ、レオ、近頃わたしはいろんな本を読みあさっています。『白黒相対性論』から『白と黒のロジック』、『白黒ジオメトリー』まで。魔がささやいたわけじゃないけど、ピッチを見るときと同じように、歴史全体を俯瞰的に考察するには、歴史だけじゃなくあらゆる分野からの角度が必要だと思ったんです。

たとえばレオ、この町を数学的にとらえれば、X52、Y14、Z0.9なんていう座標で弾んでいるボールと、たくさんの白と黒の点からなる空間座標として表せるわよね？　わたしたちはこれまでその中心軸を、町の中心である中央広場に据えてボールを追いかけてきたけど、ここではその軸をあちこち動きまわるボールにぶすっと突き刺してみてください。すると空間座標の中心がいつも変わらずボールになって、その中心に向かってどこからともなく飛んできては弾きかえされていく無数の点が見えるはず。

そう、わたしたち選手！

わたしたちがボールを蹴っていると思いきや、見方次第ではボールに蹴とばされているとも言えるんですよ。それも長い目で見れば、わたしたちは死と生を通じて、際限なく座標上に現れてはボールに弾かれて消えていくんです。

それにレオ、ボールには内と外っていう対立概念があるけど、今度はそれをひっくりかえしてみてください。すると、わたしたちはずっとボールの内にいて、さもボールの外に出たいがために体当たりしては弾かれているように見えませんか？　もしそうだとしたらなんて哀れな足がきなんでしょう。だってわたしたちはみんな外の世界を見ることなく、気泡のように弾けていってしまうんですから！

地動説が天動説に取って代わってからというもの、地球は太陽系の、太陽系は銀河の、銀河は銀河団の、銀河団は超銀河団の一部なんてことが続々と発見されているらしいですけど、こんなふうにすこし視点を変えるだけでボールをこの宇宙の中心に据えることだってできるんです。そろそろドリンクウォーター的にボールも宇宙観に組み込まれるべきだと個人的には強く感じています。

あなたはどう思います？　ちょっと行き過ぎかしら？

なんだか向日葵畑でよく首をかしげていたあなたを思い出します。もう一度近くで困るあなたの顔をじっくり見つめてみたいものです。ラブ。

○

『白黒ダービー近代史Ⅱ』によると、〈白黒戦争〉勃発後、サポーターと選手の垣根は焼きはらわれ、成人男性は白と黒の軍服をそれぞれ着用し、女性は軍需工場で働いた。ボールを基本点に左右に延びる東西ラインが最前線となり、それより北側に住居をかまえていたブラックスは南へ、南側のホワイツは北へ避難した。

ときに誤解を受けやすいが、〈白黒戦争〉はあくまで白黒ダービー戦略の一形態であり、その目標は敵軍の殲滅ではなく変わらず敵陣のゴールマウスにボールを入れることにあった。とりもなおさず、空いていた両手に小銃と手榴弾をかまえただけなのである。

ボールは最前線の兵士の足で運ばれていたが、この時代はポゼッション志向最盛期で、ボール保持を第一とするがあまり敵軍砲撃の格好の的となることも珍しくなく、人的被害も甚大だった。それゆえ兵士たちは装甲部隊の裏でパスをまわし、またときにはそれをおとりにしてサイドから少数精鋭で敵陣へ突き進むなど、高度な読み合いを繰り広げた。

これらの条件が重なり合った結果、ボールはセンターラインを行き来し続け、町は中央広場から同心円状に焦土と化していった。両軍ともに弾薬が尽きてくると、最後には手榴弾ごと敵軍部隊に突っ込んでいった。

「おやじもそんな一人だったんだよ」トムは葉巻の煙がしみるかのように目をかたく閉じた。「キーパーだっていうのに、なにを血迷ったのかボール欲しさにオーバーラップして、天高くクリアされたんだ」

人々が正気を取り戻したのは開戦から約三年後、一発の流れ弾が貫通してボールがぺしゃんこにつぶれてしまった折であった。

多くの兵士が茫然自失して見つめるなか、ブラックスの二等兵マーク・テイラーが代表してボールを蹴り上げたが、落ちてきたボールは弾むことなくそのまま地面にべちゃっと叩きつけられた。兵士たちは銃を下ろして口々に言い合った。これじゃドリブルもできないし前に進めっこない、これから先どうしたらいいんだよ、と。こんな身もふたもない理由であったが、ボールと同じように兵士の戦意もしぼみ、両監督もそのときになってようやく大変なことをしでかしてしまったと狼狽して、戦火は瞬く間に立ち消えていった。

最終的には、両監督のあいだで話し合いの場がもうけられ、〈白黒和平条約〉が締結された。むしろそれまでボールが傷一つつくことなく最前線で転がり続けてきたことのほうが奇跡的だったが、それだけ両軍がボールを大事にあつかってきた証左でもあった。

なお、ボールがつぶれた場所はゾーン一八の黒煉瓦造りのコンサートホール前で、現在でも一部損壊した状態のまま保存されている。マーガレットのメモ書きによると、中央広場の焼け焦げた楡の木と同じく、ここもいまでは数ある心霊スポットの一つとして知られており、夜、近くを通ると、ときおりすすり泣くような声が聞こえてくるという噂である。

●

〈白黒戦争〉後、焼け野原となった町で復興は急速に進んだ。つぶれたボールも修理屋によって補修され、新品同様に生まれ変わった。

白と黒の建物が次々と再建されていくなか、最後にタッチしたブラックス・ボールで試合を再開するため、ボールはさっそく中央広場に運ばれた。しかし、両クラブの監督が正式にキックオフを宣言し、ボールが蹴り出されたにもかかわらず、白と黒の選手はボールと一定の距離を取るばかりで様子見を決め込み、敵陣に向かって切り込んだり、縦パスを入れたりする者はなきに等しかった。

少年時代にその光景を目撃したトムはこう振りかえっている。

「そりゃもう奇妙なもんだったよ。誰もボールを持ちたがらないんだ。ドリブルで突っかけてもすぐにあきらめてバックパスして、えんえんと後方で横パスをつなぐ。ボールを取られてもすぐ奪い返しにはいかないで、ディレイ優先で守備陣形を整えるだけ。〈白黒戦争〉のトラウマというか、心と身体がばらばらになっていたっていうか、とにかくみんな積極性を失っていたんだ。おまえがいけよ、いやおまえこそいけよなんて、選手はずっと小突き合ってたな。そうやって何日も、何週間も、ボールはずっと中央広場あたりを行ったり来たりしていたんだ」

この〈ボールの沈黙〉なる問題の解決策を話し合うため、町役場では両監督およびコーチ陣による会合が開かれた。このままダービーを中止にするという案もいちおうは出たらしいが、全員がそれではまた《無の時代》の再来になりかねないとかたくなに反対し、そう提案した本人ですらてんから懐疑的であった。最終的には、この町の人間が攻め込めないのであれば外部の人間に攻め込ませればいいという案が採用され、両監督は外界のフットボール選手の獲得に乗り出した。サポーターも自軍のためならばと大幅な増税を受け入れ、有名商店も赤字覚悟で出資した。

かくてよその町から選手一団が初来訪した際には、ノースサイドからサウスサイド・スタジアムまで町をあげての盛大なパレードが開かれた。移籍第一号となったホワイツのセンターフォワード、エンゴロ・ポアンカレをはじめ、外部選手の積極的な仕掛けによってボールはふたたび両陣営の奥深くまで運ばれてゆき、しばらく経つとそれに感化されたかのように町全体にも活気が戻っていった。

マーガレットはそのときの浮かれ騒ぎにだいぶ興味を惹かれたようで、『白黒ダービー近代史Ⅱ』のパレード時の写真に写っている、オープンカーから群衆に手を振るポアンカレに口ひげと鼻めがねを描き加え、三角帽子をかぶせ、クラッカーを持たせ、こんな吹き出しまでつけている。

「悲しいのも今日まで!」

○

以降、外部選手は白黒ダービー存続に必要不可欠な熱源となり、今日まで続く、彼らを中心に据えたチーム作りという主流が形成された。選手獲得を通じて外界から技術、科学、フットボールやそのノウハウも流入し、白黒ダービーにおける戦略システムの革新、思弁的発展にもつながった。

その一例が、白黒ダービーの情報可視化である。町かどに配置したビデオカメラと、各選手が持つ白黒ダービー用GPSデバイスを介し、ボールと選手の動きがヒートマップ化された。これによって大局観の把握が可能となり、ボールの分布が町全体で均一ではなく、実は中央広場を頂点として山なりに広がっていたことが判明したのだが、これを知った両監督が中央に戦力を集中させることで逆にサイドが手薄となり、次はサイドの薄みを突く戦法が主流化して、ふたたびサイドにボールが偏る(かたよ)など堂々めぐりに陥った。

そのため今度は、そうした両監督の読み合いすらも含めた包括的なボール軌道予測理論の構築がもとめられたが、戦略や技術の発展はもとより白黒の競り合いの相乗効果から生まれるものであり、どちらか一方が抜きん出ることはけっしてなかった。さらにはマーガレットが『ボール軌道から読み解く白黒ダービー史』に、「この町は大きなパイ生地、ボールはその上に置いた白桃のかけら、生地を何度もコネコネしているうちに思いもよらないところに移動していく」とメモを添えているように、ボールのカオス的な振るまいも相まって、現在では正確な予測は困難という見方が大勢を占めている。

つまりはおのが運命はもちろんのこと、ゴールもおのが足で勝ち取るほかないということだ！

●

そうして白黒ダービー史は「地獄の口／天国の口」にボールが突入した今現在という一点に結ばれる。

○

と、ここで満月を瞳いっぱいに湛えたマーガレットが「ちょっと待って」と向日葵畑から呼び止めてくる。「歴史ってそんな安易に決めつけられるものじゃないと思うの。実際はパイみたいに何層にも重なり合ってるはずだし、一口で食べるのはもったいないからもうちょっとじっくり味わってみましょうよ。もしかしたら奥のほうに甘い白桃でも隠れてるかもしれないしね」

●

マーガレットがノースサイド・スタジアムに軟禁されてから三ヶ月が経過した頃、紅白戦の最中に、ディフェンスラインの裏に抜けたぼくの足下にボールが転がってきた。はじめはなにかの間違いかと思った。ほかのチームメイトと見誤ったか、ディフェンスに跳ねかえったボールが偶然転がってきたのだと。

だがそれは違った。

初春の雪解け水のごとくゆっくりとだが着実に、キルバーンがワンツーをかえし、レントゲン兄弟がサイドに流れたぼくにロングフィードを出してくれるようになった。フリーマンはぼくにスペースを作るためフリーランをして、ウダイはぼくの頭目掛けて何本もピンポイントクロスを放り込んできてくれた。プルーデンスにいたっては目に涙をためながら「いままでのことホントにごめんね。あたしはこれからもいつだってあなたの味方だから」と、新しいスパイクまでプレゼントしてくれたのだ。

これには驚きを通り越して薄気味悪さすら覚えた。練習のあとでカンディンスキーにこっそりその訳を尋ねてみると「みんなもうすっかりあの噂を知ってるんだよ」といつもの調子でウィンクされた。「おまえがダービーでゴールを決めて白と黒の因縁を断ち切って、マーガレットと結ばれようと、毎日血のにじむような猛特訓をしてるってさ。そんなの聞いちゃったら、誰だって応援せずにはいられないだろ？」

ぼくは唖然とした。たしかにぼくのゴールで白黒ダービーに決着をつけ、マーガレットを救い出すなんていう英雄活劇の一場面を思いめぐらすときもあったが、現実にはチームメイトからパスさえまわってこない絶望的な状況に置かれていたし、カンディンスキーはもちろんトムやマーガレットにさえ、そういった思いのたけは明かしたことがなかったのだから。

○

さらにカンディンスキーが言うには、ぼくのマーガレット奪還の噂は九番隊に留まらずゾーン四八に、果ては町全体にまで伝播（でんぱ）しているらしかった。その上、マーガレットは木偶坊アルブレヒトとの政略結婚におびえながらSOSメッセージを書いた紙飛行機や風船を窓から飛ばしている、自分も黒の人間になろうと日がな一日ベランダに水着すがたで寝そべって日光浴ばかりしている、ぼくをこっそり窓から招き入れようといくつもの黒いウィッグをつなぎ合わせてロープにしようとしている、などという訳の分からない尾ひれまでつき、ある種の生ける伝説にまで昇華しているそうだ。

「人によって言ってることもばらばらだし、額面通りに信じてるやつなんていないんだろうけど、それでもぜんぶの噂に共通してることが二つだけあるんだよ」カンディンスキーはにんまり笑った。「マーガレットがおまえを恋しがってること、おまえがマーガレットと結ばれるためにゴールをあげようとしてるってことだ。そればっかりは、みんな心の底から信じてると思うぜ」

まず間違いなくそのせいだろう。

しばらくすると、道行くブラックス・サポーターが移籍当初のときのように頑張ってと声をかけてくるようになり、エールの寄せ書きや野菜や果物などの差し入れもしてくるようになった。

ホワイツの選手やサポーターも表面的には静観しているが、その裏ではぼくとマーガレットの悲恋話に落涙してやまないらしい。

●

「実はみんなその手の話が大好きなんだよ。そういうことを噂するのも、それを味わうのもね。きみのマギー奪還に関する噂も、きっとそういう隠された願望から生まれたものなんだろう」

いつものように廃発電所の前で落ち合った際、トムは笑いながらそう教えてくれた。ぼくはその言葉に妙な引っかかりを覚えて訊きかえした。それを味わうというのはいったいどういうことか、と。

トムは朗笑(ろうしょう)を絶やすことなく続けた。

「これはあくまでわたしの勝手な想像だけど、ホワイツもブラックスも、黒を塗りつぶせ、白を塗りつぶせなんて言いながら、裏では夜ばいも密通もけっこう当たりまえにやっているんだよ。実際、わたしのまわりにはそういう人が何人もいたし、いまだってたまに、スタジアムでの練習時にその手の相談を持ちかけられることがあるんだ。それはずっと昔から同じだったとわたしは思ってる。その証拠に、この町では血液型の確認は緊急時を除いてほとんどされていないんだから。ルールブックには書かれてない暗黙の了解だよ」

彼によると、以前マーガレットが教えてくれたこの町に伝わる白と黒の禁断の恋物語も、実のところは訓話というより、誰もが愛してやまない感動の悲恋話として語り継がれてきたのだという。

「子供たちには本当にタブーとして教えているのかもしれないけど、それが何世代にもわたって語られてきた本当の理由は、やっぱりそこに語らずにはいられない魅力があるからだろうね。見るなと言われたら見たくなる、開けるなと言われたら開けたくなる。タブーにはなにものにも代えがたい蜜の味が隠されているんだ。これもどんなルールブックにも書かれていない、誰もが大人になる過程で自然と気がついていくことの一つだよ。そしていつかこんなふうに、みんな裏でこっそり答え合わせをするのさ」

○

ヘイ、レオ、そうなんです、白黒ダービーは見方次第でいく通りにも姿かたちを変えるんですよ。

それで早速ですが、前回の続きです。今度はボールじゃなくて白黒ダービー全体を見てみましょう。町役場にかざられているこの町の航空写真のように上空から、でも三〇〇年前からこの町を見下ろしてみてください。きっとそこには、白と黒がまばらに散らばったこの町の原形みたいなものが見えるはずです。

あの航空写真は、だいたい二〇〇〇分の一秒のシャッタースピードで撮られたものらしいですが、ここではシャッタースピードを三〇〇年に設定してみてください。早送りすれば黒と白の建物や人が、あちこちで高速で浮き沈みしたり動きまわったりしている光景が見られると思います。

では、それから三〇〇年後の現在に戻って、いましがた撮った写真を現像してみましょう。

そこに写っているのは、そう、一面のグレー！

キッチンを駆けまわるすばしっこいいやなあいつ、雨を呼び寄せる憂鬱な雲、文学的なため息、そういうのを象徴するグレーが町全体を塗りつぶしているんです。

どう、レオ？　長期的に見ると、わたしたちは黒と白でありながらもすでに一色に混ざり合っているとも言えるんですよ。これもまた一つの正解です。なにも人間の時間的スケールで物事を見なければいけない決まりなんてありませんからね。この考えにいたってからというもの、わたしもあなたも、この町も歴史も、すべての本質はグレーと表裏一体なのだという確信をますます強めました。あなたはどうかしら？　ラブ。

●

「ほら、噂をすればなんとやらだ」

話の途中、トムは突然ぼくの二の腕をわしづかみにすると、ボールをセーブするかのような素早い横っ飛びで茂みに入った。

口をかたく結んだトムにならってじっと息を殺していると、ややあって雑木林の奥から二つの人影が現れた。厚い葉むらのあいだからこぼれる淡い星明かりに一瞬照らし出された男女のシルエット。ぼくらの前を音もなく足早に通り過ぎ、廃発電所内の薄闇に踏み入ると、いつかのぼくとマーガレットのように手を取り合って、軽やかに「ボールダンス」を踊りだす。

右足トゥーキック　右足ヒール
ステップオーバー　ルーレット
エラシコ　ラボーナ
右インサイドシュート　左アウトサイドシュート

チャチャチャ
ウッ！

しばらくして周囲が静寂に包まれたあと、ぼくらは茂みから抜け出した。

「これで分かったろう？」トムはいくぶん楽しそうな声でささやいた。「みんなあんなふうに、そこらの草むらとか廃墟でしょっちゅう踊り戯れているんだよ。きみとマギーが向日葵畑で落ち合っていたのは、むしろ賢明で我慢強いほうだったとわたしは思うね」

ぼくは尋ねた。みんな裏でこんなことばかりしているのなら、どうしてマーガレットとぼくの関係にあそこまで目くじらをたてたんでしょう。

トムはジャージのポケットからおもむろにシガーケースを出した。「やはりきみらは町の有名人だし、表向きにはそうしないといけないからじゃないかな」

じゃあ、ぼくらも公に宣言すれば、みんなに付き合いを認めてもらえるということですか？

トムはマッチで葉巻に火をつけ、グレーの煙を吐き出した。

「本当はそうあってしかるべきだけど、実際はそうはいかないだろうね。言ったように、白と黒はあくまでも犬猿の仲ということになっているからだ。みんなきみとマギーの悲恋を聞いて涙するし、裏では自分たちもそういうことをやっているんだろうけど、それはそれ、これはこれ、白と黒の争いは文化としてしっかり根づいてしまっているんだ。黒は白のゴールに、白は黒のゴールに攻め込まなければいけないってね。だからいろんな矛盾が積み重なるんだよ。自分たちは本当のところまったくのグレーだっていうのに、思想と言動は白と黒でがんじがらめ、黒は実は白が欲しくて、白は黒が欲しい。なんて矛盾に満ちた存在じゃないか?」

トムはしゃがれた笑い声を上げる。

○

トムの言う謎や矛盾は、ともすると白と黒の関係性を超え、白黒ダービーの機構にまでおよんでいるのかもしれない。

ぼくとマーガレットの悲恋話が町全体に広まりだした頃を境に、そのときゾーン一三にあったボールがとつじょとして方向転換し、ジグザグな軌道をたどりながらも着実に北上しはじめ、それからちょうど一週間経った今日ついにゾーン四八に突入した。そしてただ今、ぼくらの待つノースサイド・スタジアムのピッチ目指して、入場ゲートの通路内を跳ねまわっているのだ。

いかなる因果が働いているのか知るよしもないが、たった一つだけたしかなことがある。

追い風は確実にこちらへ吹いている。

●

熱狂渦巻くノースサイド・スタジアム。

両監督がそれぞれ選手を呼び寄せ、戦略や展開図を今一度タブレットで示したあと、ホワイツ一番隊とブラックス九番隊はそれぞれに陣を敷く。

ホワイツ一番隊のフォーメーションは、クリアのみに特化した五―三―〇。

対するブラックス九番隊は、ポゼッションをベースに厚みのある波状攻撃を繰り出す〇―四―四。ぼくやカンディンスキーをはじめ、ブラックスが大枚はたいて獲得したよその町の選手、そしてこの町出身のエリートから構成された精鋭部隊で、おのおの特色に応じた異名がサポーターからつけられている。

右センターハーフはどんなハイボールもたちどころにかすめ取る〝大型クレーン〟ラース・レントゲン、左センターハーフは豊富な運動量でピッチをくまなく駆けまわる〝芝刈り機〟スヴェン・レントゲン、右サイドハーフは正確無比の高速クロスを繰り出す〝砲撃手〟ウダイ・フワーリズミー、左サイドハーフの紅一点プルーデンス・フェイスフルは広い視野と的確なポジショニングが売りの〝シーソーちゃん〟。

右ウィングはワンタッチでゴールをかっさらう〝コヨーテ〟キルバーン・ワイルズ、左ウィングは世界最速との呼び声も高い〝コンコルド〟フリーマン・ヘンダーソン、セカンドトップのカンディンスキー・リアプノフはあらゆる決定機が彼を経由して生まれることから〝世界の中心〟、そしてワントップをつとめるレオナルド・ピサダは〝かまいたち〟、敵陣をズタズタに切り裂くドリブルが持ち味だ。

○

ヘイ、レオ、ついに明日には、ボールが四〇パーセントの確率で一三年ぶりにスタジアムに到来すると予測されていますね。あんまり当てにならない予報だけど、ふだんが〇パーセントであることを考えればだいぶ望みが高いと言えそうです。つまり、あなたたちブラックスにとって最大のチャンス、わたしたちホワイツにとって最大のピンチというわけです。

でも、それなのにわたしの心はいま、ボールみたいに弾んでいます。

だってついに念願のボールにさわれるチャンスがめぐってきたんですもの。

それになによりあなたに会えるんですもの！

これもちゃんと整理がついてから言うつもりだったんですけど、明日もしスタジアムにボールがやって来たとき、あなたがまっすぐな気持ちでプレーできるようあらかじめ伝えておくことにします。アルブレヒトとの件ですけど、実はいま、父に婚約解消を掛け合っているところです。いつかわたしたちは自分たちを『ロミオとジュリエット』にもなぞらえましたけど、いまは娘の結婚を勝手に決めるなんて横暴(おうぼう)は許されない自由主義の時代なんです。父はホントに頑固ですけど、今回ばかりは母も味方してくれていますし、時間をかけてでもかならず説得してみせます。

だけど、母がこうやって味方してくれるのも、一昔前であれば本当に考えられないことだったようです。母もかつてはホワイツの一員として、けっして黒に染まらないよう厳格に育てられたと言っていましたから。

たぶん最近は、あなたが外の世界からやって来たように、いろんなものや考えがこの町に入ってくるようになって、白と黒の色合いが昔よりも薄まってきているんだと思います。この状態がさらに強まれば、名実ともにみんなグレーに染まってしまう日だって来るかもしれません。そして三〇〇年前に白黒ダービーのフィールドが町じゅうに広がったように、またなにかの拍子に町の外まで拡大して、いつかそのうちこの世界が、この宇宙がぜんぶフィールドになってしまう日だって来るかもしれません。

それでもわたしは思います。

たとえすべてが一緒くたに混ざり合ったとしても、人々はまた自分たちの存在に折り合いをつけるために、そのときどきの自分たちの色に対応する色を見つけ続けるでしょう。そしてそこから生まれた色がまたべつの対立する色を呼びもとめて……そうやってずっとたがいに混ざり合いながら、永遠に不規則な規則が生み出されていくのかもしれません。そしてそれが歴史全体のグレーにつながっているのかも。

実はわたしも、明日もしボールがスタジアムにやって来たら、ちょっぴりグレーに染まろうかと考えています。あなたをこっそりお手伝いして、あなたにゴールを捧げるために。そうしたら、晴れてみんなの前で手をつなげる日が来るかもしれませんよ。一緒に映画館に行って、カフェでお茶して、ディスコで踊り明かして、向日葵畑とは言わずいつでもどこでもワンツーして。想像するだけでもうドキドキが止まりません。あなたはどう？　明日、じかにその答えを聞くのを楽しみにしています。ラブ。

●

それはついに、スタジアム上空に向かって蹴り上げられた。

人々はみな青き空の一点を見つめ、生まれて初めて、あるいは久方ぶりに目の当たりにしたその実在性をにわかには信じられず、どこかで疑い、まだ疑い、それでも疑い、そしてある瞬間、疑心が驚嘆に、驚嘆が確信に急転する。それを現実のものとして受け入れるやいなや、ピッチに散らばった白と黒が落下点目掛けて走り出す。

○

統計学者ポーリーヌ・マンデルブロによると、過去三〇〇年のあいだにノースサイド・スタジアムにボールが到来したのは五八回、同スタジアム内の平均ボール滞在時間は約一分、一選手が生涯を通じてボールにさわる平均回数は一六回、その平均キープ時間は一〇秒にも満たない。

●

ピッチ中央、真っ先に落下点に入ったのは木偶の坊アルブレヒト、ぼくもすこし遅れて体をぶつけ、ボールは木偶の坊の後頭部ぎりぎりをかすめる。白がこぼれ球を拾ったところをすかさずスヴェンがショルダーチャージ、ボールをさらってカンディンスキーにパス。

「左！」

カンディンスキーが左サイドを駆け上がるフリーマンに大きく展開。ライン際で対峙するフリーマンとマーガレット、オーバーラップしてきたプルーデンスにフリーマンが縦パスを出す。プルーデンスはダイレクトでクロスを放り込むが、ボール一個分高さが足らずディフェンスに弾かれる。ピッチ中央に飛んだルーズボールを木偶の坊とラースが競り合い、ウダイがこぼれ球を拾ってキルバーンへパス。

「ヘイヘイ」

「フリーマン！」

「戻せ」

「逆サイ」

「スヴェン」

「ヘイ！」

二パターンから四九パターン、一二五パターンから三六三パターン、押し寄せる白の波のあいだにボールを通し、練習で培った幾千の攻めを編む。そして瞬間瞬間にも、目と目が合う感じに、名前を呼び合う感じに導かれ、また幾千もの新たな攻めが編まれゆく。

ぼくはいったん右サイドに流れ、スヴェンから鋭い縦パスを受ける。ボールをウダイに落とし、ウダイはカンディンスキーにはたく。そのあいだにぼくは釣り出された一枚のディフエンスの裏へ斜めに走り込む。目と目が合った瞬間、カンディンスキーが絶妙のタイミングでチップ気味のラストパス。

さあ黒白つけてこい。

ぼくは右足つま先でボールをトラップし、飛び出してきたトムの息子サムエルをダブルタッチでかわして地をはうシュート。

勝利を確信してこぶしを高く突き上げた瞬間、さもそれが指揮者の振り上げるタクトであったかのように歓声が消え、鼓動が消える。めくれる芝、弾け飛ぶ汗が色めきたち、速度を失ってゆく。

スタジアムじゅうの視線がボール一点に引き寄せられるなか、とつじょ一陣の白い風がゴールマウスに向かって吹いてくる。

宙を滑るほっそりとした長い手足。

ふんわり広がった黄金色の髪の毛。

白も黒も、あらゆる色を包み込んでしまいそうなほど大きな目があやうげに光り、あの蜜の味を秘めた唇がきらきら笑う。

◯

「実を言うとわたしは現役時代、ボールが飛んでこないゴールを守りながらずっと考えごとをしていたんだ……。美学だとか戦略だとかたいそうな言葉でかざりつけておいて、そのくせ本当はゴールしないための決まりごとを作っているんじゃないのか、選手一人ひとりの意志が絡み合った結果、全体としては絶対にゴールできない仕組みになっているんじゃないのかってね……」

廃発電所からの帰り道、雑木林に立ち込める暗闇がトムの顔をおおった。光と影が織りなすまだら模様の上を、ぼくらは無言のまま歩き続けた。

「いや、すまないね」雑木林を抜け、つつましやかな月光が彼の顔をふたたび照らし出したとき、そこにはまたいつもの笑みが戻っていた。「いまさっき言ったことは、どうか真に受けないでくれよ。もうろくした老いぼれの戯れ言さ。何百通りにも存在する可能性の一つにしか過ぎないんだから。きみも白黒ダービーの選手なら、まわりの雑音なんか気にせず、おのれの信念を貫いて、ただひたすらゴールを目指すことだ。そうすればきっと、きみ自身の軌跡のどこかで、きみなりの答えも見つかるだろうさ」

そうしてトムは葉巻をくゆらせながら去っていく。

●

ボールが入場ゲートの向こうに消えていったのを見届けたあと、マーガレットはこちらに振り向いて黄金色の一瞥を投げかけてくる。

「ヘイ、レオ。あなたのことはとても愛してる。とってもとっても愛してる。でもやっぱり、ボールをこの目で見て気づいたの。白黒ダービーに決着をつけるとしたらわたしが認めるのは白のゴールだけ。もしそれがいやだって言うのならまたわたしたちからボールを奪ってみて、ストライカーとして正々堂々ゴールを決めてみて。そうなったらわたしはあなたのもの、そうならなくてもあなたのもの。ラブ」

きらびやかに笑いながら入場ゲートのほうへ走り去ってゆくマーガレット。くずれ落ちるぼく、こぼれ落ちる涙、叩かれる肩、かたわらに立つカンディンスキー。

「ヘイヘイ、レオナルド。なにやってんだ。ボールはまだすぐそこにあるんだぞ。奪われたら取り返すまでだろ、またシュート打てばいいだけの話だろ。おれたちがまた何度でもお膳立てしてやるから。さぁ、身体が冷えないうちに、さっさとボールを取り返しに行こうぜ！」

ウィンクして走り去ってゆくカンディンスキー、涙を拭(ぬぐ)って立ち上がるぼく、精一杯笑って走り出すぼく、精一杯笑って走り出すぼくら、走り出す選手、走り出すサポーター、走り出すゾーン、走り出す町、走り出す新たな歴史、一文字、一行、一頁、行くぜ我らがホワイツ、行くぜ我らがブラックス、遙(はる)かなるグレー目指して、遙かなるグレーに背を向けて、走れ！

バス停夜想曲、あるいはロッタリー999

Bus Stop Nocturne

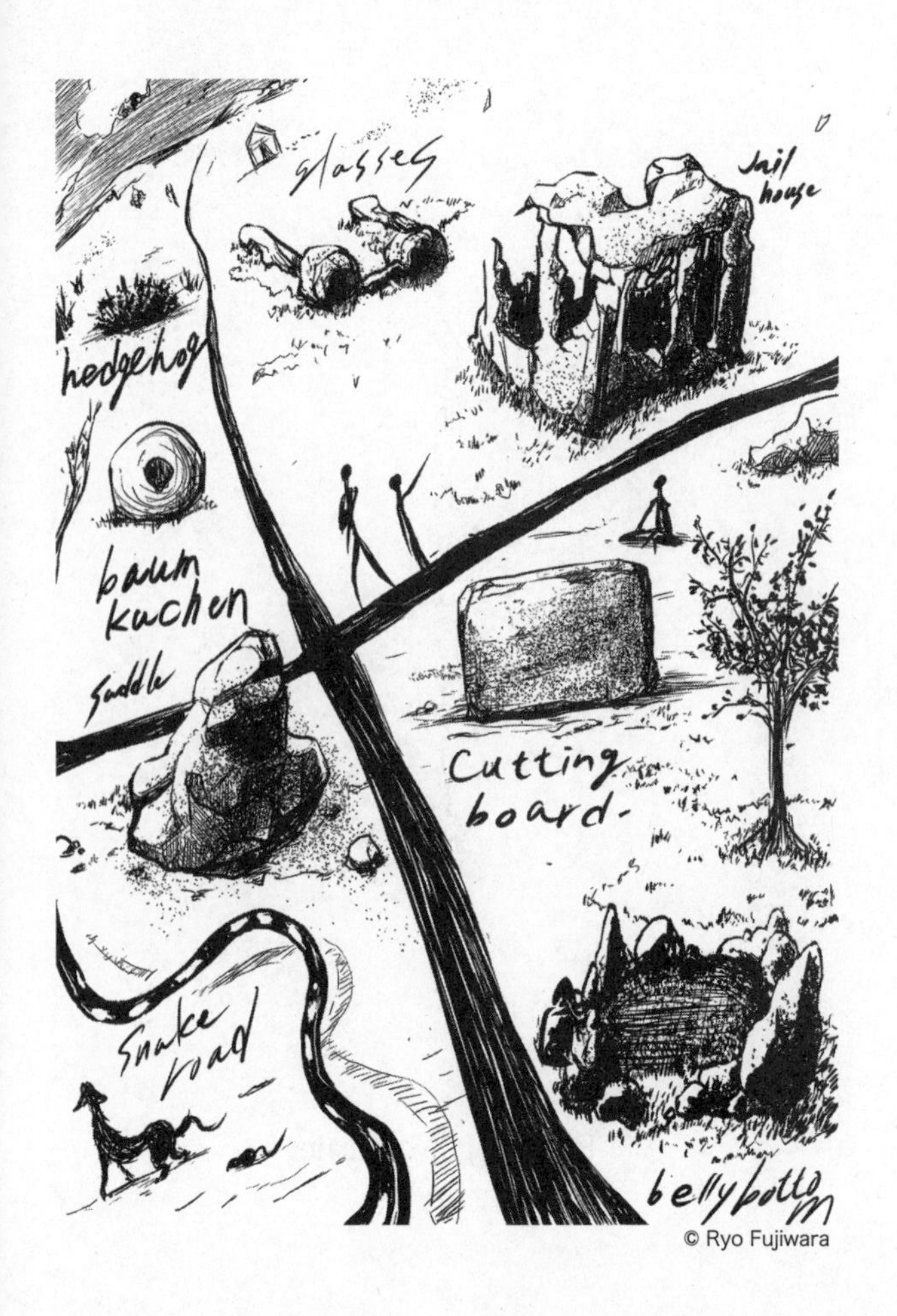
glasses
Jail house
hedgehog
baum kuchen
saddle
Cutting board-
Snake road
bellybottom

1 十字路

バスを降りるなり、鮮烈な日差しが目に突き刺さった。もうもうと立ち込める砂塵を吸い込みむせかえっていると、たくさんの人影が乗車口に押し寄せてきて乱暴に押しのけられた。うすい砂のベールの向こうから浮かび上がってきたのは、赤茶けた未舗装の十字路だった。そこここが大海のように波打ち、道ばたにはごつごつとした大きな岩がいくつもそびえたっている。

強い日の光が織りなす濃厚な岩陰には、ひと揃いのツボのように腰回りがでっぷりとふくれた中年の男女、カンカン帽を目ぶかにかぶって腕組みをしている黒いあごひげの男、バックパックを枕がわりにして寝転がっているブルネットの白人女と、大勢がひそんでいた。みな一様に、いましも砂ぼこりを巻き上げながら遠ざかっていくバスにうつけた目を向けている。

「四七一番バスに乗りたいんですけど、乗り場がどこにあるか知ってますか?」

平たい岩の陰に横たわっていた男に尋ねると、彼は落ちくぼんだ目をそのままこちらに向けてきた。白っぽい粘膜のこびりついた口をかたく結んだまま、あっちに行けといわんばかりに右手をさっと振り、陽炎の燃える地平線に吸い込まれてゆく六四番バスのほうに目を戻してしまう。

詮方なく十字路の周辺を歩き回った。巨大な奇岩やサボテン、ひょろひょろとした灌木が散在しているだけで、売店はおろか、バス停の標識すらない。赤銅色の大地が果てまで広がっている。

枯れ木の陰に入り、茶革のリュックサックから水筒を出して、水を一口飲んだ。すっかりなまぬるくなっていた。じっとしていても汗がとめどなく噴き出してくる。鬱蒼とした山中を突き進み、あり金の半分近くをはたいて乗せてもらったトラック、そして何本ものバスを乗り継いだあとで、今度はこれか。おれはひっそりと笑い、タバコに火をつけた。紫煙が白日に照らし出され、砂まじりの熱風にかき消される。

「なぁ、一本くれないか？」

男が寄ってきた。膝小僧のすり切れたブルージーンズに黄ばんだ白地のタンクトップ、肌は浅黒く、痩せこけている。タバコを差し出すと、彼は欠けた右の前歯を覗かせ、ねばっこい笑みを浮かべた。

「ルビオなんてひさびさだなぁ。最近、ネグロばっかりだったからさ」

なんのことか分からなかったが、おれは知ったふうに相槌を打ち、さっきと同じ質問をぶつけた。

「あぁ、乗り場ならこの十字路で間違いないよ」男は気だるそうに鼻から煙を出した。「このあたりのバスはぜんぶここを通ることになってるはずだ。一番から九九九番までそっくりな」

「なにも見当たらないんですけど、時刻表とかはないんですか」

「あったら、だいぶ楽なんだけどよ」力ない笑い声。「時刻とまでは言わなくても、せめて何日にやって来るか教えてくれたらさ」

「……そんなに長いあいだバスを待ってるんですか」

「三日」

「三日？」

「おれなんかまだかわいいもんだ、あそこのやつなんかもう一週間ぐらいになるらしい」ニイッと笑って、大きなサボテンの陰で寝そべっている半裸の男にタバコの先端を向けた。

「ちょっとした宝くじみたいなもんなんだよ。運さえ良ければこのバス停に着いた瞬間にだってやって来るし、ついてなけりゃとことん待つことになる」

「……バス会社に連絡は取れないんですか？　ケータイは？」

男はかすかに肩をふるわせた。「こんなところに電波が入ると思うか？」

おれはタバコをもう一本口にくわえ、煙を深く吸い込んだ。それから四七一番のほかにも同じ目的地に行くバスがないか訊いた。

「さぁな」男は骨張った肩をすくめた。「九九九通りもあるわけだし、経由地が違うだけでおんなじところに行くバスもあるって言うやつもいれば、番号を割り振っている以上は別々の場所にしか行かないって言うやつもいる。つまり、誰にも分からないってことだよ。待つのが我慢できなくなったら、運任せに適当に乗っちまうってのも手だと思うけどな」

ふたたび欠けた前歯を覗かせた。「ところであんた、水とか食いもん持ってないか?」

ないと答えると、男は吸いさしを人差し指でぴんと弾き飛ばし、スイッチを切ったかのようにふっと笑みを消した。とつぜんこちらに背を向けると、道路をわたり、巨岩の陰に横たわって、それきり動かなくなった。

八七六番、一六二番、四一〇番。

バスは一時間に一、二本の割合でやって来た。

そのたびに待ち人たちは日陰からのっそりと身体を起こし、あるいは目だけをバスのほうに向けた。十字路の周辺にも待ち人はかなり散らばっているようで、そこらじゅうの巨岩の向こうからふいと顔を覗かせ、小走りに駆けてくる。甲高い口笛が吹き鳴らされ、バス番号が声をかぎりに連呼された。遠くからも口笛や怒声にも似た大声がこだまのように響いて、また何人もの待ち人が途切れ途切れに十字路に集まってきた。バスが到着すると乗車口にわっと群がり、我がちにとステップに飛び乗っていく。

おれも新しくバスが来るたびステップに足をかけ、このバスがおれの目的地に行くか、ほかにもそこに向かうバスがあるか、運転手に尋ねた。だが、彼らはみな首を横に振った。そんなところは知らない。ほかのやつに訊いてくれ。もう扉を閉めるからさっさとどいてくれ。八五二番バスの運転手にいたっては、話の最中にもかかわらず思い切りアクセルを踏んだ。おれはステップから振り落とされ、背中から地面に落ちた。息が詰まった。はずみでリュックサックのふたの留め金がはずれ、水筒や本がこぼれた。痛みにあえぐいとますらなく、排気ガスと砂ぼこりを顔いっぱいに浴びせられた。

薄目を開けると、真向かいのサボテンの陰で寝そべっていたチェックシャツの男と目が合った。口を閉じたまま、夢とも現とも分かっていないようなぼんやりとした面持ちでこちらを見ている。

目をそらすと、べつの視線とぶつかった。

いくら目をそらしても、視線、視線、また視線……。

いずれもおれを捉えているようで捉えていない。

おれは水筒と本を拾うと、小脇に抱えたまま足早に近くの岩陰に入った。

五五四番、二八番、三四九番。

待ち人は影の動きに合わせて、時計の短針のように刻々と移動を繰り返していた。足下では黒アリの群れが枯れ葉を運び、上空では数羽の黒い鳥が空の青さをかき乱している。

一一四番、四六三番、九一一番。

バスを降りた乗客が広大な大地を前に立ちつくし、当てどなくあたりをさまよいはじめる。陽炎が彼らの姿かたちを泥のように融かし、影法師のほうがくっきりと浮かび上がって見える。さっきの前歯の欠けた男が彼らのもとに忍び寄って、「ここは宝くじみたいなもんなんだよ」とタバコや食べものをねだる。

八七四番、二六三番、一二八番。

いっさいがよどんだまどろみのなかに沈んでいた。地平線へと消えゆくバスの音が輪郭を失い、静寂とないまぜになって分からなくなった。

黄昏時、大地は熱を帯びた錬鉄のように赤を深めた。夕陽が一本のオフロードの果てに折りかさなるように悠然と沈み、残照のグラデーションが空一面に広がると、炎暑が和らぎ、待ち人がひとり、またひとりとその身を岩陰から引きはがしていった。ひそひそとした話し声が夕もやのように立ち込め、青みがかった薄闇のなか、懐中電灯やランタン、たき火の明かりが灯りだした。

おれは手持ちの服をぜんぶ着込み、身をこごめ、闇夜にぼうっと浮かぶヘッドライトの淡い明かりに目を凝らした。闇が深まるにつれ、気温はさらに下がっていった。肩が、手足が震え出し、やがて震えは全身にまで広がった。

半日近く待ったバスがいますぐ来るはずない、そう自分に強く言い聞かせ、周辺に点在するたき火を見て回った。深紅、赤みがかった橙色、オレンジと、それぞれわずかに異なる焔(ほむら)の色。においも革の焦げたようなものからココアのような甘いものまで、さまざまに漂っている。たき火のまわりでは人影がすすけた旗のように揺らめき、口元から人魂(ひとだま)めいた白い息を吐き出していた。

「ぼくも火にあたらせてくれませんか？」

おれが声をかけたのは、十字路北西部の巨岩前のくぼみでたき火を囲んでいた一〇人前後のグループだった。にぎやかな話し声がぴたりと止み、ぎらりとした目がいっせいにこちらに向いた。

「まぁ座れよ」

一瞬の静寂のあと、手前に座っていたドレッドヘアの若者が朗笑(ろうしょう)し、となりの地面を手で叩いた。

おれは目礼して腰を下ろし、沈黙に背中を押されるがまま自己紹介をした。職業はプログラマー、長期休暇を利用して親戚の家に遊びに行こうとしたところ間違ったバスに乗ってしまい、偶然このバス停にたどり着いた。待っているバスは四七一番……。バス番号以外はぜんぶ出鱈目(でたらめ)だったが、誰もせんさくなどしてこなかったし、彼らのほうも最低限の自己紹介しかしなかった。一二六番、チューバ奏者。三一八番、バナナ農家。五二六番、バックパッカー……。

「べつに無理してぜんぶ覚えなくても大丈夫だよ」暗がりから、ざらついた感じの男の声がした。「覚えたほうがもちろん便利だけど、どうせそのうちみんなバスに乗っちゃうからね。

ここにいるみんなだって、ちゃんと全員ぶん覚えてるかあやしいもんだ」

「ここじゃおたがいのことをバス番号で呼び合うから、それぐらいは覚えておいたほうがいいけどな」どこからか鼻にかかった男の声。

「名前で呼ぶと、覚えなきゃいけない情報がどうしてもひとつ多くなるだろ」ドレッドの若者が言葉を継いだ。「だからリアリストになって、たがいをバス番号で覚えておくんだ。そうすればバスが来たとき、それが誰の待ってる便なのかすぐに分かるからさ。極端な話、三三三番を待ってるやつは、みんな三三三番になる」

「現に、わたしたちはふたりとも七四九番だからね」たき火の向こうからハスキーな女の声がした。

「でも、ぜんぜん困ることなんてないよ」さっきのざらついた声が続いた。「ここは枯れ枝を拾ったり、バス番号を確認したりすること以外たいした用事はないからさ」

「せっかくだからきみの番号も共有しようか」ひとつの人影がすくと立ち上がって、小さなランタンを手に十字路のほうへ歩いていった。「バスが来たら、十字路にいる仲間が合図してくれるから」「ちなみにいまのところ、四七一番はきみひとりしかいないからね」「だけどあんまり期待しないほうがいいぞ」「なに言ってんの。来ないバスなんてないんだから、不安がらせるんじゃないわよ」「でもやっぱり、みんな不安なんだけどな」「だからこそこうやって助け合ってるんだろ」

種々の声が火の粉のように舞い上がるなか、どこからかイワシの缶詰やしなびたミカン、ウィスキーの小瓶が回ってきた。日中、バス停を去ったこのグループのメンバーが置き土産(みやげ)に残していったものらしい。

おれも念のため取っておいた、昨晩買ったレタスと炒(い)りタマゴのサンドイッチをドレッドの男に差し出した。彼は一口ほおばると、うっとりとしたため息を漏らし、となりに手渡した。そのまま口から口へと渡ってゆき、きれいに平らげられると、包み紙はたき火にくべられた。

「ほかにも燃やせるものがあったら入れて欲しいな」か細い男の声がした。「みんな、なにかしら私物を燃やしてるんだ。自己犠牲の精神でさ」

よく見れば、火のまわりには枯れ木のほかにも新聞紙、片道切符、方眼紙などの燃えさしが散らかっていた。

ふいに生まれたしじまのなか、おれはリュックサックから本を一冊取り出し、最初の数十ページをちぎって炎に放った。

「それ、なに?」ハスキーな女の声。

「『小さきものたちの世界』、世界各地のすこし変わった場所を紹介している旅行記です」おれは炎に向かってにっこり微笑(ほほえ)んだ。「ヤギがアルガンの木を登って実をかじるモロッコの砂漠地帯とか、トルクメニスタンの荒野にある燃えさかる大地の裂け目、フランスの田舎町にある小石を積んで造られた宮殿や、ピンクイルカが群れをなして泳ぐボリビアのアマゾン河の支流……。でも、こんなに長いことバスを待たなきゃいけないバス停は載(の)ってないですけどね」

「面白そうだな」誰かの声。「ちょっと読ませてくれよ」また誰か。

「もちろんいいですよ」おれは炎に向かってうなずいた。「ウクライナの緑のトンネルが載っているチャプターはもう火のなかだけど、それでも良かったら」

肌寒いかわたれどきに、おれたちは手分けして焚きつけになりそうな枯れ木や枯れ葉を拾い集めた。

はじめ不毛な土地にしか見えなかった十字路の周辺は、思いのほか小さな生命にあふれていた。葉の裏側には豆粒大のカメムシが張りついていたし、地面を掘れば食べられる根菜が出てきた。

バス停に来て二日目になるという、カラメル色の肌をしたバナナ農家の男性は、厚い葉がパイナップルのへたのように円状に広がった植物を指さして「これはアガベだよ」と教えてくれた。「発酵させればプルケになるし、蒸留すれば最高の酒ができあがる。メスカル、テキーラだ。このまま噛んでも水分補給になるんだ」

彼はその先端をちぎって口に放り込んでみせ、もう一枚をおれにくれた。それは噛むと口のなかでみずみずしく弾け、青くさい汁気で舌を湿らしてくれた。

この時間帯には、おれたちのほかにもあたりを散策している人を見かけた。まばゆい朝の光を背に受けながら三々五々に岩と岩のあいだをゆっくり練り歩き、焚きつけを拾っている。

そのなかには昨日、十字路で見かけたかっぷくの良い中年の夫婦やブルネットの白人女まで交ざっていた。

「ぼくもこの光景を初めて見たときは、つい足を止めてしまったよ。なんだかミレーの『落穂拾い』にも似てると思わないかい？　あと、オキーフもすこし入ってるかな」

まわりを見はるかしていたとき、白みがかった金髪をしたそばかす顔の若者が話しかけてきた。ガールフレンドだという、手足のすらりとしたポニーテールの女の子も一緒だった。ふたりは同じ職場につとめるフィジオセラピストで、現在は有給休暇を使って旅行している最中、このバス停に来て三日目になるという。

「ここじゃいつも一〇〇人ぐらいがバスを待ってるらしいんだけど」彼は微笑を絶やさず続けた。「できることなんてたかが知れてるし、自然と似たり寄ったりになっちゃうんだろうね」

「そういえば、ぼくたちみたいな大きなグループもいくつかありますよね」

「そうだね、日の当たらない岩陰だとか、緑の草木がこぢんまりと密集しているくぼ地とか、みんなそれぞれベースキャンプを持ってるんだ」

「物々交換もけっこう頻繁にやってるのよ」彼女がつけ加えた。「食べものと水、場合によってはお金と服とか。ちょっとした助け合いよね」

「……それでも、みんなばらばらにやってるだけで、バス停全体でひとつにまとまったりはしないんですね。これだけ人がいるんだし、協力すれば、バスを待つ場所を決めるとか、到着したバスの番号を共有するとか、もっとバスを待ちやすい環境を作れそうな気がしますけど」

おれがそう言うと、ふたりは顔を見合わせた。

「リーダーシップを取る人がいないっていうのもあるんだろうけど、いつかはみんなバスに乗ることになるからね。さすがにそこまでバス停のことを思う人はいないんじゃないかな」

「だけど、バス停全体のマナーみたいなものはあるのよ。枯れ葉や枯れ枝は取ってもいいけど、いつかそういう焚きつけになる葉っぱや枝を落としてくれる、生木は取っちゃいけないっていうルールとかね。オオカミとかキツネだったと思うけど、自分たちのエサがぜんぶなくならないように、食べるのを本能的にセーブしている動物がいるって聞いたことない？」

おれがかぶりを振ると、今度は彼が口を開いた。「ここじゃぼくら人間が、それを意識的にやっているんだ。ここも雨期が来ればもっと緑豊かになるんだろうけど、下手したら、その前に植物がぜんぶなくなっちゃうっていうことにもなりかねないからね。そうなるとぼくらだけじゃなく、いつかそのうちやって来る未来の待ち人にも迷惑をかけることになる」

「だからあなたも、そういう人を見つけたら注意したほうがいいわよ。このバス停の〝ベテラン〟としてね」彼女はそう言うと、ためらいがちにはにかんだ。「そうはいっても、あたしたちもまだ来て間もないんだけどね。いま話したことだって、ぜんぶ人づてに聞いたものだし」

「ここは入れかわりが激しいから、数日もすれば誰だってベテランになっちゃうんだよ」彼が肩をすくめた。「たぶんきみだって、明日、明後日には、ぼくらがいま言ったことをまたべつの誰かに話してるはずさ。まるでずっと前からここにいるみたいにね」

日が高くなるにつれ、おだやかだった陽光は鋭さを増し、うだるような暑さがぶり返してきた。待ち人は次々と岩陰に入ってゆき、急速に静けさが深まっていった。

おれたちも焚きつけを抱え、十字路北西に点在する奇岩のひとつ、通称〈バウムクーヘン岩〉という大きな岩の空洞に避暑した。岩肌はひんやりとしていて、手足を密着させていると気持ちがよかった。フィジオセラピストのカップルは岩壁に並んで寄りかかり、それぞれ本を読み、マクラメを編んでいた。バナナ農家の男はうつぶせになってイヤホンで音楽を聴いている。けれど、おしゃべりをするものはなきに等しく、ほとんどの時間、ほとんどのメンバーは身動きひとつせず、まぶたをかたく閉じていた。

「口を開けると、それだけで水分が飛んじまうだろ」あとになってドレッドの若者がそう教えてくれた。「ここじゃ渇きは不治の病みたいなものなんだ。いくら水を飲んでも、すぐぶり返してくる。どうしようもないから、とにかく慣れて、慣れて、慣れるしかない。それでもやっぱり、慣れることなんてできないんだ」

十字路の南西をすこし進むと小川が干上がった跡と思しき細長いくぼみが走っていたが、水場らしい水場はどこにも見当たらなかった。そのためこのバス停では飲み水の確保が一番の問題で、どのグループもなんらかの方法で水をためていた。貯水量はグループそのものの持続力に直結し、物々交換においても優位に立てるため、水の豊富なグループはキャンプ道具や食料などほかの物資も充実していた。一方、水が尽きたグループは遅かれ早かれ瓦解(がかい)し、そこからあふれた待ち人はほかのグループに入って、ものを恵んでもらうのが必至らしかった。

　おれたちのグループでは、誰が置いていったのか、一〇リットルのクリアブルーのタンクにメンバーが手持ちの水を自主的に注ぎたし、バス停を去るものが残していった分を入れるなどして、共用の水をためていた。手持ちの水が尽きたメンバーにとってはこのタンクが命綱であり、厳しい飲量制限がもうけられ、計画的に飲み回していた。

　日中、ドレッドの若者も、タンクからタンブラーに移したほんのわずかな水をひどくおいしそうに、しかし見る間になくなっていくのを名残惜しそうに、眉をひそめながら飲んでいた。そんなさまを間近で見てしまったら、誰だって水を分けあたえずにはいられない。おれも水筒の水をタンクにすこし注ぎ、また以前、なにかの本で知った、犬歯(けんし)の裏を舐(な)めると唾液が分泌されることを教えた。するとたちどころにその情報が仲間内で共有され、みなキャンディーでも舐めるようにもぞもぞと口を動かすようになった。

「これでこの言葉ぶんのうるおいぐらいは稼げるな」

　ドレッドの若者は破顔し、お礼だと言って熱ですっかりふやけたペパーミントガムをひとつくれた。

〈バウムクーヘン岩〉は十字路から一〇〇メートルほど離れていたが、静寂はバスの不在、喧噪(けんそう)はバスの到着と、音を通じて十字路の様子はある程度推(お)しはかることができた。さらに、喧噪の大半はこのグループにとって静寂も同然で、クラクションやすっとんきょうな叫び声などが〈バウムクーヘン岩〉にこだましても、ほとんどのメンバーはぴくりともしなかった。

ただ唯一、トランペットの音が高らかに鳴り響いたときだけはべつだった。〈バウムクーヘン岩〉の空気が瞬時に張りつめ、かすかな物音がそれに続いた。あるものはがばっと上半身を起こし、またあるものは立ち上がって十字路のほうに目を向けた。まぶたを閉じたまま横たわっているものもいたが、じつは耳に意識を傾けているだけで、その指先はトランペットの断続的な音に合わせてとんとんと岩肌を打っているのだった。

すこしのちトランペットの音が鳴り止むと、「三一八」という誰かのつぶやきが反響し、バナナ農家の男がふいに立ち上がった。ほかのメンバーが見つめるなか、彼は残りわずかな手持ちの水を共用のタンクに注ぎ入れ、リュックサックを背負った。「それじゃ、良い旅を」遠慮がちに右手をちいさく振ると、こちらを振り返ることなく十字路のほうに駆けていった。

バス番号の確認係はふたり一組の交代制で、このグループのリーダー格らしいドレッドの若者がそのときどきの顔ぶれを見て、組み合わせと時間割を決定していた。担当になったふたりは、十字路の岩陰に敷いたピクニックシートで待機し、仲間の待つ番号がやって来たら、ひとりがグループ共用のトランペットの「G」をモールス信号の要領で吹き、もうひとりは念のため〈バウムクーヘン岩〉へ走ることになっていた。

おれも何度か確認係を担当したが、ひとたびバスが地平線の向こうからすがたを現せば、そこらじゅうで番号が大呼され、指笛が吹かれるので、目を地平線に向けなくともバスの到来を知ることができた。だから確認係の際もほとんどの時間は午睡を取るか、たがいに口を開ける余裕さえあれば、パートナーとたわいもないおしゃべりをして過ごした。

「ペテンにでも引っかかった気分ね」

あるときペアを組んだ、長い黒髪を蝶々のバレッタで留めた民俗学専攻の大学院生は、ため息まじりにそうぼやいていた。彼女はフィールドワークの一環で、少数民族のいる僻地の村に向かうべく五一七番バスに乗ったところ、このバス停に迷い込んでしまったらしい。

「運転手に訊いたらここで待てって言われてさ。ここで乗り換えるのが当たり前みたいな、そんな口ぶりだったのよ。でもふたを開けてみれば、バスなんてぜんぜん来ないし、ケータイはつながらないし、陸の孤島みたいなところで、もうこの世のバスというバスをぜんぶ呪ったわ。いまだってバスを見ると叫びたくなるからね。このいんちき、いんちき、いんちき！　って」

またあるとき赤いキャップ帽の男は、暑さでぐったりしていたおれの片腹をひじで小突き、「見ろよ」と小声で言ってきた。その視線の先、すぐ近くの大きなサボテンの陰では、白のタオルを頭にまいたずんぐりした男がキャンパスノートにペンを走らせていた。「バス番号の記録を取ってるんだぜ。ひまつぶしのつもりなのか知らないけど、こんなクソ暑いなかでよくそんなことする気になれるよな」

おれが相槌を打つ間もなく、彼は今度、すこし離れた岩陰にひそんでいたタンクトップの若者をあごで示し、「ドラッグの運び屋だよ」と続けた。「あいつらが危ない橋をわたるときは、だいたい陸路なんだ。その点、バスはなにかと都合がいいんだよ。場合によっては自家用車よりも、ずっとな……。あとさ、あそこにひらひらした黒パンの男がいるだろ。あいつは背中に世界地図のタトゥーを入れてて、訪れた国を赤のタトゥーで塗りつぶしてるんだ。もう何年も旅してるみたいで、背中いちめん日焼けしたみたいに真っ赤になってたよ」

ここの十字路はルート七七、ルート九八という公道が交差しているそうだが、自動車はめったに通らなかった。そして万が一にもやって来れば、沿道には札束を扇のように広げたスーツの男、水着すがたで桃尻をぺちぺち叩いて見せる女、子供に泣きまねをさせて注意を引こうとする母親まで、風変わりな待ち人がずらりと並んだ。

「考え方は人それぞれだけどさ、あれじゃかえって運転手を気味悪がらせるだけだよな」

赤いキャップ帽の男は鈴のような笑い声を上げた。事実、車の大半は十字路に近づくと止まるどころかスピードを上げ、いきおいよく通り過ぎていった。

そうやって実りのないヒッチハイクを試みるのは、おおよそがバス停に来てまだ日の浅い、どのグループにもくみしていない待ち人だった。バスや自動車が走っていない静穏なひとときも、彼らはそこらを歩き回り、汗にまみれ、生気をまき散らしている。

ひときわ目を引いたのは、ブランドのボストンバッグを肩からさげた、ぱりっとした水玉模様のワンピースを着た赤毛の女だった。すでに乗客が乗り込んだ六四五番バスの乗車口の前で、「四九三番がぜんぜん来ないんだけど、いったいどうなってんのよ！」などとしきりに金切り声を上げている。身に覚えのないことで当たり散らされた運転手も、ほかのバスのことはほかのやつに訊いてくれとほとんど怒鳴り声で言い返していた。

やがて運転手がしびれを切らし、バスがエンジンを荒々しく吹かしながら走り去ってしまうと、赤毛の女は人形のような楚々とした顔をしかめ、あたりをきょろきょろと見回しはじめた。

ふと、目が合った。

美しいコバルトブルーの瞳だった。

おれはとっさに微笑んだつもりだったが、どうやら顔にはうまく伝わらなかったらしい。彼女はなにかおぞましいものでも目にしたように頬を引きつらせると、きびすを返して、はす向かいにそびえたつ大きな岩の裏手にすがたをくらました。

アルゼンチン、チェコ、エチオピア、タジキスタン、バングラデシュ……。『小さきものたちの世界』は夜ごとに灰となり、熱気に翻弄されるがままほの暗い空へ吸い込まれていった。

いきおいを増した炎に向かって、おれたちは日中にため込んだ言葉を吐き出した。それぞれの生い立ちや旅先での出来事を語らうこともあったが、それよりも十字路で見かけたほかの待ち人のことや、ほかのグループの動向を話題にしたほうが会話も弾んだ。

話は脱線に脱線を重ね、メンバーのバス番号にもおよんだ。おれたちは偶数や奇数や素数、公倍数や公約数でたがいを結びつけた。このグループで一番の古株のドレッドの若者はついこの前、メンバー三人の番号が「１０１１２１３」に並んだのだと言っていた。あとエースだけだったんだ、しかも三人とも同じような紺のスーツ（トランプの絵柄）を着てたんだよ、とこころの底からくちおしそうに。

それからラッキーナンバーや好きな数字も言い合った。「7」は言わずと知れた幸運の象徴だし、「6」はなんだかまるっこくてかわいらしい、「∞」にも似た「8」はこのバス停にずっと留まることになりそうな不吉な感じがしていやだ。偶然か、ジンクスのつもりなのか、めいめいの挙げる好きな数字は、自分が待つバス番号のいずれかの数字と同じ場合が多かった。

「じっさい、おれらのバス番号は名前とそうたいして変わらないよな」ドレッドの若者は誰ともなしに言った。「ここに来たときには、望むのぞまないにかかわらず、すでに決まっていたんだから。どうせついて回るものなら、愛着を持ったほうがよっぽど良いよ」

しばらくすると賑々しい声に誘われ、どこからともなく新たな待ち人がやって来た。彼らとのやりとりは常にシンプルだった。どの番号に乗ろうとしているのか。その番号と結びつけられる彼らの特徴はなにか。

言葉にこそしなかったが、おれたちがひそかに期待していたのは、彼らの持っているバゲット、クッキー、コカ・コーラなどだった。ワインでもジンでもウォッカでも、アルコールを持参したものは一夜かぎりの英雄として祭り上げられた。陽気な笑い声を響かせ、誰かが置いていったクラシックギターで歌をうたい、ダンスを踊って、おのが一芸を披露した。右手と左手でタバコを一本ずつ同時に巻いてみせるものもいれば、まわりが言う数字をことごとく頭のなかで乗算してみせるものもいた。

そんな宴のさなかでも、トランペットの伸びやかな音色が闇夜に響きわたれば、誰かが騒ぎを制止するまでもなく一瞬で静まりかえった。踊っていたものは両手を振り上げたまま、ギターをつま弾いていたものは弦を押さえたまま凍りつき、それがさも交響楽団の美妙な演奏であるかのようにじっと耳を傾けた。そしてまた誰かが去り、そいつが残していった傷んだ青リンゴやオレンジ、炭酸の抜けたセブンアップを加えて、何事もなかったかのように宴は再開するのだった。

夜がふけて冷え込みが厳しくなると、タオルケットやポンチョやストールを広げ、寝袋に入り、身を寄せ合った。マリファナを吸い回しながらきらめく星々を結んでゆき、イタリア座、マラドーナ座、ポルチーニ座と一夜かぎりの星座をこしらえた。誰かが生まれたての星座にまつわる神話を冗談まじりに語り、そいつが言葉に詰まればまた誰かが助け船を出して、えんえんと出鱈目な叙事詩がつむがれた。

「こういうのもぜんぶ、ずっと前から続いてたものらしい」ドレッドの若者は顔ぶれが入れかわるたび、それとなくつぶやいていた。「おれらはみんなその日ごとに星座を描きかえてるだけで、基本的にはずっと同じ空にいるんだ。番号で呼び合う決まりなんかもそうさ。べつにおれらが考えついたんじゃない。おれらが来たときにはすでにあったんだ。このバス停に来る人は生まれも育ちも、ときには母語も違ってたりすることがあるから、みんなをひとまとめにするために自然とできたんだろうな。たがいを思いやるこころがなきゃぜったいに生まれないルールだよ」

しばらくして会話が途切れたとき、誰かひとりが下火になりかけていたたき火に紙きれを放った。するとほかのメンバーも、もう必要ないものだからと言って、旅先の写真や地図、どこかの民芸品らしき動物の人形や切手コレクション、よその国の紙幣まで次々と火にくべていった。

明け方に十字路の南西部で焚きつけを拾っていたとき、不思議な絵が描かれた大きめの岩をいくつか見つけた。バスに群がる人びと、雪景色や色とりどりの花畑、黒曜石の結晶のように迫り出した摩天楼。タッチはばらばらで、ペンキや油絵の具らしきもので描かれているものもあれば、マニキュアを思わせる艶やかな塗料で描かれたものもある。いくつかは風化し、色あせていた。

「まるでラスコーの壁画だな」旅の絵描きだという白髪まじりの男は、海と砂浜、海水浴を楽しむ人びとの岩絵を前に感心深げになっていた。「人間のやることなんていつだって、どこだって、そうたいして変わらない。とにかく手を動かしたがる」

こうした岩絵をはじめ、このバス停には長い歳月を忍ばせるものが数多く残されていた。

たとえばここでは、バスに乗るものが去り際に、手持ちの水や食料や防寒具、あるいはそういった必需品とのちに交換できる可能性のあるものなど、なにがしかの私物をグループに残してゆくのが慣わしになっている。そのなかで、おそらくメンバー間で共有しておいたほうがいいと判断されたものなどが、ある種そのグループの象徴として受け継がれていた。

「おれたちのグループで言うなら、トランペットとか水のタンクがそうだ。どっちもかなり前から受け継がれてきたらしい」

夜中の確認係でペアを組んだとき、ドレッドの若者が教えてくれた。夜のしじまに傷を入れるのを怖がっているかのような小さな声だったが、その晩、新しく加わったふたりのメンバーが提供してくれたレモネードとラム酒でダイキリを作り、しこたま飲んだせいか語調は弾んでいた。

「あと有名なのは……、〈めがね岩〉にどでかいサングラスをかけた女がまとめ上げてるグループがあるだろ? あいつらがたき火用に使ってるドラム缶がそうだ。それに〈まな板岩〉のグループじゃ、カーキ色のジャンパーをリーダーが着る決まりになってるな。おれはじっさいに見たことがないけど、タリスマンみたいなペンダントを代々リーダーが身につけてるグループもある。〈サドル岩〉のやつらだ。言い伝えでしかないけど、どのアイテムもずっと前からこのバス停にあるんだとさ」

「このバス停はけっこう歴史があるんですね。こんななんにもないところなのに。どれぐらい前からあるんでしょうね」

「さぁな。数年か数十年か……。もしかすると、地面でも掘ればバスの化石が出てくるかもな」

そのとき、奥行きを欠いた平板な闇夜にヘッドライトの明かりが浮かび上がった。空気がぴりぴり張りつめ、エンジン音がしだいに強まっていく。バスが到着すると、番号が連呼され、種々の合図の音が響きわたった。舞い上がる砂塵がヘッドライトに照らし出され、たくさんのシルエットが影絵のように動き回る。

バスがいっさいの喧噪を連れ去ると、十字路はふたたび深い闇につつまれた。

「あらためて不思議に思ってしまいますよ」おれは声をひそめた。「これだけバスが走っているのに、こんなに大勢の人がいるのに、このバス停は名ばかりでなにもない。売店とか待合所とか、ふつうならあってもおかしくないのに」

「こういうバス停じたいはそこまで珍しくないんだけどな。おれも旅すがら、なんにもないところでバスを乗り換えたことが何回もあるよ。野っ原とか、山奥の三叉路(さんさろ)とか。何度絶望したことか」

ドレッドの若者は含み笑いをした。

「だとしても、こんなになにもないところに九九九もの路線ですよ」

「まぁな。いくらなんでも多すぎるとは思うよ」犬歯を舐めているのか、かすかに口を動かした。「あるいは、それにしてはなにもなさ過ぎるって言うべきなのかもしれないけど」

「運転手ならなにか知ってるんじゃないですか」

「じっさいに訊いたやつが何人かいたけど、ここの路線はいろんなバス会社が集まってできてるみたいで、運転手もほかのバスのことはよく分からないらしい」

「ずいぶん無責任ですね」

「自分のことで手いっぱいなんだろ。おれらとおんなじさ」

「もういっそのこと、歩いてここから抜け出せないんですかね」

「そういうやつもたまにいるよ。ただ、だいぶ長いこと歩かなきゃならないだろうし、ろくに水もない。そしてこの暑さだ。どうなるか分かるよな?」

「どっちにしても地獄ってわけですか。こんな状況じゃ、いつバスジャックが起きてもおかしくないような気もしますよ」

「じっさい、あったんだよ」こともなげに言う。「人づてに聞いた話だけど、水がなくなったやつらが手を組んで、到着したバスを乗っ取ったんだ。路上に放り出された運転手は一介の待ち人になって、結局は同じ番号のバスに乗っていったらしい」

おれは笑ったが、彼は眉ひとつ動かさなかった。「そういうのは、後先考えないやつのすることだ」語気を強めて続けた。「下手すれば、悪い噂が広まって、このバス停に永遠にバスが来なくなることにもなりかねない。自分さえよければ良いっていう利己的な考えだよ。そんなことするぐらいなら、運だめしのつもりで適当にバスに乗ったほうがまだましさ。もっとも、これだけさんざん待っておいて、乗りたくもないバスに乗るのは負け犬の考えだっておれは思うけどね」

陽気な声色は失せ、おれたちのあいだに凜とした夜気が流れ込んできた。

このような〝乗りたくもないバス〟に乗ろうとする待ち人への厳しい姿勢は、実のところ彼ひとりにかぎったものではなかった。たき火を囲んでいるさなかもときおり、薄闇に素性を隠した誰かが会話の端々に織りまぜていた。だったら最初からバスなんて使わなきゃよかったのにさ、結局あいつはそれまでのやつだったってことだよ、と以前このグループにいたメンバーからよそのグループまで引き合いに出しながら。まわりも大げさなぐらい声を上げて笑っていた。その手のにぎやかしこそが、グループの結束を強めるかなめであるかのように。

おれがバス停に来て四日目の朝には、またひとつ新たなあざけりの伝承が生まれる瞬間に出くわした。

メンバーが焚きつけ集めから戻ってくるなか、フィジオセラピストのカップルだけがすがたを見せなかった。ふたりの待つ七四九番バスはまだ来ていないはずだったが、彼らのバックパックも忽然と消えている。ほかのメンバーは冷めた目でふたりがいつもいた場所を一瞥するだけで、彼らを探そうとはしなかった。

すこしのち、どこからともなく放たれた「またか」というつぶやきが、そのあとに続いたくぐもった笑い声が、〈バウムクーヘン岩〉にうつろに反響した。そのなかで唯一、新しく加わったメンバーだけがかすかに困惑の色を浮かべていた。

その日の正午過ぎ、〈まな板岩〉のグループが食べものや飲みものを大量に入手したという情報がもたらされた。確認係がほかの待ち人から伝え聞いたところ、昨晩、行商人の一団が三〇九番バスから降りてきたのだという。彼らはすでに六四八番バスに乗って行ってしまったが、その前に〈まな板岩〉のグループが交渉を持ちかけ、商品の一部を買い取ったらしい。

日がかげってきてから、ドレッドの若者が物資をつのり、〈まな板岩〉のグループと水を交換してもらいに行くというので、おれもついていった。〈まな板岩〉は十字路南東部に乱立する巨岩のなかでもひときわ背の高い、横長の一枚岩だった。やかましいノイズ・ミュージックが流れるなか、岩陰で一〇人あまりが輪になってトランプに興じていた。車座の中央には上等そうな赤ワインのボトルやバラカチーズ、いろんなスナック菓子が積まれている。

見覚えのある顔があった。ひとりはこの前、十字路で見かけた美しい青い目の女だった。よれよれのキャミソールの上に藍染めのストールを羽織り、長い赤毛をだんごに結い上げ、巻きタバコを口にくわえながら、手のなかのカードをじっと見つめている。

かたわらには、フィジオセラピストのカップルのすがたもあった。そばかす顔の彼は愉快な声でコールを連呼し、ポニーテールの彼女は夕陽がかすんで見えるほど赤ら顔になって、ステンレス製のマグカップにワインを注いでいる。一瞬、目が合ったが、彼女はすぐに目をそらした。そしてトランプを切るボーイフレンドの耳元になにかささやいたかと思うと、ふたりして高笑いしていた。

ドレッドの若者も一瞥しただけで、話しかけようとはしなかった。みすぼらしいカーキ色のジャンパーを着た男と手短(てみじか)に言葉を交わし、物資と交換に水の入ったペットボトルを一本もらうと、すぐにその場から離れた。

「しょせんバスを待つあいだだけの関係だし、好きにさせたらいいさ。あいつらだって話しかけられても、迷惑かもしれないしな」

帰りしな、彼は肩をすくめながらそう話していたが、〈バウムクーヘン岩〉に戻ったあと、あのふたりを見たことについては一言も触れなかった。ほかのメンバーも結局、誰ひとりとして彼らの安否を気にかけていなかった。それどころか闇夜があたりを覆(おお)い隠せば、フィジオセラピストのカップルを〝乗りたくもないバス〟に乗った待ち人のリストに加え、会話の種火にした。それも遠い昔の出来事であるかのような口ぶりで。

思い返せば、そういった彼らの内奥に巣くう暗闇は、トランペットの音が鳴りわたったときにも片鱗(へんりん)を覗かせていた。彼らは去りゆくものに対して冷淡だった。寝そべったまま無表情に一言、二言で別れをすませることもあれば、顔すら上げない、またはどこかに行ったきりすがたを見せないというのもままあった。

早朝、焚きつけ集めでドレッドの若者とふたりきりになったときに、そんな冷めた態度についてさりげなく訊いてみたが、彼は枯れ枝を持った手をだらんと下げたまま眉根だけをひそめた。

「べつに冷たくしてるわけじゃないさ。こんなところで出会った仲間だ。みんな大事に思ってるよ」

「それなら、どうして?」

「……まぁ、そのうち分かるよ」

ドレッドの若者は言いよどむと、またゆっくりとした足取りで次の枯れ枝を探しはじめた。

そのためらいの意味を真に知り得たのは、水筒の最後の一滴をひりつく舌の上に落としたあとのことだった。

言葉の上で知る〝渇き〟と、この身をもって知る渇き、そのふたつのあいだには埋めようのない遠大な隔たりがあった。渇きは圧倒的だった。緩慢に、着実におれの内部を削り取っていった。手足の力が抜け落ち、言葉ひとつ発する気が失せ、古参のメンバーと同じように岩肌にへばりつくようになった。

この頃を境に、おれの世界はグループ共用のタンクを中心に回りはじめた。無味無臭の透明な液体、それがおれの生命そのものであり、どんなに少量でもそこにあり続けるかぎり、おれは生にしがみついていられるのだ。

そして、昨日加わったばかりの男がミネラルウォーターのたっぷり入ったペットボトルを去り際に残していったとき、去りゆくものへの妬みをおさえながら、それを手持ちの水がなくなったもの同士で分け合い、至上の幸福感で満たされたとき、おれはこのバス停を支配する法則を、混沌たる愛憎を通じて十全に把握することができた。

そう、おそらくここでは、誰もが遅かれ早かれひとつのシナリオをたどる定めにあったのだ。たき火も、宴も、助け合いや自己犠牲といった友愛の言葉も、すべては人間という資源を取り込み、その水分をしぼり取るためにあったのだ。そしてこの仕組みに気がつく頃には、待ち人はすでに甘美な黙契の杯を酌み交わし、大いなる罪の円環に取り込まれている。ある種のサバイバーズギルト的な同情から、そして自身が荷担した偽善に対するある種の償いから、みずからも去り際に数々の私物を残してゆく。これはいわば鋼鉄の沈黙でつながれた、人間を縛り、生かしもする生命の鎖なのだ。

これに気づいてしまった以上、嫉妬、罪悪感、狂喜の錯綜する感情を処理する術を見いだせず、おれも去りゆくものに対して目をそらすようになった。最後にそれらしい別れの言葉を口にしたのは、ドレッドの若者が待つ四八〇番バスが到着したときだったが、それも一言、二言程度の表面的なものでしかなかった。

「いろいろ楽しかったよ。また会おうな」

「ええ、また会いましょう。良い旅を」

そうとはいっても、おれたちは実の名すら知らないのだ。

四二五番、九〇二番、三二番。

バスが往来し、おれはリーダーのまねごとをするようになって、いつしか本物のリーダーになっていた。

就寝前には、そのときのメンバー構成に基づいて番号確認係の担当と時間帯を決定し、バスから降りてくる乗客を勧誘する役目も担わせた。たき火の燃料や食料の調達では、最近になってほかのグループとの縄張り争いが熾烈になってきたので折衝につとめた。『小さきものたちの世界』はとうに灰燼に帰していたが、ほかのメンバーが私物を火に投じてくれた。ほかのメンバーが生ハムやホットワインを振るまい、共用のタンクに水を注いでくれた。

「こういうルールもぜんぶ、ずっと前から続いてきたものらしい。このバス停に来る人は生まれも育ちも、ときには言語も違ってたりすることがあるから、みんなをひとまとめにするために自然とできたんだろうね。万人をひとつにまとめるための、自己犠牲に彩られたバス停の法則だよ。これさえ守れば、あとは好きにやればいいさ」

おれは毎夜、人差し指を天空に伸ばし、スローロリス座、ピストル座、ジャカランダ座と思いのままに星座を描き、神話を語った。

ここではバスを待つ一秒、一分が一ヶ月、一年にも匹敵し、誰もがおれの言葉に真摯に耳を傾けた。真実はおれの言葉にしか存在せず、みなに同じ夢を見させることができた。同じ夢を見たとしても、すぐに過ぎ去っていった。

だからおれは何度でも物語を作り直すことができた。気がすむまで、満足のいくものができあがるまで。おれがおれ自身でなくなってしまうまで、このバス停がバス停でなくなってしまうまでに。

2 バス停夜想曲

あるとき、あたしはピエロとマジシャンと一緒だった。

「こんなところで会ったのもなにかの縁だし、どうせなら一緒にやらないか？　おまえらだって、自分の腕をためしたくてここにいるんだろ？　でもそう簡単にはいかないみたいだし、まずは三人でためしてみたほうがいいんじゃないかな。ひとり立ちするのはそれからだって遅くないさ」

あたしたち三人が居合わせたのはたんなる偶然だったけど、ピエロが気さくに話しかけてきたのをきっかけに、十字路の大きなサボテンの前で、涼しげな風の吹く夕刻から一緒にバスキングをするようになった。

二本の懐中電灯の明かりを重ね合わせたスポットライトのなか、赤鼻をつけたピエロは一輪車に乗りながらビーンバッグやクラブでジャグリングし、マジシャンはシルクハットから白いハトを出して、小さな玉やハンカチを浮遊させた。あたしはアリ・ファルカ・トゥーレからフィリップ・グラスまでさまざまな曲をポータブル・スピーカーから流し、コンテンポラリー・ダンスを踊った。

夜の十字路は、あたしたちに負けず劣らずとてもにぎやかだった。ランタンや懐中電灯の明かりがたくさん灯り、バスが到着すると、蛍光塗料でペイントされたバス番号の旗が一桁ずつかかげられ、指笛が鳴らされた。ときには花火が打ち上がって、バスドラムの重低音があたり一面を揺さぶることもあった。十字路全体が一種の大道芸（バスキング）のようだった。けれど、そんなにぎわいとは裏腹にあたしたちの客足は伸びず、「ときめいたら水と食べものを！」という貼り紙をした籐（とう）のバスケットはなかなかいっぱいにならなかった。あたしたちは手持ちのクラッカーやポテトチップスを分け合い、水をちびりちびりと飲んで、飢えや渇きをごまかすしかなかった。

「むずかしいけど、ここは世界で一番パフォーマーの力量がためされる場所なんだ。なんせお客さんに、貴重な食べものを分けあたえようと思わせなきゃいけないんだから。きっとここを抜け出るころには、世界中のどんなパフォーマーとだってわたり合えるまでに成長してるよ」

ピエロはことあるごとにそう言っていたが、覇気のない目はどこか説得力に欠けており、あたしとマジシャンではなく、むしろ自分自身を鼓舞するための言葉のように聞こえた。かたや、客前ではいつも長広舌を振るうマジシャンは、ふだんはすごくもの静かで、ピエロのおしゃべりに黙って耳を傾けていた。ハトのちいさな頭を人差し指の腹でなでながら、まるでそうすることが相槌であるかのように。

日中は汗をかきたくない一心で、十字路からほど近い小さな岩の陰でずっと横たわっていた。籐のバスケットが空（から）っぽの日には、ひもじさのあまり名前も分からない野草を食（は）み、指をしゃぶったり、ほかの待ち人のまねをして犬歯の裏を舐めたりした。

「こんなの応急処置さ、そのうち腹いっぱいのごちそうにありつけるから心配すんな」

ピエロは気丈に笑っていたが、その言葉はやたらむなしく響くばかりで、客足は増えるどころか減っていく一方だった。

あたしたちは周囲の注意をすこしでも引こうと、それまでのスタイルを捨てていろんなことに挑戦するようになった。ピエロは絵の具で顔一面にキキョウやダリアやランの絵を描き、沈黙をやぶって一輪車に乗りながらひとり漫談をはじめた。マジシャンは奇術に加えて、シルクハットや浮遊用のボールで、ピエロに手ほどきしてもらったジャグリングを披露した。あたしはナタリア・ラフォルカデやカメラ・オブスキュラなどのポップソングをみずから歌って、ミュージカル調に歌詞を踊りで表現した。ときにはピエロとマジシャンもコーラスで参加し、三人でステップを踏むこともあった。

だけど依然として、人びとは岩陰やピクニックシートにじっと身体を横たえたままだった。ときおりこちらに向けられる視線も好奇心からではなく、動くものに対して本能的に反応したという具合だった。活気づくのはバスが往来するときだけで、それもあたしたちとは無関係に過ぎ去っていった。

「むずかしいもんだなぁ」

ピエロの饒舌(じょうぜつ)は影をひそめ、繰り言ばかりが増えていった。

そのうち、飢えと渇きが肉体をむしばみはじめた。あたしはくるくる舞っているうちに目が回ってしまい、マジシャンは気もそぞろにマジックのタネだった何枚もの同じ絵柄と数字のトランプをぱらぱら落としてしまった。シルクハットから出したハトすら衰弱のあまりぐったりとしていた。ピエロにいたっては頬がこけ、目がガイコツのように落ちくぼみ、しまいにはある日の夕暮れ、一輪車の上でジャグリングしながら漫談をしていたとき卒倒してしまった。

おりしも偶然通りかかったシルバーピアスを口元につけた女性が、コカ・コーラとチキンのピタパンを恵んでくれたが、これがかえってピエロの意志を挫くこととなった。

「ピエロが同情されたらもうおしまいだよ」

彼はその日のうちにしずしずと荷物をまとめ、適当なバスに乗り込んだ。扉が閉まる直前、ピエロらしからぬ渋面で最後にこう言い放った。

「いまのおれだったら、みんなも笑ってくれたかな」

いったい誰が広めたのか、このときのことはのちに「ピエロのように望まぬ番号に乗るぐらいなら、いさぎよく物乞いでもしろ」というある種の戒めをともなって、一部の待ち人のあいだで語り継がれることとなった。

ピエロが去ったあとも、あたしとマジシャンはしばらくのあいだバスキングを続けたが、もう体力も気力も残されておらず、だんだんと岩陰に寝そべる時間が長くなっていった。ふたりとも沈黙のうちに、ピエロのおしゃべりをひっそりと懐かしんだ。沈黙が深まるだけ、あの空元気がよけい恋しくなった。

そして程なくすると、マジシャンも「もう物乞いになる」とぼそりとつぶやいて、すがたをくらましてしまった。愛するハトをろくに食べさせることもできず、ついには自分のおなかに収めることになったのが相当こたえたらしい。

《バス停ポリフォニア》は、皆が安全に、楽しく、有意義にバスを待つために設立された善良な共同体です。「優しさから優しさへ」をモットーに、人から人へ優しさを受け渡していくことを何よりも大事にしています。《バス停ポリフォニア》という名前にも、このバス停で偶然出会った人々が互いに寄り添い、理解を深め、共鳴し、全体で一つの大きなポリフォニーを奏でるというメッセージが込められています。

- 《バス停ポリフォニア》は本部、管理部、情報部、広報部、頭脳部隊、資源調達部隊、スカウト部隊、警備部隊、番号確認部隊から編成されています。
- 《バス停ポリフォニア》加入希望者には入会審査が義務付けられています。犯罪者、犯罪者予備軍の混入を防止することが主な目的です。でも、心配には及びません。審査内容は書類記入と面接だけのとても簡単なものです！
- 《バス停ポリフォニア》のメンバー、通称モノフォニアには加入時、三桁のアルファベットから成る「ポリフォニアーＤ」が付与されます。業務時にはこの「ポリフォニアーＤ」で互いを呼び合います。

・モノフォニアは自分の待つバス番号の三桁目の数字に対応した、《バス停ポリフォニア》内の〇―九〇〇番台のエリアに居場所を確保します。バス到着時には、その番号が番号確認部隊から各エリアに拡声器で伝達されます。
・モノフォニアには配属先の職務を全うする義務があります。勤務時も、バスが到着した場合には配属先に連絡が行くのでご心配なく！
・《バス停ポリフォニア》では、資源調達部隊が購買／物々交換／採集した食材を使って、一日に一回炊き出しを実施しています。《バス停ポリフォニア》専属の一流シェフが調理する素晴らしい料理の数々をご堪能あれ！
・現在、新規加入者にはもれなくコップ一杯の濾過水をプレゼントしています。《バス停ポリフォニア》が独自に地下から汲み上げ、濾過したおいしい水です。
・《バス停ポリフォニア》は加入するのが簡単なら、退会するのも簡単です。どこでバスを待つか迷っているのなら、一度ためしに入ってみてはいかがでしょうか。どうせバスを待つのなら、皆で一緒に待ったほうが楽しいですよ！

あるとき、あたしはひとり小さな岩にもたれかかっていた。目に映るのは青、赤、黒と移りゆく空だけ。いっそのことあたしも適当なバスに乗ってしまおうか、そんなことばかり考えていた。

風向きが変わったのは、日照り雲の浮かぶ夕暮れどきに、八九三番バスから風呂敷包みや段ボール箱を抱えた行商人の集団が降りてきた折だった。

待ち人たちが茫然と見つめるなか、彼らは十字路南東のだだっ広い平地に色とりどりのテントを張り、そこを出店にしたり、周辺に散らばったりして、ポータブル充電器、腕時計、色鉛筆、マクラメ、ジグソーパズル、クロスワードパズル、ルービックキューブと、いろんなものを売りだした。商品もにぎやかなら、売り方もにぎやかだった。商品名の入った旗をかかげながらタンバリンを鳴らす薬屋もいれば、全身にまきつけた鎖にカミソリ、やかん、ハサミなどをじゃらじゃらぶらぶら下げながら売り歩く金物屋もいた。

待ち人ははじめ、かまびすしい行商人の様子をうろんな目つきで眺めていたが、彼らの触れ回る言葉の華やかさに引き寄せられ、周囲にはたちまち大きな人だかりができていった。

一番のヒットはやはり飲みものだった。巨大なタンクに入った濾過水がコップ一杯ずつばら売りされ、酒だるの前には地の果てまで続くような行列ができた。いずれも相場の四、五倍の値段だったが、文句を垂れるものはひとりもおらず、長い列を待つあいだ信じられないほど嬉しそうな笑みをこぼしていた。水を飲める喜びをラップでうたうものまで出てきて、それに合わせてまわりも手拍子したり、足踏みしたりして、曲が終わると涙を流して抱き合った。そうかと思えば、クーラーボックスから虹色のアイスキャンディーが出てきたときには、数多(あまた)の待ち人がたがいを押し分けながら殺到し、おのずと丁々発止の競りがはじまって、最終的にはバスを一台チャーターできそうなほどの値段までつり上がった。

食べもの屋もおおいに繁盛した。フライドチキン、ホットドッグ、チュロス、オムレツと、食べてもいないうちからよだれがあふれてきて、これだけで喉がうるおうとみな喜ばしげに言い合った。多くが水や食べものを買い求めるなか、先を見越してか、干しものや缶詰や瓶詰めなど保存食の確保に奔走するものもいた。行商人が気を利かせてひとりひとつまでと忠告していたのに、なに食わぬ顔して列に並びなおすものもあとを絶たなかった。

飲みものや食べものをひとしきり堪能した人びとは、購買熱さめやらぬうちにほかの商品も買いはじめた。スケッチブックや色鉛筆を買いそろえ、岩陰で気の向くままにスケッチをした。ギャンブルやサバイバル関連の本に読みふけり、三桁の数字を自分で好きに組み合わせられるキーホルダーをかばんのジッパーに取りつけた。ポータブル扇風機や東洋の扇子などの賞品が当たるビンゴや、当たりつきのチューイングガムを買いに走った。

ことに流行ったのは、折りたたみ式のバックギャモンだった。紺色の薄手のスーツ、白と黒のコンビネーション靴を履いたバックギャモン売りは、大きなスーツケースを転がしながら待ち人のあいだを渡り歩いた。

「サイコロをふたつ振って出た目だけ進めるいたってシンプルなゲーム。目指すは相手よりも良い目を出して、ついでに相手の駒を踏んづけて早く上がること。でもそれって、どこかのバス停にも似ていませんか？」

この売り文句が不思議と待ち人のこころを打ち、そこここでサイコロを振る光景が見られるようになった。

行商人の大半は商品が売り切れると、適当な番号のバスに乗って去っていったが、どういうふうに連絡を取り合っているのか、あるいはまったくの偶然なのか、たいして時間を置かずに、またべつの物売りが続々とバス停に押し寄せてきた。

なかには僻地の村から商い(あきな)をしに来たという、はでやかな衣装を身にまとった少数民族もいた。極彩色の鉢巻きをまいた女たちはレインボーカラーの風呂敷を広げ、モンキーバナナ、ヒカマ、タマリンド、チェリモヤ、トウガラシを売った。トウモロコシの粉を水で練り上げ、その場でフリホーレスやプラタノ・フリトやトルティーヤを調理した。尾っぽの長い緑色の鳥の刺繍(ししゅう)の入った民族衣装を着た男たちは、ウシやヒツジの乳をしぼり、ニワトリやブタをその場でさばいて、生肉あるいは炭火で焼いた肉、モーレソースで野菜と一緒に煮込んだ肉を売った。こういった家畜もすべて自家用車やトラックではなく、あくまでバスで連れてこられたのだった。

物売りが通り雨のように過ぎ去っていったあと、待ち人の顔には笑みや生気が戻り、羽振りがよくなって、物や人の行き交いが活発になった。昼間でも日傘を差しながら闊歩(かっぽ)するようになり、夜間には懐中電灯やランタンの数がうんと増えて、見える星の数もこころなしか少なくなった。

十字路は新手の大道芸人(バスカー)であふれかえった。三つのスチールドラムと手回しオルガンで変則的に構成された楽隊が舞踏音楽を演奏し、若い黒人の男女は汗を振りまきながらメレンゲを踊った。そのカップルは実はバスカーではなく、ただグラス一杯のビールを飲めたということだけで、踊らずにはいられなくなったらしかった。

そのほかにも、蛍光塗料のマスクと手袋を使って幻惑的なライトダンスを踊る三人組もいれば、岩壁に向かってライフルでペイントボールを撃つ眉毛のつながった女性や、握りこぶしの隙間から色のついた砂を落とし、異国の風景の砂絵を作る男性もいた。砂絵は一時間と経たずして風に吹き消されてしまったが、その瞬間的な芸術性がかえって好評を博し、砂絵師のまわりにはチップ代わりの食べものや飲みものがうずたかく積まれた。

これらのバスキングを目のあたりにして、あたしはこれまでの考えをあらためざるを得なかった。外の流儀をそのまま持ち込んでも受け入れられるはずがない。きっとこのバス停には、このバス停にしか存在しえない表現のかたちがあるのだ。

まだバスに乗るのは早い。

まだためす価値はある。

そうしてあたしは、肌身離さず持ち歩いてきたポータブル・スピーカーを手放した。

僕は学生テニスプレーヤーです。つい一週間前、隣国のテニススクールに向かうために、故郷を離れたばかりでした。

道中、九二八番バスに乗り換えるためにこのバス停に降り立つと、驚いたことに、あっという間に大勢の人々に取り囲まれました。話を聞いてみれば、このバス停ではバスがなかなかやって来ず、おまけにバスを待つための設備がなにもないため、先に到着していた人々がいくつもの待合所を作っているというではありませんか。

いろいろ悩んだ末、ひとり闇雲にバスを待つのは賢明ではないと判断し、一番居心地が良さそうに思えた、十字路北東部の〈めがね岩〉を中心に広がる《バス停ポリフォニア》に加入することにしました。

　加入審査をパスし、正式に《バス停ポリフォニア》の一員になったあと、管理部の人に縦横三〇メートルほどの「エリア九〇〇」に案内してもらいました。一〇種類ある各エリアは色付きのビニールテープで区切られており、「エリア九〇〇」は桃色でした。すでにたくさんのテントが張られていて、大勢のモノフォニアがビーチパラソルの下で水着で寝そべり、バックギャモンをして、おしゃべりを楽しんでいました。テントの陰でかくれんぼをしている子供、杭に繋がれた家畜やペットの犬までいて、とてものんびりした雰囲気が漂っていました。

　面白いことに、ここでは右手の甲にマジックペンで描いた「ポリフォニアーID」を見せて挨拶するのが慣わしになっていました。だから僕もいちモノフォニアとして「FAK」を見せながらこんにちはと挨拶しました。みなさんとても優しくて、お近づきのしるしとしてビスケットやチーズなどを分けてくれました。僕が強い日差しにまいっていると、あまっていた段ボールをいくつか分けてくれました。僕はそれを組み合わせて、ちょっとした日よけ用の小屋を作ることができました。日が暮れて気温が下がると、エリア内のドラム缶でたき火が焚かれました。資源調達部隊が用意してくれた焚きつけがありましたが、それでも足りないときは「助け合いだから」と言って、まわりのモノフォニアがいろんな私物を火にくべました。だから僕も持っていたテニス雑誌を火に入れました。

僕の配属先は警備部隊でした。六人一隊の九隊が三隊ずつ交代制で、一日八時間、エリア外縁の警備のほか、エリア内のパトロールを行います。

僕の隊には隊長の警察官ＡＤＸ、隊員は電気工事士ＣＳＱ、ホテルのレセプショニストＡＪＯ、大学生ＢＸＩ、水泳のインストラクターＢＴＬがいました。ただし、ちゃんとした装備が人数分あるはずもなく、万能ナイフ、アイスピック、野球のバットとばらばらでした。数が足りなかったので、僕にいたっては自前のテニスラケットを使うことになりました。

警備中は二人一組で動く場合がほとんどで、僕はホテルのレセプショニストＡＪＯとペアを組みました。彼の装備はゴルフドライバーで「とんでもない外れくじを引いた」、「このままじゃゴルフばっかりうまくなる」などと冗談めかしながら、いつもスイングをしていました。それでも、彼のことをとがめる者など一人もいませんでした。ここでは犯罪など起きたためしがないそうですし、ゴルフスイングもそれはそれでちょっとした訓練に見えたのです。

三日と経たないうちに、《バス停ポリフォニア》は僕にとってもう一つの家族のようなものになりました。仕事を終え、「エリア九〇〇」に戻れば、なじみのモノフォニアが迎えてくれます。バックギャモンで遊びながらその日あったことを語り合い、誰かのお菓子を食べて、誰かのお酒をみんなで飲み交わします。同じ星空を見上げながら眠りに就きます。

そしてバスに乗るモノフォニアには惜しみない拍手を送ります。別れに悲しみはつきものですが、僕たちには笑顔で送り出してあげる義務があるのです。かつてほかのモノフォニアがしてくれたのと同じことを、今度は新しく入ってくるモノフォニアにしてあげなくてはなりません。そうやって僕たちは優しさのリレーを繋いでいるのです。


あるとき、あたしは蠱惑的な空気の振動にいざなわれ、十字路の東の沿道にそびえたつ〈監獄岩〉に足を運んだ。

すでに大きな人だかりができており、その中心では、黒シャツを着た大柄な男がピクニックチェアに腰かけ、ヘッドにタバコの消しあとがついたクラシックギターをつま弾いていた。歌はうたっていなかったが、十字路とギターという組み合わせ、そして悪魔に魂を売って手に入れたと思わず言いたくなる卓絶した腕前を称えてか、「ロバート・ジョンソンの生まれ変わり」とさかんに褒めそやされていた。

ロバートの奏でるギターの旋律は整然とした混沌、あるいは雑音と音楽の境界線をたゆたうひずみといった感じだった。

おおまかには特定のキーの音階を拾っているはずなのだが、それを感じさせないほど広大無辺に音を編み、転調を繰り返した。リフはおろかリズムらしきものも存在せず、薄れゆく弦の震えを愛おしむかのように合間合間でタメを作り、とつぜん弦をかき鳴らして静寂を撃った。ときおり思いもよらないところで音を外し、ペグを変幻自在に回してワウワウめいた音響効果を生み出した。その外し方というのも、けっして心地の悪いものではなく、こんな表現があるのかという意外性に富んでおり、聴き手に程よい緊張感を与え、ある種の畏怖すら起こさせるのだった。

あたしはそのギターの音とも称しがたい調べに魅入られ、いや、魅入られたという実感を持つことすらなく身体のほうが先に反応し、演奏する彼のかたわらで舞った。

あたしが踊りだしても、ロバートはけっして手を休めなかった。黒い瞳を虚空に向けたまま、野性味あふれる太い指先だけを動かした。あたしも一瞬たりとて身体を休めなかった。喜びに打ち震えるように手足がひとりでに宙を舞い、髪の毛先を伝い飛ぶ汗が、いまこの瞬間を祝福してくれているかのようにきらめいた。

ゆっくりと〈監獄岩〉の影が伸びていった。

夕陽の沈む速度に呼応するように、ギターの旋律がアッチェレランドになりはじめた。あたしの関節がどれだけ曲がるのかためすようにペグが回り、意表を突いていまにもばらばらになりそうな不協和音がかき鳴らされた。

あたしはひずみに合わせて四肢をしならせ、めいっぱい関節をひねった。指を弦のようにぴんと張り、爪の先まであますところなく音の粒を行き届かせ、震わせた。

すると今度は彼のほうが、あたしの指先のうねりに応えるように弦をスナッピングし、足のスウィングに合わせてシンコペーションを添えてきた。

トレモロが響けば連続ターン。

飛び跳ねればクレッシェンド。

リズムが肉体を刻み、肉体がリズムを刻む。

一音一音を階段のように駆け上がり、音階の遙か向こうへ跳躍した瞬間、あたしはまったき静けさの中心にたたずんでいた。

高く伸ばした右手をそっと下ろし、いつの間にかつむっていたまぶたを開けると、その先では大勢の観衆が待っていた。拍手喝采、歓呼の声。足下には誰かの麦わら帽子が置かれ、食べものであふれかえっていた。

あたしのかたわらで、彼が大きな手をゆっくりと叩いていた。

「もう一曲いけるか?」

初めて合った目がそう話しかけてきた。

あたしは小さくうなずき、ふたたびポーズを取った。

ロバートと過ごしたわずかな日々は、とても満ち足りたひとときだった。彼は気の向くまま炎天下でもギターを弾き、あたしも導かれるがままこの身を共鳴させた。演奏が終われば、麦わら帽子いっぱいの食べものと美酒に酔いしれ、岩陰で彼の大きな身体につつまれた。彼はいつもギターのようにあたしの身体を支え、弦をスライドするように指を滑らせてきた。その愛の営みのときも、眠りに就くときも。あたしたちはいっさい言葉を交わさなかった。その必要すらなかったのだ。音と肉体を通じて、語れることはすべて語りつくしてしまっていたから。

だけど、彼もやがて二七番バスに乗って行ってしまった。その番号を待っていたことを知ったのも、最後の瞬間、彼がつま弾いた一音を通じてのことだった。

先日、《バス停ポリフォニア》頭脳部隊による「第一回バス停ポリフォニア研究報告会」が開かれ、「一体どうして自分の待つ番号は来ないのか」、「どうして他の人のバスばかりがやって来るのか」など、誰もが一度は疑問に抱いたことがあるであろう、往来するバス番号の規則性に関する諸問題が取り上げられた。

現在、バス停の人口は約一〇〇〇人に上ると目されているが、約三ヶ月前までは一〇〇人前後だったことに鑑みると、これは爆発的な増加と言える。しかし、すべてのバス番号が等しく往来しているのであれば、人口もある一定の割合で推移するはずである。つまり、人口増加は一部のバス番号が来ていない可能性を示唆しているのだ。現に、頭脳部隊の物理学班が、番号確認部隊が集計しているこのバス停を往来するバス番号のデータを調べてみたところ、大きな偏りが存在することが判明した。番号によっては、この数ヶ月間一度も到着が確認されていないものも存在するとのことである。

これに関し、頭脳部隊は現在、バスの運転手に聞き取り調査を行っているが、彼らも自分たちは末端であるため詳しくは知らない、九九九路線は複数のバス会社、個人事業主から成る複合型路線でありその全貌は把握していないなど、曖昧な返答に終始し、情報は極めて錯綜している。

頭脳部隊各班の見解も様々で、社会学班は、一度も到着が確認されていない路線は、元より存在していなかったのではないかという懐疑的な見方さえ示している。待ち人も、運転手も全路線を把握しきれていない以上、某かの誤認、誤謬からその路線バスがあるという噂が広まり、ありもしない架空のバスを求めて人が集まってきたという可能性が拭いきれないというのだ。元を正せば、九九九番バスが存在するという事実は（九九九番の往来は確認済みである）、九九九個の路線が存在するということを必ずしも意味しておらず、九九九通りの路線バスすべてがこの十字路を通っている保証も実はどこにもないのである。

この状況下、数学班は素数のバス番号が来ている割合が圧倒的に多いことを突き止めた。最も到着回数が多い番号は一九七。九九九までの数字に存在する素数は計一六八個あり、そのなかでも計一六一個の到着が確認されているとのことだ。更に、往来するバス番号の三桁目（例えば六一七番なら六、九三番ならゼロである）にも偏差が認められ、三桁目の数字が低い番号ほど多く到着しているそうだ。数学班は、バス番号という人為的な数字の並びに出現した、これらの数学的事実を説明できるような何らかの法則が存在するはずだと主張し、現在これに関する数理的研究を推し進めている。

あるとき、あたしは新たな音を求めていくつものグループを渡り歩いた。

手持ちの水をすべてひとつのタンクに注いで平等に分け合うグループ。灼熱の太陽から逃れるべく土壁を築き上げるグループ。地下水をもとめて穴を掘るグループ。たき火にバス番号を書いた紙を放ってバスの到来をこいねがうグループ。

このバス停は人であふれかえっている。

そして人の数だけ、音がある。

バスの到来を告げる管楽器の音、スコップと土の擦(こす)れ合う音、夕闇に立ちこめるひそやかな話し声。こうしたつい受け流しがちな音のなかには、どんなに甘美なヴァイオリンの音色よりも、どんなに澄みわたったソプラノ歌手の声よりも、深く、切実にこころを震わせる美しい響きが存在する。それは聴衆が思わず息を呑(の)んでいた、ロバートのあやなす音の〝外し〟にも通じるものがある。

彼との共演でつかんだヒントを失いたくない一心で、あたしはあえて雑音の領域を突き進んだ。バスのエンジン音に身をゆだね、砂まじりの風の音に耳をすました。たき火のまわりで飛び交うおしゃべりにリズムを求め、跳ね回った。

その途中、十字路南東部の一角に張られた大きな天幕に立ち寄った。そこでは行商人が始終出入りし、天幕にため込んであるおびただしい数の商品をアタッシュケースやスーツケースに詰め込み、バス停のほうぼうで売り歩いていた。

このグループをまとめ上げているのは、このバス停にはおよそ似つかわしくない、しわひとつないストライプのスーツ、赤のネクタイ、黒光りした革靴に身をかためた男だった。革張りの巨大なソファにどっかりと腰かけ、豪奢なペルシャ絨毯に並べた古今東西の商品を売りさばいていた。かたわらに座る美しいブロンドの女の太ももに指をはわせ、シャンパングラスを傾けながら。商売はそのついでといった具合にひょうひょうと。

あたしがここで踊らせてほしいと申し出ると、スーツの男は「べつにいいけど」と袖にブラシをかけながら余裕たっぷりに微笑んだ。「どうせなら、客が楽しめるようにそこらでやってくれよ」

彼が指さしたのは、ペルシャ絨毯の前にできた長蛇の列のそばだった。

大勢の客が見つめるなか、あたしは全神経を鼓膜に集中させ、舞い踊った。

せわしない靴音、物と物が触れ合う音、陶酔のため息、羨望の声、嬉々とした話し声、コインの音、紙のすれる音、交渉の声、笑い声……。

次々と生まれゆく雑音のなか、頭のなかで思い描くかたちと、肉体で表せるかたちにずれが生じ、身体がついていけなくなった。リズムをつかもうと必死になるがあまりみずみずしさを失い、全身がこわばってしまった。

このバス停では聞き慣れない音ばかりだからなのか、音が多すぎるからなのか。いやきっと、あたしが未熟なだけなのだ。あたしがうまく踊れたのは、あくまでロバートのギターがあったからなのだ。なんてもろいのだろう、すこし調子が違うだけであっけなく崩れてしまう……。種々の葛藤が渦巻き、それが摩擦になったかのように手足が失速して、やがて止まった。列に並んでいる人びとは哀れをもよおしたような一瞥を投げるだけで、すぐに顔をそらしてしまった。きっと傍目（はため）には水に落ちた虫にも見えただろう。悔しかったけど、あたしはひまつぶしの余興にすらなれなかったのだ。

あたしがここから去ることを告げると、スーツの男はゆったりと足を組みかえ、細長いタバコをくゆらせながら言った。

「べつにかまわないけど、ただ一言、おまえのために忠告してやるよ。おまえは分相応ってもんを理解してない。おまえぐらいのパフォーマーならはいて捨てるほどいるんだ。おまえみたいなやつがここで生きのびるには、誰かのゴマすりでもするしかないんだよ。じゃなきゃ、いずれ飢えて死ぬか、ピエロみたいに醜態をさらして乗りたくもないバスに乗るのがオチだ。それでもいいんなら、さっさと行くんだな」

彼は甘いにおいの煙を吐き出しながら高らかに笑った。となりの女も一緒になって笑っていた。

なにか言い返してやりたかった。けど、あたしは現にうまく踊れなかった。それになにより、踊り手が情念を言葉にするなんてもってのほかだ。

だからあたしはせめて、激情をこの身に宿した。足を大きく開き、剣舞のように鋭く、しかし雅（みやび）やかに中空を切った。くるくる回り、飛ぶようにして天幕から出ていった。

十字路南東部の巨岩に囲まれた窪地、通称〈バス停のへそ〉を塒（ねぐら）とする巨大営利集団

《バス停コンソーシアム》は現在、その勢力を急速に拡大しており、《バス停ポリフォニア》とほぼ同数の五〇〇名に上ると言われている。

急激な拡大の要は、同組織の首領、通称「商社マン」が設けた階級制度にある。彼は《バス停ポリフォニア》を模倣してか、一ツ星から六ツ星を部下に付与し、左手の甲に赤の油性ペンで星印を入れさせている。一ツ星は駆け出しのセールスマン、三ツ星ならいっぱし、五ツ星なら商社マン直属の幹部、六ツ星は唯一無二の商社マンの称号だ。報酬も星の数に応じて変わり、三ツ星の売上の一部は四ツ星に、またその一部は五ツ星にと、上り詰めれば上り詰めるだけ懐も潤う、コンソーシアムとは名ばかりの専制的システムが採用されている。

大別すると、セールスマンにはバイヤーとサプライヤーが存在し、一人二役をこなす者もいればタッグを組んで動く者もいる。バイヤーはバスから降車した乗客など、まだバス停の現状を把握しきれていない者を中心に交渉し、食料や資源などの私物を買い取り、サプライヤーがそれを十字路周辺で転売ないしは物々交換する。この際、サプライヤーは買い手に対し、自分の麾下に加わり、買い取った商品のいくつかをまた誰かに売りつけるよう話術で仕向けるのだ。

一見、この階級制度は首尾良く機能しているように見えるが、ある程度上り詰めた者ならまだしも、一ツ星、二ツ星ではその日の食事もままならないのが実情である。事実、バス停一帯では尾羽うち枯らした、物を乞う元コンソーシアムの人間が数多く目撃されている。だが、商社マンはこうした惨状に関心を払わず、放蕩に明け暮れ、配下の者たちから吸い上げた資金を元手に、バス停に散在するその他中小規模集団の買収、資源の獲得を繰り返している。

《バス停ポリフォニア》は現在、《バス停コンソーシアム》の半ば暴力的な商法に対抗すべく、資源調達部隊およびスカウト部隊の増員・増強について協議を進めている。早ければ来週にも施行される見込みだ。

あるとき、あたしは十字路南西の干上がった小川の跡〈蛇の道〉をたどった。ほかの待ち人から聞いたところこの先には、バス停一帯に原生するサボテン「ミクトラン」を使って前世のヴィジョンを呼び出し、過去と現在を一本の流れに結びつけ、そこから進むべき道を示してくれるシャーマンがいるということだった。

〈蛇の道〉はゆるやかな蛇行を繰り返しながら徐々に十字路から遠ざかってゆき、小高い岩山がいくつもそびえたつ入り組んだ岩地に入った。かすかに聞こえていたバス停の喧噪が途絶え、濃厚な静寂があたり一面をおおった。太陽は岩山にさえぎられ、方角も分からなくなった。本当にこの道で合っているのか、そんな疑問がふつふつと湧き上がってきた折、出し抜けに高い岩山に四方を囲まれた円形の土地に出た。

時間の均衡が失われた場所だった。頭上の空は青く澄みわたり、真下には宵闇のような薄暗い影が立ちこめている。

岩山のふもとには三角形のテントが張られていた。その前で七人の男女が車座になり、中央に東洋風ののっぺりとした顔立ちの男が座していた。静謐(せいひつ)なたたずまい、一同の視線を一手に集めていることから、それが噂に聞くシャーマンだとすぐに分かった。禅僧のように頭を丸め、薄汚れた白のリネンシャツと紺の長い腰巻きを身につけている。この暑さのなか、ふさふさしたファーを首にまいていると思ったら、生きたスローロリスだった。ひょうたんのかたちをしたシャーマンの右耳の下から、作り物のような薄茶色の大きな目を覗かせている。シャーマンの開いているのか閉じているのかもはっきりとしない切れ長の目よりも、ずっと強烈な存在感を放っていた。

あたしはシャーマンにヴィジョンの教えを請(こ)い、自分が踊り手であること、そして現在抱えている悩みを打ち明けた。いくら音に合わせようとしてもこの肉体が表現の域を制限する、それを乗り越える術を知りたい。

するとシャーマンは黙りこくったまま、うすい桃色の唇をかすかに横に広げた。やや遅れて、それが微笑みであることに気づいた。つづけて彼は、土気色に染まった指先で、地面に渦のような絵を描いた。意味を尋ねたが、シャーマンはなにも答えなかった。代わりに、車座の空いているスペースを指さした。あたしはそれ以上訊くのはあきらめて、おとなしく車座に加わった。

一同が緊張した面持ちで見つめるなか、シャーマンは身ぶり手ぶりと、地面に描いた絵や記号や数字で、ミクトランの採り方に関する秘儀を教えはじめた。言葉はいっさい話さなかったが、こちらの言うことは理解しているようで、ほかの人がおそるおそる質問をすると、地面になにかしら絵を描いてくれた。あたしに描いてみせた渦巻きとは異なり、ほかの絵はずっと具体的で、一目見るなりすっと頭に入ってきた。まわりの話を聞くかぎり、ほかの面面もちょうどこれから一緒にヴィジョンの教えを受けるところらしかった。

シャーマンの指先が語るところでは、ミクトランを食べる前にいくつかのイニシエーションを行わなければならないようだった。

まずは一週間の断食からはじまった。口にできるのは朝晩にシャーマンが煎じる、小枝や葉っぱが浮いた暗褐色の苦いお茶だけで、あとはめいめい近くの岩陰で瞑想にはげんだ。けれど、この酷暑のなか断食するのは並々ならぬ精神力がもとめられ、これに耐えきれず三人が去ることになった。

断食のあいだには、沈黙の行も強いられた。上の口にしっかりとふたをして、下の口から体内のよけいなものをすべて出すのが目的らしい。だが、そのさなかにも寝言や繰り言をつぶやいてしまい、またふたりが去ることになった。あとに残ったのはそばかす顔の男と、きれいな空色の目をした女だけだった。

七日目の朝、シャーマンはあたしたち三人をテントの前に座らせた。そして、ホラ貝のように両手を口元にあてると、とつぜん歌をうたいはじめた。奇妙な歌だった。生温かい水のような響きを持っており、鼓膜を打つのではなく全身に直接染み入ってきた。はじめは東洋の言葉かと思ったが、それにしては一音一音の輪郭がはっきりしておらず、むしろ海のさざめきや針葉樹林に響くオオカミの遠吠えなど、自然の雄大さ、静けさを湛えた無為の咆哮のように聞こえた。

何分、何十分経っただろう。シャーマンの歌を聴いているうちにだんだんと意識がまどろみだし、いつしか揺らめく巨大な影があたしたちをすっぽりとつつみこんでいた。見上げると、深緑色の竜が金色のたてがみをなびかせながら、ゆったりと舞っていた。竜は空中で大きな弧を何回か描くと、とつぜん鋭い牙を剝いて急降下し、あたしたち三人の頭をやすやすと噛みちぎった。不思議と恐怖はなかった。痛みもなかった。感じたのはただ、胸のつかえが取れたようなすっきりとした安堵だけだった。となりに座る男女も口元をほころばせ、忍びやかな笑い声を漏らしていた。

やがて竜が天高く飛翔し、もやのように蒸発してしまうと、シャーマンはテントに入り、小ぶりの木の器を両手に持って戻ってきた。器に入っていたのは親指ぐらいの大きさにスライスされた三つのサボテンのかけらで、内側の白い実の部分が水気でつやつや光っていた。

シャーマンは地面に大きな渦を描いた。以前、あたしに描いてくれたのと同じ渦だった。そして木の器を指さし、右手を口元にあて、口を動かしてみせた。それから唇をわずかに押し広げた。

あたしたちはミクトランを口にした。青臭く、ねばねばとしていて、お世辞にもおいしいとは言えなかった。

しばらく待ったが、なにも起こらなかった。どうしたらいいか分からず、シャーマンをじっと見つめた。彼はまぶたを閉じ、両手をもの上に置いたまま黙想していた。耳元のスローロリスの大きな目玉だけが、落ち着かなげにあたりを見回していた。

そのときふと、スローロリスの瞳にかすかな違和感を覚えた。記憶にある茶色よりも色合いが深まっているような気がしたのだ。

違和感はそれに留まらなかった。シャーマンのシャツの黄ばんだ白が、腰巻きの紺が、風にそよぐ葉むらのようにざわついていた。

ざわめきはやがて視界いっぱいに広がった。

木の器、小石、てのひら、あらゆる輪郭から色があふれだして、熱したフライパンの上で弾ける油のように、そこここに飛び散りはじめた。

不安になってシャーマンを見ると、目も、鼻も、口も、跡形もなく消えていた。残っていたのは顔の輪郭だけだった。そのなかで、色調が微妙に異なるさまざまな肌色が蠢動(しゅんどう)していた。

ゆがんだ右耳の下に、ひときわ激しく揺れ動くものがあった。

スローロリスの眼球だった。

ふたつの球体は、じたばたともがき苦しむように無作為に向きを変えながら高速で回転し、眼窩(がんか)から飛び出して地面にぽとりと落ちると、膨張をはじめた。みるみるうちに大きくなって、シャーマンの身体を押しつぶしてしまうと、あたしをも深奥に呑み込んだ。

おそるおそる目を開けると、暗がりのなか、遠くのほうにふたつのほの白い明かりが浮かんでいた。

光は徐々に強くなっていった。

やって来たのは一三四番バスだった。

乗車扉が開くまでもなく、次の瞬間、あたしは窓際の席に座っていた。

バスは音もなく走り出した。

ややあって長い暗闇を抜けると、窓外にたくさんの色がクリームのように融け合った大河が広がった。光彩陸離としたおだやかな流れはすこしずつ色合いを弱めてゆき、やがてあたり一面が目の覚めるような白に染まった。

バスが停車した。

乗車口を降りると、そこにはまばゆい白光をまき散らしながらすさまじい速さで回転している女の人がいた。なぜだかそうしなければいけないような気がして、あたしは彼女のもとに近づき、身を重ね合わせた。

そして世界が回りはじめた。

あるとき、あたしはフィギュアスケーターだった。純白のレオタードを着て、氷上で身をこごめながら回っていた。

あるとき、あたしはクラシックバレエのプリマだった。荘厳なオーケストラの調べに合わせ、優美に回っていた。

あるとき、あたしは酒場の踊り子だった。テーブルからテーブルに移り、胸元をはだけてみせながら男たちの前で回っていた。

サルだった頃も、無邪気に自分のしっぽを追って回っていた。

サカナだった頃も、群れをなして回っていた。

プランクトンだった頃も、あぶくといっしょに回っていた。

あらゆるあたしが渾然と混じり合い、目に映るのは果てない漆黒の空間と無数のきらめきばかりとなった。

それでもなお、あたしは回り続けた。

肉体が火を噴き、血肉が一閃の塵となって、尾を引きながら散っていった。すべてが際限なく膨張し、際限なく圧縮した。その中心であたしは極大で、極小なひとつの点となった。有と無をつなぐ穴となった。


（犯罪発生状況）

十字路南西部を中心に、拳銃、刃物などを使用した傷害、殺人などの凶悪事件が発生しています。最近では「バス停カルテル」による犯罪も急増し、大きな問題になっています。バス停カルテルとは凶悪犯罪集団の総称で、《プスプス》及び《Ｂ８４３》が二大勢力とされており、特に十字路南西部の〈サドル岩〉や〈蛇の道〉付近で、組織間の抗争に待ち人が巻き込まれる事件が多数報告されています。その他、乾燥サボテンから造られた「ミクトラン」という非常に強い幻覚作用を持つ薬物の売買も行われており、

これがバス停カルテルの主な収入源となっています。《バス停ポリフォニア》では現在、これらの犯罪を未然に防ぐべく警備部隊の人員補強、警備用品の拡充を図っています。

（被害例）

- 「水場がある」と人気（ひとけ）のない岩陰に案内され、所持品を全て奪われた。
- 女性二名から「バスが来た」と言われ、十字路に向かっている途中、背後から首を絞められ、所持品を全て強奪された。
- 二組の男女とともにバスを待っていたところ、就寝中に所持品を奪われ、サボテンに縛りつけられた。

（防犯対策）

- 強盗・恐喝（きょうかつ）事件は人気（ひとけ）の少ない場所で発生する傾向にあります。被害に遭（あ）った場合は人命第一に行動し、相手を刺激するような行為は避けてください。
- 夜間は《バス停ポリフォニア》からの無用の外出は極力避けてください。
- 十字路南西部に近づかないでください。
- 貴重品は管理部の「貴重品預け入れサービス」を利用するか、各自安全な場所に保管してください。

あるとき、あたしは十字路の片隅で踊っていた。

しばらく見ないうちに、十字路はまたいちだんと活気づいていた。岩陰という岩陰が人で埋まり、そこからあふれた人びとも段ボールや大きなこうもり傘で即席の影をこしらえ、身をひそめている。有象無象がバスに群がり、あるものはバスに乗り込んで、あるものはバスから降りてきた乗客をどこかへ連れ去ってゆく。またあるものは、入れかわりにぽっかりと空いた陰に身を横たえる。

バスの走る音、首をくすぐる風の音、せきの音、たきぎが弾ける音、ふいに舞い降りる静けさの休符。同じようで、ひとつとして同じものはない。それをたぐり寄せていった先にはかならず誰かがいる。同じようで、ひとつとして同じところのない誰かが。

あたしはバスが運んでくる新たな風景を、とめどなく生まれゆく音のパターンを、時の流れにさらわれる前にすくい上げる。ふくらはぎの張りに、二の腕の角度に、人差し指のつま先に伝達し、ひとつのかたちとして肉体に浮かび上がらせる。

目指すべき場所は常にそばにあって、けっしてたどり着かない。

だから舞い続ける。

右手に太陽を、左手に月を従え、ただひたすら次の瞬間を追いもとめて。


先日開催された「第三回バス停ポリフォニア研究報告会」では、現在多くのポリフォニアが関心を寄せている諸問題が取り上げられた。

その一つが、バス路線数の減少である。以前よりこのバス停では一部の路線が通じていない可能性が指摘されていたが、最近では、これまで頻繁に発着していたその他の路線も、遅延ないしは消滅傾向にあるとされている。これにより待ち人の流れが更に滞り、現在、バス停の人口は三〇〇人に達しているとも言われている。バス運転手への聞き込み調査も継続されているが、路線減少の原因は目下のところ摑めていない。

この人口増加は、深刻な資源不足を引き起こしている。元より稀少だったこのバス停の動植物が乱獲され、十字路周辺は荒れ地に変わりつつある。近頃、問題視されている凶悪犯罪の急増も、こうした資源不足が背景にあると見られている。

頭脳部隊はバス路線数減少の原因究明に様々な角度から取り組み、複数の仮説を打ち立てている。その一例が、社会学班が提唱した「バス停自然発生説」である。この十字路は元来より地形的にバスが通りやすいルートとなっており、ここに迷い込んだ人間が偶然通りかかった一台のバスに乗車するという現象が複数回にわたって発生したのを契機に、乗客、運転手の間でここにはバスに乗りたい人がいる、バスが停車するという相互的な認識が生じ、地図上にはない非公式のバス停が出来上がったというものだ。

事実、運転手の聞き込み調査の結果、このバス停を単に「十字路」や「中継点」と呼んでいる者、あるいは一地点から一地点へ向かう「ついで」として認識している者、元よりルートにはなかったが他の運転手からこのバス停の存在を聞いて「ついで」に通るようになった者が多数いることが報告されている。

これを踏まえ社会学班は、このバス停に来なくなったバスは元よりこのバス停に来る義務がなく、最近、何らかの理由で元のルートに立ち返り、それが路線数の減少を招いたのだと主張している。

だがこれもその他の諸説と同様、確たる証拠は見つかっていない。今後、これらの諸問題に対して何らかの解決策が提示されるのか、頭脳部隊からの続報を待ちたい。

あるとき、ひとりの女性が涼しげな微笑を浮かべながらあたしのもとにやって来た。あたしのことは覚えていないようだったが、以前、ピエロにピタパンとコカ・コーラを恵んでくれたシルバーピアスの女性だった。

彼女はこれから《バス停ポリフォニア》で開催されるという「フィエスタ・ポリフォニカ」への出演を依頼してきた。

「包み隠さずに言うと、《バス停ポリフォニア》のマーケティング活動なんだ。最近できたばっかりだから、ほかのグループに対抗するためにどうしても人が欲しいんだろうね。わたしも上の命令だから、仕方なくスカウトしてるっていうのが正直なところ。でも、あなたのダンスは理屈抜きで素敵だと思った。ダンスっていう一言でくるのが、なんだか申し訳ないぐらいに。だから来て欲しいと思ったんだよ。ほかの人にもぜひ見てもらいたいから」

あたしは不思議と迷わなかった。すべてが過ぎ去ったあとで、またこうして巡り会えたことにこころが揺り動かされた。そしてそれ以上に、彼女のさばさばとした調子に惹かれてしまったのかもしれない。

《バス停ポリフォニア》は、十字路北東部の〈めがね岩〉を中心に同心円状に広がっていた。ピクニックシートやテントが密集し、何本もの杭が打たれ、その上に大きな青いビニールシートがわたされている。大勢の待ち人がこぢんまりとした影のなか小さくかたまって、おしゃべりし、トランプを切って、バックギャモンで遊んでいる。

「一見、華やかに見えるけど、これもぜんぶ張りぼてみたいなものなんだよ」ピアスの彼女はささやき声で言った。「みんなして盛り上げて、他人だけじゃなく自分もだましてるのさ。わたしがふだん担当してる広報誌だって、ほかのグループのことを悪く書いて、自分たちのことは良いように、ときにはちょっとした嘘も織りまぜて書くのが決まりになってるんだから。それをそこらの岩とかサボテンに貼り出して、待ち人をポリフォニアに誘い込むんだよ。それにね、加入審査のときには値打ちのある私物をひとつかふたつ、共有財産って名目でポリフォニアに寄付させるんだ。対外的には知られてないから、審査を受けに来た人もその場で初めて知ることになる。でも結局はみんな、まあひとつぐらいならいいかって寄付するんだ。ひどいけど、人の心理を突いたうまいシステムだよね。で、そうやってかき集めたものをよそのグループと物々交換して、配給用の食料とか水をかき集めるんだ。またその一部は、上の人間が着服したりしてね」

彼女は人混みのなかをすいすい進んでいった。空を飛び回る鳥のように、とても自信にあふれた歩き方だった。

彼女に案内された先、広報部のテントだという大きな天幕では、ピクニックチェアや背もたれのないスツール、または積み上げた段ボール箱を机や椅子代わりにして、広報部の人間が色鉛筆やボールペンで書きものをしていた。あたしが座らされたのは、シュロで編まれた小さなゴザの敷かれたプラスチック製のケースだった。

ピアスの彼女はこんなものしかないけどと言って、水の入った紙コップを机代わりの段ボール箱に置いた。それからさしむかいのプラスチック製のケースに腰かけ、あたしのほうに身を乗り出した。

「まるでおままごとだろ?」またひそひそ声で言った。「こんな変なところ、世界中どこを探しても見つからないよ。そのうち、観光客が押し寄せてきてもぜんぜん不思議じゃないね」

話を聞けば、彼女はトラヴェル・ライターで、これまでにも数々の国を渡り歩き、『三つの民族、二つの内紛、一つの国家』、『空を飛んだ国』、『小さきものたちの世界』といった世界各地の旅行記を書いてきたらしい。このバス停のこともいつか書きたいと思ってはいるが、そのときは旅行記ではなく小説のような形式を取るということだった。

「さんざん悪いように言っといてなんだけど、わたしもこのおままごとが本当に悪いことなのかよく分かってないんだ。このバス停はひどい環境だし、バスがぜんぜん来ないからやたらと気も滅入るしさ、そういうときは多少無理してでも笑ってなきゃいけないような気もするんだよね。知らない人間ばかりだからこそ、嘘を本当にも変えられるわけだし、その嘘に他人も一緒になって酔えるなら、それはそれで良いんじゃないかとも思うんだ。でも、たぶんそれってさ、フィクションの読み書きと一緒なんだよ。ここじゃ自分たちにまつわる物語を、みんなで一緒に書いて、みんなで一緒に読んでるのさ。もしそうだとしたら、ノンフィクションのつもりでこのバス停のことを書いても、結局はフィクションになっちゃうとわたしは思うんだよね」

《バス停ポリフォニア》の勢力圏は一〇平方キロメートルを超え、現在もなお〈めがね岩〉から北東部の荒野に向かって楕円状に拡大を続けている。太陽光発電を利用した送電網の発明、「人力車部隊」による各エリアから十字路までの送迎、望遠鏡によるバス番号の観測などを介し、迅速なバス番号の視認と十字路への移動が可能となった。更には稀少な雨を効率的に採取するための貯水槽、太陽光による濾過装置が開発されるなど、飛躍的な発展を遂げている。

こうした環境面の充実は、モノフォニアの心に確実に余裕を与えている。たとえば最近、パワースポットと謳われている〈めがね岩〉の前では、《バス停ポリフォニア》で知り合った男女の結婚式が連日のように執り行われている。私の広報部の同僚DSOも昨日、警備部隊の男性AJOと式を挙げたばかりだ。はじめ新婦は二〇九番バスに乗る予定だったが、行き先を変更して、新郎の待つ九二八番に乗ることに決めたらしい。彼女はハネムーンのついでだと思えばいいと言って、幸せそうに笑っていた。

また、そんな新婚夫婦の幸せな未来を暗示しているかのように、《バス停ポリフォニア》ではたくさんの「ポリフォニア・ベイビー」が産声を上げている。その大半はこのバス停に来る前に命を授かっていた妊婦が産んだ赤ん坊だが、なかにはここで未来の夫と出会い、子を宿し、もうすぐ臨月を迎えようとしている女性もいる。皆、子供の名前には、夫婦のバス番号やモノフォニアーDのアルファベットを部分的に組み合わせたものなどを思案したり、命名したりしているそうだ。

近頃は犯罪事件の増加、バス本数の減少、食料不足など、暗いニュースも絶えないが、少なくともこの《バス停ポリフォニア》では、そうした希望と愛の灯火(ともしび)が絶えることなく煌々(こうこう)と輝いているのだ。

「フィエスタ・ポリフォニカ」は日没と同時にはじまった。薄闇のなかたき火がいっせいに焚かれ、〈めがね岩〉の前では元三つ星レストランのシェフが調理した炊き出しが振るまわれた。うきうきとした話し声があたり一面に漂うなか、太鼓の音が三回鳴り響き、〈めがね岩〉の裏手から盛大なパレードがはじまった。

先頭を飾ったのは、バスやサボテンや奇岩を模したコスチュームの一群。天使と悪魔の格好をしたふたり組が仲良く肩を組みながらスキップし、水着の男女がジャグリングの要領で蛍光色のペンライトやたいまつを空高く投げ、いつかのバックギャモン売りが両脇に居並ぶ観衆に白と黒の駒をばらまいている。駒のなかには当たりくじのように丸いあめ玉が交ざっていた。

蝶ネクタイの男が指揮棒を振りながらうしろ向きに歩き、そのあとを彼の足首から伸びるロープで一列につながれた、小さなからくり人形たちが続いた。三輪車をこぐシマウマやトランポリンの上でいきおいよく飛び跳ねるオランウータン、トラの仮面をかぶったライオンにライオンの仮面をかぶったトラ、たがいの胸でドラミングする二頭のゴリラ、サイの角に向かって輪投げをするゾウ、しかも輪っかをつかんだ鼻を大きく伸ばしてズルをしている。あとに続いたのは、七色のとんがり帽子をかぶったこびとのからくり人形の楽隊だった。ビウエラ、ギター、ギタロン、ヴァイオリン、トランペット、フルート、アルパと、陽気な調べが奏でられる。

音源の正体は、そのすぐあとにすがたを現した本物のマリアッチだった。こびとの楽隊と同じ編成、同じ格好で、マリアッチには珍しい男女のツインボーカルが交互に主旋律をうたい、バス番号をうたうバックコーラスが見事な彩りを添えている。自分のバス番号と同じだったのか、観衆の一部からは番号がうたわれるたび大きな歓声が上がり、指笛が鳴らされていた。

パレードが《バス停ポリフォニア》の外縁を一周すると、今度、バスカーがそこらじゅうに散らばって演技を披露しはじめた。

小気味良いテンポでかけ合いをするふたり組のコメディアンに、タキシードとベルベットドレスに身をつつんだペアのタンゴダンサー。スプレーを使ってものの一分で地面にバスを描くグラフィティ・アーティスト、東洋の笛でコブラを操るヘビ使い。山盛りの真っ赤なトウガラシを早食いする男もいれば、どこかの荒野を走る九九九番バスを水晶玉に浮かび上がらせる女もいる。

なかでも注目を集めたのは、黒いシルクハットをかぶったマジシャンだった。大勢の観客が取り囲むなか、右手いっぱいのコインの山をハンカチでおおい、ステッキの先端でこつんと叩いて消してみせた。そして観客の胸ポケットや靴のなか、封が切られていないクッキーの袋のなかから足下の地面まで、いたるところから消したコインを取り出し、万雷(ばんらい)の拍手を浴びている。

どこかで見たことがあると思ったら、以前、あたしとピエロと一緒にバスキングをしていたあのマジシャンだった。

「そろそろどうだい？」ぽつねんとたたずんでいると、いつのまにかピアスの彼女がとなりに立っていた。「たしかに、ここにいるのはみんな選(え)りすぐりのパフォーマーかもしれない。でも、あなたのダンスは誰にも負けやしないよ。わたしが保証する」

彼女は強気に笑った。

あたしはうなずき、右手を天に向かってかかげた。

誰がいようが、どこにいようが、あたしのすることは変わらない。

足音、言葉、呼吸。

バス停そのものを全身にみなぎらせ、刹那(せつな)を舞う。

「フィエスタ・ポリフォニカ」の喧噪は、あたしの四肢をかつてないほど激しく、穏やかにしならせた。地面を蹴るごとに引力のくびきが緩んでゆき、やがて肉体すら置き去りにして、果てない原野を満たすまでに広がった。

　めくるめく視界の片隅で、ピアスの彼女がにっこり微笑んでいるのが見えた。ジャグラーはジャグリングのピンを落とし、じっとこちらに見入っていた。両手いっぱいにトウガラシを持った男が、顔を真っ赤にしながらふらふら近づいてきた。四方八方からまばゆい懐中電灯の明かりが向けられ、巨大なスポットライトになった。さっきパレードに参加していたマリアッチがやって来て、両脇をかためた。盛大なフォルクローレ。その背後からは、一輪のマリーゴールドを耳に差したサルサダンサーとタンゴダンサーが回りながら登場し、〈めがね岩〉の頂きから燦爛（さんらん）たる花火が打ち上げられた。

　群衆のなか、マジシャンがこちらを見て小さく笑っていた。目が合うと、彼はさっと右手を振り上げ、夜空いっぱいにトランプをまき散らした。その拍子にシルクハットが地面に落ちて、なかから白いハトが飛び出してきた。ハトは闇夜にさっそうと飛び立つと、舞い落ちるトランプのあいだを縫って、糖蜜めいた色合いの満月へ吸い込まれるようにして消えていった。

　でも、そのことに気づいたものは誰もいなかった。そのとき、誰もがそこにいて、いなかった。あったのは狂騒と静寂。ただ今、このバス停。

3　ロッタリー999

（一七四　五三七　八七）
ダイヤグラムは女心
日差しに焼かれ風吹かれ
運転手は目すら合わせない
それでも君は乗るのかい？

（九七五　九四　一八七）
まあそれでもいいじゃない
空席の保証なんてないし
ずっと立ちっぱなしかもしれない
でもやっぱりバスはいいものよ

（八六一　三八三　六五四）
愛しき人もさらわれて

プリプリお尻も触られて
歩いて行ける距離なのに
それでも君は乗るのかい？

（五四〇　一一七　一三一）
まあそれでもいいじゃない
知らない人だらけだし
息も詰まっちゃうかもしれない
でもやっぱりバスはいいものよ

（七六六　四〇九　五五八）
いくら待っても来やしない
いま来た人にはやって来る
来たと思ったら一番違い
それでも君は乗るのかい？

（二一一　四七一　一三四）
まあそれでもいいのかな

まるでロッタリーみたいだし
ロータリーみたいに回ってばかり
やっぱりバス停もいいかもね

4　穴

「……立てつけの悪い窓だったから、隙間からしょっちゅう風が入ってきたんだ。髪の毛とかシートが砂でざらざらになってさ。目を開けてらんないからせっかくの景色もろくにおがめなかったね」

「ぼくが面白かったのは、やっぱり窓枠一面にガムがびっしりこびりついてたバスだなあ。あれは絶対にひとりだけの仕業じゃないよ。たぶん、何人もの乗客がデコレーションみたいにすこしずつくっつけてったんだろうね。ぞっとしたけど、なんだか感心もしたな」

「あたしはほかの乗客のわきとか足のにおいがもうだめだった。となりの席がそういう人にあたっちゃったら、いつも香水をいっぱい襟元に振ってたよ。あたしはあなたじゃなくて、自分のにおいを気にしてるんですって感じを出しながら」

「においって言えば、おれなんか、家畜だらけのバスに乗ったことあるよ。数軒の家しかない野っ原でバスが止まったとき、農家の人が動物をどっと連れ込んできたんだ。おれは窓際の席に座ってたんだけど、となりの席にはニワトリがぎゅうぎゅうに詰め込まれた段ボール箱が積まれて、後ろのほうじゃヤギがめぇめぇ鳴いてた。もう家畜小屋のなかにいるみたいなひどいにおいだったよ。人よりも動物の数のほうが多くてさ、運転手も何人分の料金を請求したらいいか困ってたね」

「一度、排気ガスが車内に漏れていたおんぼろバスに乗ったことがあるんだ。寒い日だったから窓をぜんぶ閉めきっていてね、なんか変なにおいがするなと思って鼻をつまんでいたら、そのうち意識が朦朧としてきたんだよ。前の乗客の頭がぐらんぐらんって揺れて、窓の外に見える街のネオンは宝石みたいに輝いていた。しまいには運転手もおかしくなって、前を走っていた乗用車にドン、さ。それで危うく、みんな夢から覚めることができたんだ。もっとも、バスにぶつけられた車の運転手は、それで永遠の眠りに就いてしまったわけだけどね」

「そういうのでいいなら、わたしも一度、ディスコ・バスに乗ったことがあるのよ。文字通り、バスがディスコになってるの。座席がぜんぶ取り払われて、つり革だけがついていて、おっきなスピーカーからおっきな音でトランスが流れてた。ヘアピンカーブに差しかかりでもしたら、みんなつり革をつかみながら楽しそうに大絶叫。運転手もノリノリで、郊外を走ってるときは、リズムに合わせてバスを揺らすんだよね。カクテルがこぼれて、グラスがパリンパリンって割れて、もうめちゃくちゃ。乗客同士がぶつかったりして、それでもそのまま腰をひっつけてまたダンスしだして。思いがけず、それがきっかけで恋が生まれたりなんかしてさ」

「すごいな。ホントにそんなバスがあるの?」

「もちろん。でもこの場合は、あった、って言ったほうが正しいわね。走っていたのは三日間だけだったの。あとで聞いた話だと無許可どころか、無免許だったらしいのよ。それなのにそんな無茶なことやってたから、当然しょっぴかれちゃったっていうわけ。その運転手っていうのも、帽子をかぶって、サングラスもかけてたからはじめは分からなかったけど、実は一六歳の少年だったの。しかもそのバスは自分で盗んで、自分で改造したっていうのよ。思いついたからやりたくなっちゃったんだってさ。とんでもないでしょ?」

「……七七、七八、七九」昼となく夜となく、彼らはかぞえ続けます。「一二六、一二七、一二八」スコップ、ピッケル、右手であれ左手であれ、掘り続けます。「二七二、二七三、二七四」わたしも穴を掘ります。誰の置き土産なのか、地面に半分埋まっていたさびついたスコップで。

穴掘りは我が身をあますところなく実感できる尊い行為です。

全身をバネのように動かさなくてはならず、てのひらいっぱいに痛みがじんわり広がります。まめがつぶれ、ねばっこい透明な液がにじみ出ます。容赦ない太陽が後頭部を焦がします。全身は汗まみれ、二の腕やふくらはぎは砂でも詰まっているようです。

「少年って言えば、あたしは前、チーコのところにいたのよ」

「チーコって、あのチーコかい？」

「そう、背もちっちゃくて、顔もあどけなくて、少年みたいなチーコ。肌も髪の毛も小麦色で、歩いているすがたは風に揺られる小麦の穂みたいだったわ」

「おれの知ってるチーコとはだいぶ印象が違うな。しっかりした体つきで、こげ茶色の長い髪の毛で、トラみたいな恐ろしい目つきをしてたけど」

「それはあなたが暑さにまいってたからそう見えただけじゃない？　それか、陽炎が見せたまぼろしね」

「横から悪いんだけどさ、チーコ違いってことはないの？」

「ないわね。太陽って聞いたら、思い浮かべる太陽がひとつしかないように、このバス停でチーコって呼ばれてる人間はただひとりだけだもの」

「そりゃまあ、たしかにその通りなんだけどさ……」

「ホントのチーコは、とってもあどけない顔立ちをしてたわ。でも中身はまわりにいる誰より大人びていて、たとえば物売りに意見を求められたときも、いまはこれが売れるだとか、いまは出方を窺(うかが)ったほうがいいだとか、てきぱきとアドバイスするの。あの人の判断はいつだって的確だった。もうずっと前からここにいるらしくて、ここじゃ待ち人のケツの穴まで、なにからなにまで知ってるんだなんて、いつも陽気に冗談を飛ばしてた。それでじっさいにまわりの人を指さして、あいつは六二番を待ってる占い師で、あいつは五五八番のたんなる飲んだくれだなんてそらんじてみせるから、それはもうすごかったな」

「それこそ陽炎が見せたまぼろしなんじゃないか？」

「……そうね、そうかもしれない。でもそうだとしたら、あたしのまわりはみんなおんなじまぼろしを見てたってことよ。そしたらもうそれはまぼろしじゃなくて、れっきとした現実でしょ」

「お嬢さん、あなたの言うとおりだよ。さあ続けておくれ」

「ありがとう。優しいのね。チーコもあなたみたいな優しさにあふれてたわ。それに、少年らしい愛くるしさと、なんでも知ってるギャップがたまらない魅力だった……。チーコのいる〈バウムクーヘン岩〉にはいつも、彼の知識をありがたがる人たちのほかにも、彼に魅了された女の子がたくさん集まってた。あたしもそのひとりだったの。バスが来なくて途方に暮れてたとき、あの人のことを噂に聞いて、バスとかこのバス停のことを尋ねに行ったのよ。でも、話を聞いているうちに、いつしか恋に落ちてしまった。とても深く、深く、バスなんかどうでも良くなっちゃうぐらいに。それからはずっとバスの番号もチェックしないで、彼と一緒にいたわ」

「ある意味、旅のセオリー通りね。旅の予定が大きく狂うときって、だいたい恋愛がらみだもん」

「そうなのかもね。じっさい、チーコのまわりにいた女の子はみんな、あたしみたいにバスのことなんかそっちのけになってたから。それぐらいチーコに夢中だったのよ。あたしたちはみんな、彼の言うことならなんだってやったわ。ときには何人もの待ち人からお金や食べものをだまし取ったり、たとえいけないことだって分かっててもね。そうさせてしまうだけの抗いがたい魅力が、あのトウガラシをちりばめたホットチョコレートみたいな甘くて情熱的な声、午後の陽光を照りかえす水面みたいなきらきらした瞳、タバコの灰を落としたり本をめくったりする何気ない仕草にまで、隅々に満ちてたのよ」

「やだね、聞いてるこっちまでなんだか熱くなってきちゃうよ」

「ふふ、あたしもチーコと一緒にいたときはいつもそうだったわ。チーコには何度も喜んで身体を捧げたの。それはもう、素敵な時間だったな。たくさんの女性のなかからあたしひとりが選ばれたってことにうっとりしながら、彼の狭いテントで、常夏のビーチで飲むピニャコラーダみたいな、しょっぱさと甘ったるさの混じり合ったにおいにくるまれて過ごした夜……。まぁ、あとでそうやって彼が抱くのはあたしだけじゃないと分かって、すこし傷つきもしたけどね……」

「男なんてみんなそうなんだよ」

「……だけどあたしにとって、チーコはほかの男とはちょっと違ったのよ。あたしもこれまでいろんな男と付き合ってきたし、遊ばれたことだって、浮気されたことだって何度もあるわ。そういうときはいつもすぐに嫌気が差して、気持ちがぷっつり切れちゃうんだけど、チーコの場合はぜんぜんそんなことがなかったの。ただあの声を耳にしただけで、身体をそっとなでられただけで、いやな気持ちもぜんぶしおれてしまったのよ。まぁしょうがないかって……。不思議ね。いまこうして振り返ってみると、どうしてあんなにあっさり許せちゃったのか自分でもよく分からない……」

「まぁ、恋なんてやつはカフカ顔負けの不条理劇だからな。その不思議さに気がつけるのは物語から抜け出して、客観的にそれを読むときだけだよ」

「……たしかにあのとき、チーコはあたしの世界そのもので、あたしはずっとその引力に振り回されてばかりいたわ。いまだって……。そうね、でもそのうち、あの事件が起きたの」

「あの事件？」

「このバス停が大きく変わることになった事件よ。どこから話せばいいかよく分からないけど、まずは、うぅん、あたしのことからかしら。自分で言うのもなんだけど、あたしはそれなりにきれいな見た目をしてるのね」

「それはそれは」

「いいから黙って聞きなよ」

「でね、どこでどういうふうに噂が広まったのか分からないけど、例の商社マンに目をつけられて、取り巻きに加わるように誘われたのよ」

「商社マンって、あの商社マン？　だとしたら、ちょっとした玉の輿じゃないか。あいつのテントにはこのバス停のすべてがあるって聞いたよ。あいつに気に入られれば、そのテントのなかで、バスなんか来ないでもいいって思うほどの、夢みたいなひとときを過ごせるって」

「あたしもそんなふうに聞いてたわ。はじめは小さな天幕にいたけど、そのうち部下にビジネスを任せると、自分はサーカスみたいな大きなテントのなかに引っ込んで、そこに物も人も、とにかく気に入ったものを集めだした。そこで部下さえも立ち入れない、自分だけの楽園を築き上げてるって」

「そんなこと聞いちゃったら、どうしても一目見たくなるわな」

「でも、あたしははじめ断ろうとしたの。あいつが楽園を築くために裏でやってることについての悪評もいろいろ耳にしてたから。それになにより、チーコのもとから離れたくなかったから。だけど、チーコの意見は違ったの。あたしに、商社マンのグループに入るようにすすめてきたのよ。『ぼくよりもあいつと一緒にいるほうがずっと楽にバスを待てるだろうし、あとで頼みたいこともあるから、すぐにむかえに行くから』って。もちろんいやだったけど、ほかならないチーコの頼みだったし、太陽みたいに熱い眼差(まなざ)しを向けられて断れなかった。絶対にむかえに来るって何度も約束させて、了承したの」

「チーコはいったいなにを頼みたかったんだい？」

「あのとき、彼は簡単には教えてくれなかったのよ。ただ、サプライズだって言ってたの。あとで分かることだからって、にっこり笑いながらね」

「まあ分かってやれよ、男はサプライズ好きなのさ。おれだって、自分の女に何度かやったことがあるよ。たとえばさ……」

「あんたのサプライズ自慢はもうさんざん聞いたし、あとにしてくれないかな」

「うんうん、それより、わたしは商社マンのテントのほうを早く聞きたいな。どんなところだったの？」

「噂通りのけばけばしい場所だったわ。バス停とは思えないたくさんの豪華な家具。天蓋（てんがい）つきのベッドにハンモックに自家発電機。まばゆい照明にミラーボール。エアコンや電気ストーブや冷蔵庫なんかもあって、そこらの家よりもずっと立派に見えた。高価な商品がいっぱい詰め込まれてるっていうスーツケースも、ピラミッドみたいに積み上げられてたわ。食卓にはいつもうっとりするような食事がずらりと並んでてね、アイスワインやチョコレート・トリュフ、子牛のフィレ肉のステーキ、砂糖漬けのマンゴー、あとはカネロニ・グラタンもあったわね」

「どうやってそんなに？　それに比べたら、おれが食べてたのなんて犬の残飯みたいなもんだよ」

「あたしもよく知らないけど、とにかくお金があったらしいのよ。それでときどきやって来る商人からいろんなものを買い占めてたんだって」

「天蓋つきのベッドとかミラーボールも、行商人が持ってきたっていうわけ？」

「たぶんね。バス停の外に連絡を取って、自分で仕入れてたっていう噂もあるけど」

「ぼくもそう聞いたことがあるな」

「じゃあ、商社マンはそもそもバスを待っていなかったってこと？」

「あたしの知るかぎりだと、彼はバス停にやって来るバスの番号を確認してなかったわね。もちろん、あたしの知らないところで、誰かに番号を確認させてたっていう可能性もあるけど」

「そういえばさ、《バス停ポリフォニア》ってあるだろ？　やつらは、このバス停で一番大きな勢力の商社マンのグループをとても警戒していて、商社マンがバスを待っているのか、待っているとしたらその番号が何番なのかを調べるために、スパイまで送り込んだって噂だよ」

「で、なにか突き止めたわけ？」

「さぁ、そこまでは……。なにしろスパイを送ったたっていうのも、たんなる噂だからな」

「さっきから無責任な話ばっかりね」

「どっちにしろ分かんないなら、もういいだろ。それよりもチーコだよ。先を続けてくれ」

「……ちょっと待って。ねぇ、なにか聞こえない？」

「なんだ？」

「なにかが爆発したみたいな音。それに人の叫ぶ声」

「たしかに」

「やだ。怖い」

「チーコかね」

「あんたのことを血眼（ちまなこ）になって探してるのかもしれないよ」

「それはないわね」

「どうしてそう言い切れるのさ？」

「だって、もうぜんぶ終わってしまったことだもの」

「三四七、三四八、三四九」全身がすっぽりつつまれ、「四二六、四二七、四二八」穴の底に薄闇が垂れ込めます。「五四二、五四三、五四四」空がひと回りも、ふた回りも小さくなっていきます。

ある程度深くなると、掘った土を外に出す作業が多くなるので、カウントについていくのが難しくなります。でも、誰に強いられているわけでもないので、かならずしもカウントに合わせる必要はありません。疲れたら、休めばいいのです。

夢を見て、昔のことを思い出して。

さざめきに耳をすまして。

「今夜はなんかやたらとうるさいね。いや、あんたらのことじゃないよ。どこかべつのところから人の声がするんだ」

「べつに声なんてしないけど」

「ちゃんと耳を傾けてごらんよ。間違いないから。ほら、若い女の声だよ。ほらほら、赤ん坊の泣き声だってするだろ」

「分かるよ。おれにはちゃんと聞こえる。これもチーコの仕業かね」

「チーコっていやぁさ、あの女の子はどうしたんだよ。話の続きを早く聞きたいんだけど」

「寝てるんじゃないかな」

「そんなわけないだろ。昔のことを思い出して悲しくなったのさ。そういうときは誰だって口をつぐみたくなるもんだ」

「おれらもすこしは見習ったほうがいいかもしれないな」

「そりゃ無理な話だね。ひますぎて、また穴でも掘りたくなっちまう。頼むから代わりに誰かつないでくれよ」

「じゃあ、わたしが話してもいいでしょうか？」

「いいとも。きみは新入りだね」

「ええ、最近来たばかりなんですが」

「大統領の演説みたいに盛大にやってくれよ」

「いえ、そんなおおげさな話じゃないんですけど」

「彼の言うことなんて気にしないでいいから。ふつうに話してちょうだい」

「……分かりました。ええと、そうですね、わたしは小さな村で牧場を経営している、まあちょっとしたビジネスマンみたいなものです。遠方の町で大事な商談があったんですが、別件に時間を取られたせいで遅れそうだったし、お金も節約しなくちゃいけなかったので、人づてに聞いたバスにとりあえず飛び乗ったんです。でもそれがいけなかった。こんなところに迷い込んでしまって、もうひどいもんです。いろんな人に聞き回って、ほかの番号でも目的地に行けないか模索しましたが、なにも分からずじまい。仕方ないからもとの村に戻るバスを探したんですが、誰に訊いてもよく分からないと首を振られる始末で、もう途方に暮れてしまいまして」

「みんなうなずいてると思うよ。自分もそうだよってさ。じっさい、ぼくもそうだよ」

「……それからわらをもつかむ思いで、運が高まるというアミュレットやストラップを買い集めました。それでもだめとなると、バスを呼び寄せることができると評判のシャーマンのもとにも足を運びました。だけど、ふたを開けてみれば彼女はただのペテン師だったんです。バス番号の書いた紙をたき火に放って、大きなバナナの葉っぱを振りながらお祈りして。番号の書いた紙をたくさん焼けば、そりゃそのうちどれかは来るでしょうよ。とんだイカサマです。もっとも、わたしの番号はどれだけ待っても来なかったんですけどね。結局、お金や食料をさんざん貢いだだけで終わってしまいました」

「わたしもその手のまじない師には頼ったことがあるわよ。古タイヤを尊崇するグループとか、バス路線の権化(ごんげ)だって言って蜘蛛(くも)の巣を信仰しているグループとかね」

「そうです、そういうのも含め、手当たりしだいにやりました。どれも結局は救いようのないインチキでしたが……。分かってはいたんです。でも、人ってのは不思議なもので、おかしいって頭では分かってても、なんでもいいからすがりたいって気持ちには勝てないんですね。信じようと思ってしまうんですよ。もしかしたら本当に効き目があるかもしれないっていう気持ちが働いて」

「うん、分かるよ」

「いえ、違うんです、分かっていません。わたしはもっとひどいこともしたんです。この際だからはっきり言いますが、女の人を何人も襲いました。ひとり荒野をさまよってる女性とか、トイレなのかこっそり岩陰に歩いてきた女性とか。あのとき、性交を通じて相手の運を吸い取ることができるなんていう噂も流れてたんです。それも迷信だって頭では分かっていたんですが、商談の日はとっくに過ぎていたし、かといって家にも戻れないし、ぜんぶどうでも良くなっていたんでしょう……。疲れきっていたんですよ、バスを待つことに。ええ、たんなる言いわけです……。もうなんでも良いから適当にバスに乗ってしまおうとも思いました。でも、十字路にはそういう人を快く思わないグループがいたんです」

「《ナンバリング》のやつらだね」

「そうです、彼らです」

「なによそれ」

「待っている番号以外のバスに乗ろうとする人を妨害する集団だよ。いろんなところから待ち人の番号を入手して、その人の特徴だとか人相書き（にんそう）まで作ってるって噂だ」

「自分のバスが来ないからって、他人をやっかんでしまった人のなれの果てね」

「彼らはときに暴力だって振るうんです。わたしはじっさいに、男の人が乗ろうとしたバスから無理矢理引きずり下ろされて、袋だたきにされている場面を目撃しました。それを見たらもう怖くなってしまって、適当なバスに乗ることなんてとてもできませんでした」

「そうそう。いろんなグループが待ち人の番号を《ナンバリング》に提供してるっていう噂もあるんだよ。そのグループに所属している人から、商売だとかなんらかのかたちで関わった人の番号までね」

「でも、そんなことしていったいなんの得があるっていうの？」

「ほかのグループと張り合うために、手元にひとりでも多くの待ち人を置いておきたいんだ。だから《ナンバリング》と組んで、みんなに自分の番号が見張られているっていう意識を植えつけて、逃がさないようにしてる。現に、一部のグループはビジネスライクに《ナンバリング》と関わっていて、番号だけじゃなく、そういった恐怖を広めてくれた見返りとして、食料とか水も提供しているっていうね」

「ずいぶん屈折した連中だな」

「そんなことするぐらいなら、穴でも掘っていたほうがいいのにね」

「いやいや、そんなことより、話の続きだよ。あんたたちと一緒だと、しょっちゅう脱線してかなわないね。さぁ、続けておくれ」

「……といっても語ることはもうそんなに残されていませんが。そうですね、それからはバスも、なにもかもあきらめて、あたりをさまよいました。そしてそのうち、らんちき騒ぎをしているグループのところにたどり着いたんです。彼らは〈サドル岩〉という岩の前で、キャンプファイヤーみたいに大きなたき火を燃やしていて、そこに服とか、バッグとか、本とか、ありったけの私物を放ってました。寝袋やテントもかまわず燃やしていたから、黒い煙がもうもうと立ち上ってましたね。それでみんな、そのまわりで歌をうたったり、踊ったりするんです」

「で、あなたもそのらんちき騒ぎに参加したの？」

「ええ、恥ずかしながらわたしもお酒を飲んで、葉っぱを吸って、とにかくやりたい放題にやりましたよ。《緑の光》なんていうしゃれた名前で自分たちのことを呼んでいましたけど、要するに、たんなるやけっぱちの集団ですね。じっさいにわたしが加わってから一日も経たないうちに、食べものも燃やすものもなくなって、みんなちりぢりになってしまいました」

「どっちみちここじゃみんなそうなる運命なのよ。やけっぱちじゃなくてもね」

「それから？」

「それからは……、どのグループにも入らないで、ずっと岩陰に寝転んでいました。いよいよなにもかもなくなって、もうあとは干からびるだけか、なんて自分のことを笑いながら。そんなときでした、ここの話を聞いたのは。なにも強いない、なにも欲しない、なにも与えない、ただ穴を掘るだけの奇妙な集まり。はじめはばかげたカルト集団だと思いましたよ。近頃のバス停はそんなのばかりですから。でも、よくよく考えてみたら、それも悪くない気がしてきたんです。わたしもそのとき、手慰みに地面をほじくっていたんですよ。ぐりぐりって、指先で。それで思ったんです、なんだこれと変わりないじゃないかって……」

「それでおれらの仲間に加わった、と」

「そうです。わたしはここにたどり着くまでのあいだ、本当にたくさんの人に迷惑をかけたと思います。ここに来てからも、そのことばかり考えてました」

「なにも悔いることはないさ。このバス停に来てからいまにいたるまで、おれらはみんなだいたい同じ道をたどってるんだ。なにかしら悪いことをして、たぶんちょっとだけ良いこともして、いまここにいる」

「ある心理学者も言っていますよ。大地が人間のこころを規定する、と。ぼくらはみな、ある意味、このバス停にそうさせられているんです。そして最後にはみな穴を掘り、穴の底ではじめて気がつくことになる。穴の持つ深遠さ、寛大さに。これが一番の解決策だということにも」

「六六二、六六三、六六四」手足が枯れ枝のようにほっそりとかたくなっていきます。「七八九、七九〇、七九一」土壁からはみ出た白い根っこをかじり、土くれを食みますが、すぐ地面に戻してしまいます。「八四三、八四四、八四五」せめてもの気休めに、犬歯の裏を舐めて渇きをまぎらわせます。

夜がやけに長いと思ったら、空がだいぶ小さくなっています。

脱いだスカートに掘った土をつつみ、背中にかついで、土壁をよじ登ります。けれど、土壁はぼろぼろと崩れ落ちて、わたしはすぐに底に落とされます。どうにか地上にはい出ても、また穴の底に戻れば、たくさんの土が降り積もっています。

それでも、スコップを突き立てます。

何度も、何度も。

「なぁ、ひとつ変なこと訊いていいか？」

「ここじゃ変じゃないことなんてひとつもないから、どうぞ」

「……ここの人は以前、いまとはべつの理由で穴を掘ってたって言うだろ。でも、それっていったいなんだと思う？」

「またそれかよ」

「暑さから逃れるために決まってるでしょ」

「地下水を掘り当てようとしてたんだろ」

「穴に向かって、なんでバスが来ないんだって叫びたくなったんだって」

「穴掘りっていうのは、その言葉通り奥深いものなんだよ。一言でくくることなんてできないのさ。なにせおれらは、土を掘ると同時に土を盛ってるんだから。もしかしたら穴を掘ることが目的だったんじゃなくて、土を盛るために穴掘りがはじまったっていう可能性もある」

「わたしもときどき分からなくなる。自分が土を掘っているのか、それとも土を盛ってるのか」

「ぼくは土を盛ってたつもりだけど」

「おれも」

「たんなるレトリックの問題だよ。つべこべ言ってないで、とにかく手を動かせばいいん

「足音もいっぱいするよ。どたどた駆けてる。ヒツジの大群みたいだ」

「ＡＫ47の別称、ライフルさ」

「なんでヤギが出てくるのよ」

「ヤギの角だな」

「まさか」

「花火かな」

「あ、また大きな音」

「ヤギにヒツジに、ずいぶんにぎやかだな」

「やだね、土がぱらぱら降ってくるよ。粉雪みたいだ。すぐ身体に降り積もっちまう」

「そのうちここにもやって来るんじゃないかな」

「大丈夫。こんなところには気づきやしないさ。みんな遠くのほうばっかり見て、足下にはたいして注意を払ってないんだから」

「こんなど派手にやるなんて《プスプス》か《Ｂ８４３》じゃないか？　その両方って可能性も十分ありえるけど」

「もしかしたら《女の園》かもしれません。彼女たちもいまではかなりの装備を整えていますから、彼女たちならやりかねません」

「《女の園》ってなんだ、はじめて聞くな」

「十字路のずっと北西。細長いサボテンがいくつも密集した〈ハリネズミ岩〉という大きな岩のふもとにある、女だけの集まりです。いまでこそずいぶん変わってしまいましたが、以前はとても閉鎖的な集団で、食料などの調達をのぞいてほかの集団とはいっさい接触していませんでした」

「あんたもそこにいたのかい？」

「はい。はじめはとても平和なグループだったんです。こんなふうに穴を掘って、とても深い穴を掘って、そこから探り当てたわずかな地下水を使って、開墾もしていました。苦労は絶えなかったけど、それなりにうまくやれていましたし、楽しくもありました。みんな似たような不遇を過ごしてきたもの同士ということもあって気も合いましたし、なにより男性から嫌な仕打ちを受けたことのある女性が多かったので、女だけのグループというのは逆に心強く感じられたんです」

「それがなんでまた、そんな物騒な集団に？」

「リーダーが代わってから、すこしずつ雰囲気が変わりはじめたんです。新しいリーダーに就いたのは若い弁護士でした。わたしが初めて見たときにはすでに、長い赤毛はちりちりに焼けていて、肌もしみやそばかすだらけ、着ているワンピースも元の柄や色が分からないぐらいぼろぼろになっていました。それでも、彼女には不思議な魅力がみなぎっていました。いくら泥をまとっていても、鮮やかな青い目だけは汚れを知らず、静かに、深々と燃えていたんです。闇夜でもはっきりと分かるほどに」

「でもまさか、意志の強そうな目をしてるっていうだけで、リーダーに選ばれたってわけじゃないよね？」

「こうして話に聞くかぎりだと信じられないかもしれませんが、現にそうだったんだと思います。《女の園》では話し合いでリーダーを選ぶことになっていました。彼女がリーダーに選ばれた理由にも、ひたむきに働く姿勢や、弁護士というバックグラウンドなど、いろいろ挙げられましたが、やはり一番の理由はその目だったはずです。いま、おっしゃったように身もふたもない理由ですから、だれもその場でははっきりと言いませんでしたが、あの目は不思議なことに、彼女ならわたしたちを引っ張っていってくれるのではないかという根拠のない期待を、見るものに抱かせたのです」

「もしかしたら見たことがあるかもしれないな。水玉のワンピースで、赤毛で、アクアマリンの瞳の女だろ？　とってもきれいな人だったから、すごい印象的でさ。でも、彼女はおれが一時期所属していた《バス停ポリフォニア》というグループにいたはずだ。それも弁護士じゃなくて、そのあたりの村の福祉ボランティアをしにきた大学生だったはずだよ」

「実を言うと、わたしも心当たりがあるの。だけど、その女の人は商社マンのところにいたわ。黒いスーツスカートをはいて、ボストンバッグを肩からさげて、わたしのところにものを売りに来たの。商品よりも、思わずそのきれいな瞳に見入っちゃったから、すごく覚えてる。とても青くて、透きとおっていて、瞳の奥に海が広がってるみたいだった。それでついいろいろ訊いちゃったのよ、あなたはどうしてこんなことやってるのって、そんなにきれいなのにって。訳までは教えてくれなかったけど、この商売は仕方なくやってるんだって言ってたわ」

「変だね。他人のそら似かね」

「わたしたちはたがいの過去をせんさくしなかったのではっきりとは分かりませんが、たしかに彼女は《女の園》に来る前にほかのグループに所属していたと言っていました。まったくの別人という可能性もありますが」

「まあそうだな。ここはそういう場所だ。ぜんぶなんとでも言える。さぁ、先を続けてくれ」

「はい。彼女はリーダーに選ばれたあと、『遠方のバス停における女たちの闘争』という文章をキャンパスノートに書き起こしました。男性に頼らず生きていくこと、自分たちの力だけでバスを待つこと、そういった強い意思表明です。わたしたちはそれを回し読みしました。夜、たき火を囲みながら朗読もしました。先ほどお話しした通り、《女の園》のメンバーは、男性からひどい仕打ちを受けたことのある女性ばかりだったので、そのような言葉はとても好意的に受け入れられました。そしてじっさいに読んだことで、口にしたことで、《女の園》の結束がよりいちだんと強まったんです」

「言葉は諸刃(もろは)の剣ですよ。良くも悪くも行動を規定する」

「その通りです。その変化が如実(にょじつ)に表れたのは、男たちがやって来たときでした。《女の園》はその名の通り男子禁制で、男が一歩でも敷地内に踏み入ればナイフで威嚇(いかく)し、石を投げて、手荒に追いかえしていました。あの周辺でも、男子禁制ということはある程度知れわたっていたはずですが、それでも男性というのはふらっとやって来るのです。彼らの目には、女性だけの集まりが夜を明るく照らすたき火のように映るのかもしれませんね」

「たき火どころか、美しさそのものだよ。ほかに美しいとされるものは、ぜんぶ女のメタファーに過ぎないんだ……。いや、おれが悪かった。続けてくれ」

「……以前はそんなふうだったわけですが、青い目の彼女がリーダーになってからというもの、《女の園》に侵入しようとする男性への対応がだんだんエスカレートしていきました。束になって男性を捕らえて、身ぐるみ剝いで、殴って、蹴って……。そしてついには、ひとりの痩せこけた男性が《女の園》に足を踏み入れたとき、ランニングシャツからジーンズまでぜんぶ剝ぎ取って、メンバーがひとりずつ顔から足の先までびっしりとナイフを突き刺していったんです」

「そりゃむごい」

「それも、リーダーがしむけたの？」

「誰がということではなく、《女の園》全員が自分たちの意志で行ったんです。青い目の彼女はむしろそのとき静観していました。すこし離れたところで、わたしたちを見守る太陽のように。彼女はいつもそうやってぎらついた青い光を注ぎ、《女の園》に身の毛もよだつような恐ろしい空気を育んでいたのです。たしかにそういった意味では、彼女がしむけたと言っても過言ではないかもしれませんね……。わたしも結局、《女の園》を支配する無言の圧力に屈してナイフを刺しました。左手の甲に、申し訳程度に。だけど、血はほとんど出ませんでした。すでに身体じゅうの血が抜けて、すっかりしぼんでいたんです。かつて男だった抜け殻は、ある種の見せしめとして《女の園》の外に放り出されました。何羽もの大きな鳥がついばんで、数日も経たないうちに跡形もなく消えてなくなりました」

「そういう人ならぼくもいっぱい見てきたよ。鳥だけじゃないんだ。誰が連れてきたのか、チワワとかヨークシャーテリアもそこらの死体を食べてたね。たぶんあれは、抗争で命を落とした《プスプス》とか《B843》のメンバー、あと、彼らの争いに巻き込まれた待ち人の死体だろうな」

「……そのなかには、《女の園》が手をくだした死体もあったかもしれません。しばらくするとわたしたちは《女の園》の外に出て、あたりをさまよう男性や岩陰で休んでいる男性を襲うようになったんです。それはもしかしたら、《女の園》自体が広がっていったと言ったほうが正しいのかもしれません。あたかも自分たちの縄張りのなかにいるほうが悪いとでも言うように、命ごいにも耳を貸さず、そのまま命を奪ってしまうのです。《女の園》はそうやって殺した人間から食料や水、ときには銃器も略奪して、さらに縄張りを広げてゆきました」

「それから、あなたはどうしたの？」

「……《女の園》の情け容赦ない刃（やいば）は、男性だけでなくほかの女性にも向けられました。《女の園》に加わるか、死ぬか、選択をせまるのです。ほとんどの女性は恐怖のあまり服従を選びました。その多くは《女の園》に染まりましたが、なかには殺伐とした空気に、悪行の数々に耐えられず逃げ出すものもいました。名前こそ聞きませんでしたが、きれいなブルネットの女性もそのひとりでした。波長が合ったのか、わたしたちはすぐに仲良くなりました。そして彼女から、一緒に逃げる相談を持ちかけられたんです」

「それじゃあんたも、それに便乗して？」

「ええ、そうです。わたしはあのときもまだ、またいつかかつてのような《女の園》が戻ってくると信じて残っていました……。けれど、頭のなかではそれがけっしてかなわないことも分かっていたんです。おそらくは、ただ気づいていないふりをしていただけなのでしょう。じっさいに、ブルネットの彼女にもはっきりと言われました。『ここは青い目のリーダーがきれいな言葉で飾っているだけで、じっさいはひとりだとなにもできない意志の弱い女の集まりだ。悔しいけどわたしもそんなひとりでしかない。だから一緒に逃げよう』と」

「それで一緒に逃げ出したってわけか」

「はい。言いわけにも聞こえるかもしれませんが、わたしには、彼女の告白もまたひとつの立派な勇気であるように思えたんです。わたしがほかの女性に密告する可能性もあったのに、彼女は思い切って打ち明けてくれたんですから。だから意志の弱いもの同士、なけなしの勇気をより合わせて一緒に逃げたんです……。でも、結局はほかのメンバーに見つかってしまいました。《女の園》の追っ手に追われ、ブルネットの彼女と離ればなれになってしまいました。彼女がどうなったのか、それからのことはなにも知りません。彼女の身になにか恐ろしいことが起こったのではないかと思うだけで、この穴いっぱいに悲しみがあふれかえり、おぼれそうになってしまいます」

「九九七、九九八、九九九」カウントが切れ目なく繰り返され、空が青のきわみに収縮していきます。「一二二五、一二二六、一二二七」ときおり遥か頭上から差し込む一条（ひとすじ）の微光も絶え、すべてが漠々たる暗闇におおい隠されます。「七九四、七九五、七九六」まぶたを開いているのか、つむっているのかも分かりません。「六九九、七〇〇、七〇一」だんだんと手足が遠ざかってゆき、「一三〇、一三一、一三二」肉体と暗闇の境界線が融け出して、「九三二、九三三、九三四……」


「ねぇ、チーコのこと、まだ聞きたい？」

「おや、あんたかい」

「首を長くして待っていたよ、お嬢さん」

「なにしてたんだ」

「ちょっとね、ほかの声に耳を傾けてたの」

「なんでまた」

「面白かったから、つい聞き入っちゃったのよ」

「あたしはてっきり、センチメンタルになってるんじゃないかと思って心配してたよ」

「ううん、大丈夫よ、ありがとう。あなたたち、おしゃべりに夢中で気づかなかったでしょうけど、もういまじゃ、そこらじゅう声であふれかえってるのよ」

「なんか騒がしいなとは思ってたけど、上だけじゃなかったとはね」

「ぼくもあとで聞いてみるよ。でも、まずはきみの話からだ」

「どこまで話したんだっけ？」

「きみが商社マンのテントに行ったところだね。いまとなってみれば、なんだか大昔の話のような気もするけど」

「それもあながち間違いじゃないかもね。最近穴に入ってきた人たちは、商社マンのことをおとぎ話の登場人物みたいに語るのよ。むかしむかし、こんな人がいてこれこれこういうことをしていましたって」

「軽いジェネレーションギャップだね」

「歳は取りたくないもんですな」

「ちなみにほかのやつらは、商社マンについてどんなことを話してるのさ」

「そうね、一番面白かったのは、商社マンがバス停の神さまだったたっていう噂かな」

「神さま？　あの商社マンが？」

「そう、《バス停コンソーシアム》のテントにあったスーツケースのひとつから、『バス停見聞録』という本が何冊も発見されたっていわれてるの。その本にはいろんなバス停の歴史が記されていて、どのバス停もここみたいな発展を遂げて、最後には必ず滅亡していたんだって。しかも、その裏ではいつも商社マンが糸を引いてたっていうのよ。彼は実のところ神さまみたいな存在で、あるときはビジネスマン、あるときは麻薬の売人、あるときは呪術師と、いろんな人間に化けて、バス停の歴史にちょっかいを出している。そうやってバス停を何度も創造して、滅ぼして、お気に入りのバス停を作ろうとしてるんだって」

「はぁ、またずいぶんと過激な話だねぇ」

「それがホントだとしたら、あたしたちはみんな商社マンの駒だったたってことかい？」

「めちゃくちゃだよ」

「まぁね。根も葉もない噂だもの。みんな商社マンのことを話すときは、たいてい語り口が決まってるの。あたしが聞いたところでは、この前だれだれが言ってたんだけど、ってね。根拠なんてどこにもないのよ」

「なんだかわたしたちのおしゃべりと似てるね」

「最近じゃ、商社マンをじっさいに見たことがない人がほとんどだろうからね。なおのこと神格化しやすいんじゃないかな」

「これも一種のジェネレーションギャップだね」

「ちょっと脇道にそれちゃったけど、これからきみが話してくれるチーコの物語の続きは、それよりもっと古いものなんだろ？」

「そうね、商社マンがまだこのバス停にいたころの神話の世界。もういまじゃ、あたしの言葉のなかにしか存在しないおとぎ話に伝わるおとぎ話よ」

「じゃあ早速、聞かせてくれよ」

「それなら、こんな出だしがいいかしら……。むかしむかし、商社マンはサーカステントで賑々しいジプシー・ミュージックをかけて、大勢のきれいな女の人たちと一緒にバンケットを開いていました。プラチナ、ストロベリーブロンド、キャラメルブラウン、ダークブルーの髪の毛。黒、茶色、赤、黄色、白の肌。そこはまるでお花畑のようだったのです……。お抱えの大道芸人もたくさんいてね、赤鼻のピエロはずっと時計の針の動きをまねしてたわ。一時間ごとにハトの鳴きまねをして、六時になればロボットみたいな動きで豪華な食事を商社マンに給仕するのよ。それに火を噴くジャグラーは、商社マンのくわえる葉巻に火をつけるライターでしょ。水槽を泳ぐ熱帯魚みたいに、商社マンのまわりでずっとゆらゆら舞ってるバレエダンサーなんかもいたわね。それも小鳥のエサみたいなささやかな食べものを恵んでもらうために」

「笑いたいけど、笑えないね。ここじゃ小鳥のエサだって貴重だもの」

「それで、あんたはどうしたのさ」

「あたしも美女たちに交じって、それ相応に振るまったわ。商社マンのさえない冗談にもバカみたいに笑ってみせたり、太ももにちょっと手を置いてみたり」

「それはそれは」

「……それで、ある夜のことだったわ。商社マンがいつものようにらんちき騒ぎをしていたとき、どこか遠くのほうからトランペットの音がかすかに聞こえてきたの。チーコがいつも使っているトランペットよ。神経でも通ってるみたいに自由自在に吹き鳴らして、空気を色とりどりに、感情豊かに震わせるの」

「それ、たぶんわたしも聞いたことがある」

「ぼくも。場所は忘れたけど、あれはたしか真夜中だったな。耳の奥まで深く染み入ってくる、とても美しい音色だった。夜の静寂をいっさい傷つけることなく、その隙間にそっと通すような」

「そう、まるで魔法なの。ときには彼の話す言葉よりも多くのメッセージが込められてるって感じられるぐらいに。そのときもトランペットの調べを耳にしただけで、あたしに会いに来てもらいたいってことがすぐに伝わってきたわ。まわりの人には風の音にしか聞こえないような、あたしのためだけのメロディを吹いてくれたのよ。だからあたしはテントをこっそり抜けだして、トランペットの調べをたどったの。そして近くの岩陰で彼と落ち合った。チーコは再会するなり、あたしを強く抱きしめてくれたわ。そして手を取りながら、商社マンを睡眠薬で眠らせて、食料だとかお金をかっぱらってここから一緒に出て行こう、景気づけに、あたしの誕生日と同じ七二六番バスにでも乗って、ふたりでやり直そうって言ってきたの。あたしはもう嬉しくて仕方なかった。むかえに来るっていう約束を守ってくれたこと、そして想像以上の提案をしてくれたことが」

「だけど、テントのなかはいつも美女とか大道芸人でごったがえしてるんだろ。見張りだってたくさんいたんじゃないのか？」

「もちろん大勢いたわよ。ピストルを持ったたくましい男たちがテントの前で見張ってたし、なかでも数人が高価な品物の入ったスーツケースを大事そうに守ってた。ふだんは美女の頭の上に載せた赤リンゴにアイスピックを突き刺して商社マンを楽しませているアイスピック投げ師も、いざとなれば立派なガードマンになってたからね。一度、物乞いがテントの前でうろついていたときには、アイスピックをびゅんびゅん足下に突き刺して追いはらってたもの」

「そんな状況で盗みを働こうなんて、いくらなんでも無茶に聞こえるけど」

「ふだんだったらそうかもしれない。でも、商社マンには変わった趣味があったのよ。毎晩、取り巻きの女性からひとりを選んで、天蓋つきのベッドで一緒に寝るの。しかもそのときはみんなまとめてテントから追い出して、女の人の声だけをこれ見よがしにテントの外まで響かせるのよ。サービスなのか、ホントなのか分からないけど、取り巻きの女性はいつも猛獣みたいな声を上げてたからね。かなり悪趣味だけど、またとないタイミングでもあったから、あたしもそのチャンスを利用することにしたのよ」

「じゃああんたもライオンみたいなうなり声を出したってことかい」

「大事なとこなんだ。いいから黙ってな」

「あえて言うなら、あのとき声を出したのは、あたしじゃなくて商社マンのほうだったわね」

「というと？」

「……チーコと再会してから二日目の夜、商社マンがあたしを選んだの。それでふたりきりになれたとき、あたしはマホガニーのサイドテーブルに置いてあったウィスキーグラスに、チーコからもらった睡眠薬をこっそり入れたのよ」

「でも、商社マンが声を出したってのは……」

「そのとき、思いも寄らないことが起こったの。商社マンは一息にウィスキーを飲みほすと、とつぜんベッドの上で苦しみだしたのよ。うめき声を上げて泡を吹いたかと思うと、それきり動かなくなってしまった……」

「それじゃあ、商社マンをやったのはきみだったのか」

「……でも、あのときは自分でも自分のしたことがよく分からなかった。ホントにとつぜんのことで、どうしよう、どうしようって頭のなかが真っ白になった。次に気づいたときにはもう、テントの裏から飛び出していたわ。外は真っ暗だった。テントの裏手には何人か見張りがいて、制止するような大声が聞こえてきたけど、あたしはそのまま暗闇のなかを駆けた。そしたら、どこからか地面が割れそうなぐらいのけたたましい調べが鳴り響いたの」

「もしかして、チーコのトランペット？」

「そう、あたしを呼ぶためじゃない、みんなを奮い立たせるためのメッセージ。それだけでピンときたわ。チーコの言っていたサプライズは、実はこのことだったんだって。たぶん、あたしがテントからあわてて抜け出してきたところもどこかで見ていたんでしょうね。だけど、あたしの足は止まらなかった。もう戻れなかったのよ。テントのほうはすごい騒ぎだった。たくさん銃声が鳴って、悲鳴が聞こえて。だからあたしは無我夢中で走った。何度も転びそうになりながら走って、走り続けた。そして、落とし穴に落ちるようにして偶然ここにたどり着いたの……」

「……そういうことだったんだね」

「なんて言ったらいいか分からないけどさ、元気だしなよ。ここじゃみんな一緒なんだ。裏切られることだってもうないんだよ」

「しかしチーコもひどいやつだね。こんな愛らしいお嬢さんを悲しませるなんて」

「……ありがとう。でも、あたしなら大丈夫よ。たしかに、あのときは穴の底で泣いてばかりいたけど、いまはただ、チーコがこの思い出をあたしに残してくれたことに感謝してるから。だって始まらなければ、終わることさえできなかったんだもの」

「まあそうだな」

「それはたぶん、ここにいるみんなにも言えることだね」

「そうよ。あたしたちが思い出を否定してしまったら、もうなんにも残らないもの。だから愛さなきゃ。どんな思い出も、めいっぱい。そしたらみんな一緒に、いつまでもハッピーエンドのなかにいられるのよ」

わたしの隅々を満たす、じゃりじゃりとした砂の感触。けれど、息苦しくはありません。ずっと遠くから、すぐ近くから響いてくる人間的な肌ざわり。その曲線の律動でわたしは息を継ぐのです。

「なんか変な音しない？」まろやかな声が舌いっぱいに広がって、「ホントだね。ぼくらの話し声みたいな、ひそひそとした音」香しい声が鼻先をくすぐり、「雨だよ」なめらかな声が頬を愛撫して、「雨？」まぶたの裏に浮かび上がる、いろいろの声。

「これまでにもちょっとした通り雨はたまにあったけどさ……」

「それとはぜんぜん違うよ」

「シャワーみたいだ」

「こんなところにも雨期があるのね」

「いっぱい降れば、ここも見違えるんだろうね」

「うすい水のカーテンが引かれて、サボテンが色づくんだよ」

「果実がたわわに実って、若葉の香りがあたりいっぱいに漂うんだ」

「厚い雲が去ったあとは、鳥が空に曲線を描いて、虹を架ける」

「バター色の月明かりが水たまりに溶けて、バスがいきおいよく水しぶきを上げるの」

「でも、バスはまだ走ってるのかな」

「さぁ」

「ここんところ、バスの音もしないね」

「……わたしたちが出会ってから、どれぐらい時間が経ったのかな」

「一ヶ月……、いや三ヶ月かな」

「半年かもしれない」

「そんなの誰が分かるっていうんだい」

「もう時間だって、自分が時間であることを忘れちまってるさ」

この身を重ねて、すこしだけ分かったような気がします。彼らの声はおそらく静寂の一部なのです。ただ、無窮(むきゅう)の沈黙を強調するために存在しているのでしょう。これまでも、これからも、ずっと。

まもなくわたしも「わ」となり「た」となり「し」となって、いつかの時にうがたれた静けさに注がれてゆきます。「……以前、ポリフォニアという場所で二〇九番バスを待っていました」砂粒と砂粒のあいだに染み入って、「……とても喜ばしいことがあって、乗るバスを九二八番に変えたんですよ」穴から穴へ、「……でも、チーコたちがやって来て」穴から穴へ、「……最愛の人も失って」誰かのもとへ、「……それから」それから、「それから……」

5　バス停の子供たち

「……バスがまったく来なくなると、戦火がそこらじゅうに広がって、銃声が時を刻むようになったんです。十字路は二本の火柱のようでした。あの頃、丸腰であたりを歩き回るのは殺してくださいと言っているようなものだったんです。それで命を落としても、呪うなら間抜けな自分を呪えと、みんな口にしていました」

祖母は植物採取や狩りの合間、岩陰に敷いたぼろに寝転がっているときにも、ひまさえあればよく昔話をしてくれた。

もっともその語り口は昔日を伝えるというよりも、当時の再現劇に近かったような気がする。というのも、祖母はけっして自分の言葉を用いず、ときには大空を舞う怪鳥や路上で日銭を稼ぐダンサー、またときにはバス停の様子をつづるライターとなり、彼らの口や身ぶり手ぶりを通じて物語を伝えるのだ。へんてこな歌をうたいながら踊りだすこともあれば、とつぜんさまざまな声色や抑揚で会話をはじめることもあり、「そういえばさ」だとか「ところでね」といった何気ない一言で長い月日を一遍に飛び越えてしまうので、ぼくは終始想像力を働かせていなければならなかった。

登場人物は目まぐるしく入れかわったし、人物描写もひとつとして定まることがなかったけど、祖母の物語に最もよく出てきたのはチーコという男だった。

たとえばある日の午睡の枕元で、祖母はぼくの頭をなでながら、おおらかな語調でこんなことを語っていた。

「チーコはトランペットを自在に吹き鳴らして、この世のあらゆる音を再現することができたんですな。そしてそれを耳にした人にドラゴンや翼の生えたヘビとか、いろんなヴィジョンを見せることができたそうです。その上、悲しみや怒りなどいろんな感情を起こさせて、まわりの人の行動をある程度操ることができたとも言われています。そうです、まるで魔法使いなんですよ。しかし、チーコが抜きん出ていたのはそればかりではないんですな。元々はずっと南方の国から来た亡命者で、その道すがら偶然このバス停にたどり着いたらしいんですが、それ以来、ほかの誰より長くバスを待つことになって、サバイバル術や、バス停の事情に関する膨大な知識を身につけていったんです。そして、良き助言者として待ち人からの信頼を得て、情報提供の見返りとして抱えきれないほどたくさんの食べものをもらうようになったらしいんですよ」

しかしまたべつの日の午睡の折には、助言者というのは表の顔で、本当は手段を問わず邪魔者を蹴落とす残忍きわまりない人物だったとも語っている。

「みんなが恐れた悪魔の子供だ」チーコがテントの裏に隠れひそんでいるかのように、疑心に満ちたひそひそ声で言った。「天使みたいに無邪気な顔して、恐喝も殺しも平気でやるんだぜ。そんなやつがのさばるんだから、そりゃバス停もおかしくなっちまうさ」

こんなふうに、祖母の語るチーコはおよそつかみどころがない人物だった。風貌すらひとところに留まらず、あるときは背が小さく、小麦色の髪の毛に小麦色の肌を持った愛くるしい顔立ちの少年。あるときは中肉中背に褐色のロングヘア、うす灰色のトラめいた鋭い眼光をした青年。またあるときは太陽にも届かんばかりの長身で、ツタのように絡まった黒い巻き毛、でこぼことしたあばた面の大人に変貌したのだ。

それでも、祖母の語るチーコが歩んだ道のりが、多かれ少なかれひとつの流れに収束する出来事が存在する。チーコが、当時のバス停最大勢力とうたわれていた商売人組織《バス停

コンソーシアム》の首領、商社マンを暗殺したときだ。それはもう美しい旋律を吹いたの。それで
「その夜、チーコはこの世のものとは思えない、思いのままに操って商社マンを
コンソーシアムのテントにいた女のこころをからめとると、思いのままに操って商社マンを
毒殺させたのよ。それから混乱に乗じて、大勢の手下を引き連れてコンソーシアムのテント
に押し入ると、設備や人員をそっくりそのまま乗っ取ったの」

祖母の口を借りた名もなき女の子いわく、チーコは十字路南東部の〈バス停のへそ〉に
《バス停キングダム》なる一党独裁の王国を築き上げた。

その象徴として広く知れわたったのが、かつて商社マンが遊蕩のかぎりを尽くしたという
巨大なテントを改築した「小さきものたちの世界」だった。

そこでチーコは手下に命じ、数々のミニチュアサイズの名所を作らせた。

細切れにした透明なビニールシートで見せかけの小川を引かせ、全身をピンクに塗りたく
った手下たちにイルカのまねをさせた。

伐採した大きな枯れ木の枝に緑色に着色した小石をぶら下げ、ヤギのマスクをかぶった手
下を登らせた。

トンネル状に組み合わせた段ボールを枝葉で飾り、その下に分解したテントの骨組みで組
み上げた線路を敷かせ、一日一回、縦隊を組ませた手下たちを電車ごっこのように走らせた。

ビニールプールいっぱいの水に大量の塩を混ぜ、手下のひとりを水面にぷかぷかと浮かば
せた。

地面にうがった穴のなかで引きも切らず火を焚かせた。

泥のモスクを、動物の小骨で作ったドクロだらけの教会を、角砂糖を積み上げた左右対称の純白の宮殿を、小石の宮殿を築かせた。

平らな頂きに白い小麦粉をふりかけた壮麗な雪山を、塩を敷きつめた塩湖を、クリアブルーのタンクに入った貴重な水を惜しげもなく降らせて滝つぼのない滝を再現させた。

さらにはそのときどきの気分で「小さきものたちの世界」の各所にテーブルと椅子を用意させ、専属シェフにそこの郷土料理を作らせ、夜な夜なその土地出身の女と愛欲におぼれた。たといその土地出身の女がいなくとも、そこに応じた化粧をさせ、服を着させ、髪や肌の色を白にも、黒にも、赤にも、黄色にも塗らせた。

「チーコが商社マンと一線を画していたのは、商売はいっさい行わないで、暴力のみに訴えたことだね」名もなき女の子から語りを引き継いだ名もなき男の子が続けた。「あの頃、バス停に流れ込んできていたピストルをたくさん集めて、ほかの勢力を次々に滅ぼしていったんだ。そして自分の権力を誇示するために、ぼろぼろのカーキ色のジャンパーだとか、両手両足を広げた人のかたちをしたシルバーのペンダントだとか、自分が滅ぼしたグループの象徴を取り入れたんだよ。部下の兵士たちには、商社マンが使っていた星の位の入れ墨を左手の甲に彫らせて、その左手の甲を見せて敬礼する決まりも作った。おまけに、誰かが先に書いていた本を『遠方のバス停におけるわれわれの闘争』っていうタイトルとそれに合った内容に書きかえて、《バス停キングダム》の経典にしたんだ」

加えて、《ナンバリング》というグループの風習だったという監視システムを改変、導入し、反体制派の反乱分子を発見次第、上のものに密告することで報酬を与える仕組みを築いた。これにより《バス停キングダム》のメンバーは家族恋人、友人知人同士のあいだでも不信感をつのらせ、たがいがたがいの抑止力として働き、キングダムに不満を持つものやクーデターを企てていたものが次々と炙り出されていった。

チーコは摘発した反乱分子を粛清と称し、〈まな板岩〉という切り立った一枚岩の前で公開銃殺した。

「みんなが安心してバスを待つためには、みんながひとつの思想のもとに一致団結しないといけない。そういうとき、彼らみたいに和を乱す人がいるとみんなが困るんだ。これもバス停全体の秩序を保つためのやむを得ない措置なんだよ」

チーコ本人が乗り移った祖母は優美な微笑を湛え、引き金を引くのをためらう処刑人の肩を叩くように、節くれだった右手をぽんぽんと振ってみせた。

大半の勢力は《バス停キングダム》の強大な武力を前にひれ伏したそうだが、そのなかで唯一、《バス停共同戦線》だけがキングダムと絶え間なく衝突を繰り返していた。それはかつて《バス停キングダム》が壊滅させた《バス停ポリフォニア》の残党が立ち上げた武装集団で、各集団の残党が最後に流れ着く吹き溜まりの組織としても知られており、ポリフォニアの残党以外にもチーコにその地位を追われた元《バス停コンソーシアム》の幹部など、彼に深い遺恨を抱いているものが多数所属していた。

《バス停キングダム》は戦力の上で《バス停共同戦線》を圧倒し、公道や開けた土地で真っ向から共同戦線に攻撃を仕掛けた。捕虜という概念は存在せず、捕まえたものはみな〈まな板岩〉で処刑した。それ相応の位の捕虜の場合は、チーコみずから引き金を引くときもあった。

「来もしないバスを待つのもやりきれないだろうし、これですこしは楽になるだろ」祖母は捕虜の耳元にささやくように小声で言うと、ミントの根っこをぱきんと割った。

開けた場所では《バス停キングダム》に分があったため、《バス停共同戦線》はキングダム兵を奇岩ひしめく奥地へうまく誘導し、仕掛けておいた罠にはめ、そこを一網打尽にするゲリラ戦を展開した。

抗争は泥沼化し、多くの死傷者を出した。資源や食料は底を突いてゆき、両軍ともに飢えや渇きに苦しめられた。

もっともこれは、両勢力にくみしていないほかの待ち人のほうが顕著だった。十字路周辺はあらかた資源が取り尽くされており、食べものをもとめてそこらを歩いていれば争いに巻き込まれ、銃火の犠牲となった。ちぎれた四肢が飛散し、死体のまわりにはおびただしい数の大きな鳥や野犬が群がって、それらもまた腹をすかした待ち人の胃袋に収まった。

祖母は小川で水を汲みながら、ひび割れだらけの荒れた唇を休みなく動かしながら誰かの声を代弁した。

「十字路に留まってむざむざ殺されるより、鉄砲玉の届かないずっと遠くまで避難して、土くれを食べてでも生きのびることを、わしらは最終的に選択したんです。この争いが終われば、生きてさえいれば、ぜったいにまたいつか自分たちの待つ番号のバスがやって来て、乗れると信じていましたから」

この絶望的な状況を一変させたのは、ある夜、荒野の遠方にきらめいたふたつの小さな白い光だった。《バス停キングダム》と《バス停共同戦線》の兵士はそろって銃をおろし、徐徐に大きくなっていくその白光に眺め入った。

「一目見ただけで、バスのヘッドライトじゃないってことが分かったね」祖母はキッコウリュウの皮をむいていた折、はたと顔を上げて目を細めた。「ヘッドライトならもう飽きるほど見てきたからさ。だからはじめは、亡霊かなにかかと思ったんだよ。自力でバス停から脱出しようと荒野の果てに逃げて、そのまま戻ってこないやつも大勢いたんだ。それにおれが前にいた《バス停ポリフォニア》じゃ、食料や資源を探し出すために遠征隊が組まれて、荒野に送り出されたことがあった。そして彼らもまた、そのまま戻ってこなかったんだ。そういうやつらが今頃、亡霊になってのこのこ戻ってきたんじゃないかっておれは思ったわけだ。でも、実は違ったんだね」

白光の正体は、ふたりの男が持つ懐中電灯の明かりだった。彼らの右手の甲には「ΔTA」という入れ墨が彫られており、自分たちが荒野の向こうの向こう、道なき道を進んださきにあるという《となりのバス停》の使者であることを明かしてきた。

使者来訪の知らせはたちまちバス停全体に広がり、大騒ぎとなった。《バス停キングダム》や《バス停共同戦線》の兵士たちだけでなく、それまで遠方に避難していた待ち人の一部までもが一目見たさに使者のまわりに集まってきた。

「おいおい、《となりのバス停》から来たなんてたちの悪い冗談だろ？」「そう思いたいけど、そんなだいそれた嘘をわざわざつく理由もないわよね」「この内戦を終わらせるために、そこらの待ち人がでっち上げたんじゃないかな。《となりのバス停》に注意をそらしてさ、キングダムと共同戦線の目を覚まさせるのが狙いなんだよ」「いや、まさかぁ。絵空事にもほどがあるよ」「たんに気のふれた待ち人の妄言じゃないの？」「うぅん、それにしては頭もしっかりしてるように見えるけど……。あら、よく見たらけっこうハンサムね」祖母はドライハーブの入った革袋をあさりながら、七色の声でしゃべり続けた。

《バス停共同戦線》が様子見を決め込むなか、使者二名は《バス停キングダム》の兵士によって「小さきものたちの世界」のテントに通された。

緑のトンネルの奥から仰々しくすがたを現したチーコは、使者ふたりを小石の宮殿の前に置いた肘掛け椅子に座らせると、取り巻きの美女に、クリアブルーのタンクからガラスのグラスに水を注がせ、テーブルに運ばせた。それから自身も〈バウムクーヘン岩〉をくりぬいて造ったという玉座に深々と座り、「何用でここまでやって来たのか」ともったいぶった口調で尋ねた。

すると彼らは、このバス停すべての食料および燃料資源の引き渡しを要求してきた。これは《となりのバス停》全体の意志であり、要求を呑まなければすぐ近くで待機している《となりのバス停》軍による武力制圧が待っている、と。

この理不尽きわまりない要求を受け、怒れるチーコと化した祖母はピクニックテーブルをドンと叩き、みじん切りのタマネギをあたり一面に飛び散らせた。

つづいてチーコは玉座からがばっと立ち上がると、カーキ色のジャンパーのふところからピストルを取り出し、使者一名の頭を打ち抜いた。さらに手下に命じて、もうひとりの使者を取り押さえると、電車ごっこをする手下たちにその胴体を踏みつけさせ、手足を穴のなかで燃えさかる猛火であぶり、ビニールプールいっぱいの塩水のなかに繰り返し頭を突っ込ませた。テントじゅうを引きずり回し、「こうなるのはおまえらのほうだ」というメッセージを全身に刻みつけ、荒野に送りかえした。

「ぼくには分かるよ、チーコは《となりのバス停》の存在をずっと前からうすうす勘づいていたんだ」祖母はどろっとした緑色のスープをかき混ぜながら、弾んだ声で語った。「それで、使者が身につけていた見たこともない幾何(きか)学模様の服を目にして、確信を強めた。これは利用できるって考えたんだよ。あいつらの食料や資源を逆に奪ってしまおうっていう、いかにもチーコらしい発想さ」

祖母の口を借りたこの誰かはそう語っているが、またべつの食事時に、またべつの誰かが憑依(ひょうい)した祖母は、またもや緑色のスープをかき混ぜながらか細い声でこうも語っている。

「ずっと前から、ここみたいなバス停がほかにもあるっていう噂は一部の待ち人のあいだでささやかれていたんですけど、それが、《となりのバス停》が実質的に宣戦布告してきたときにうんと誇張されて広まったんですよ。《となりのバス停》を率いているのは、実はチーコの暗殺をうまく逃げおおせていた商社マンで、チーコに復讐するために攻め込んできたんですって。この根拠にあるのは、公開処刑好きのチーコが商社マンの死体をさらさなかったのはおかしい、つまり死体そのものがないんだという主張なんですけど、百歩ゆずって商社マンが生きながらえていたとしても、それを《となりのバス停》と結びつけるのはずいぶん乱暴ですよね。あのときはそれだけみんな混乱していたということなんだと思いますわ」

チーコは《となりのバス停》との戦争、および「バス停同盟条約」の提案を記した密書を使いのものに持たせ、そのほかの中小規模勢力のもとに派遣した。各団体のリーダーが《バス停キングダム》の「小さきものたちの世界」で一堂に会し、暫定的な自軍解体と同盟軍結成にそれぞれ合意、最高司令官チーコを筆頭に、各集団のリーダーが司令官を務める《バス停同盟軍》作戦本部が発足した。彼らは十字路を中心とした半径五〇〇メートルに塹壕(ざんごう)を掘り、混合部隊約七〇〇名を配置して、敵を迎え撃つことを決定した。他方、《バス停共同戦線》は同盟軍と停戦協定を結んだだけで、独自に《となりのバス停》に対抗すると宣言した。

祖母は洗濯物を干しがてら大きな岩の頂きに立ち、右手の甲をかかげ、肩をそびやかしながら声だかに叫んだ。

「これはわれわれにとって千載一遇のチャンスだ。みなも知っての通り、このバス停は今現在、大きな岐路に立たされている。バスは来なくなり、資源は枯渇し、明日の食事もままならない状況にある。すべての問題を解決するには、自分たちの手で新たな地平を切りひらくしかない。この戦争に打ち勝ち、ひいては《となりのバス停》に大遠征を行って、資源をつかみとるんだ。そしてかつてのような輝かしい栄華を取り戻そうじゃないか！」

金色のトランペット。

吹き荒れる号令の調べ。

塹壕で一斉射撃がはじまり、爆炎が立ち上った。鉄板、防弾ガラス、なべのふたの防御班が飛び出し、その背後から機関銃隊が銃弾をまき散らした。敵軍も距離が縮まったところですかさず手榴弾を投げ込んできた。防御班が後退すると、今度は敵軍のほうから同盟軍とほぼ同様の装備を持った防御班が飛び出し、その背後から機関銃が乱射された。わら人形のように何人もの兵士が宙を舞い、両軍の中間あたりにはおびただしい数の死体が積み重なっていった。なかにはまだ息をしているものもおり、泣き叫ぶ声や助けを求める声が上がっていた。彼らを助けようとべつの兵士が塹壕から飛び出して、そのたびに銃弾を浴び、死体の山に加わった。

「信じられるか？」水鳥を絞めながら、祖母は笑いを押し殺すように口元をゆがめた。「みんながこっぱみじんに吹き飛ばされるのを目にしながら、おれはこころのどこかでずっと笑ってたんだ。戦い方があんまりにもお粗末だったんだよ。同盟軍だとか偉そうなこと言っといて、結局、みんなして戦争ごっこしてるだけなんだから」

膠着状態が数日間続いたのち、両軍ともにしびれを切らしたのか無闇矢鱈に攻撃をはじめた。大佐はただ撃て、撃てと感情的に叫び、中佐や少佐も一介の兵士になりさがってひたすら銃を発砲し、命令などはなから聞かずありったけの弾薬を注ぎ込んだ。

弾が底を突き、銃声がまばらになると、両軍は今度、塹壕や岩陰から一気に飛び出し中間地点で相まみえた。ナイフ、こん棒、ゴルフクラブが打ち合い、あたり一面を鈍い打撃音が覆いつくした。

敵兵は瞳も、肌の色もさまざまだったが、同盟軍と同じようになんらかの文字や数字を肌や衣服に入れており、背広やら迷彩服やらいろいろに交ざっていた。

「あいつらもきっと、はじめはバスを待っていただけだったんだろうな。それで、にっちもさっちもいかなくなって、ここまでわざわざやって来たんだろうよ」
☆☆☆☆、CCLXIII、◇◇、ΒΓΕ。
いくつものシンボルがペアとなり、たがいに刃を向けた。片方が残り、また残ったシンボル同士が組み合わさって、また片方が地に伏した。

両軍の数は着実に減っていったが、《バス停同盟軍》のほうが若干優勢で、敵兵は残りわずかとなったところで荒野の彼方へ逃げかえっていった。

だがここで同盟軍に大きな誤算が生じた。それまで《バス停共同戦線》は敵軍の背後へ回り込み主に後方からゲリラ戦を仕掛けていたが、敵軍が敗走するやいなや、その銃口を同盟軍の本部テントに向けたのである。

勝利の一報に浮かれ騒いでいたチーコら司令官は、とっさに武器を手に取り、あるいはそのとき手にしていたワインボトルで応戦したが、銃弾にはおよぶべくもなかった。

「それであっけなく、チーコもおしまい、おしまい」

祖母はあかぎれだらけの指で、ぷうっとトランペットを吹くまねをしてみせた。

指揮系統を失った《バス停同盟軍》は混乱に陥りながらも、奇襲をかけてきた《バス停共同戦線》に反撃し、双方ともに壊滅的な被害を受けた。

あとに残ったのはひと握りの負傷兵と、遠方の岩地に避難していた老人、女性、子供だけだった。

だが彼らは悲しみに暮れる間もなく、戦死者を簡単に埋葬すると荷物をまとめ、誰に率いられるともなしに、東西南北それぞれにおのが道を行進しはじめた。

「ここにいても食べものはもうないし、もたもたしてたら、そのうちまたどっかのバス停が攻め入ってくるかもしれないでしょ。でも大丈夫、心配することなんてないわよ。みんな一緒なんだから。自分たちさえしっかりしていれば、どこだってバス停になるわよ」

北を進んだ祖母たち一行は、日中は岩陰で暑さをやり過ごし、涼風の吹く早朝や夕刻に徒を進めた。肥沃な土地を見つければ、そのたびに狩りや植物採集、保存食作りにいそしんだ。

その日々は想像していたよりもずっと過酷だった。バス停で満足に食事も取れず、岩陰に寝そべってばかりいた彼女たちはすっかり足腰が弱り、体力を失っていた。重たいバックパックに押しつぶされそうになり、もとよりかしいでいた腰はさらに曲がっていった。何度となく立ち止まっては凝りかたまった関節をほぐし、杖がわりに枯れ枝をついて、次の一歩を支えなければならなかった。

「一時間も歩いたら、もうへとへとになっちゃいましてね。やっぱりわたしたちはバスを待つことしか能がないんですなって、よく笑い合っていましたよ」

そう経たないうちに行進のペースは落ち、ひとところに留まる時間が長くなっていった。細い川がなだらかに蛇行する緑豊かな三叉路に行き当たったとき、祖母たちはそこに留まることに決めた。周辺には相変わらず民家も人気もなかったし、バスはおろか自動車も一台も走っていなかったが、誰の顔にもかげりはなかった。

「水だって、野生のオリーブだって、なんでもあったんだよ。こんな天国みたいなとこならいくらだってバスを待てるさ。たとえバスが通ってなくてもね！」

ぼくの記憶もこの頃からはじまる。

川辺には色鮮やかなブーゲンビリアの花が咲き乱れ、テントとテントのあいだを裸同然のしどけない格好をした子供たちが走り回っている。大人たちは河原で見つけた大きな石を研ぎ、木の皮のひもで太い枝にまきつけて石やりを作って、ウサギやキツネを仕留めた。しなりの良い木の枝を弓にして、小枝を矢のかたちに削って、水鳥や渡り鳥、ときおり遠くから飛んでくる大きな鳥を狩った。水辺の藻や葉の裏についているカタツムリを獲り、野草や果実を摘んで、たき火のまわりでつましい食事を取った。

昼寝のあとには、大人たちが木陰で読み書きを教えてくれた。祖母は前のバス停の思い出を語り、ほかの大人たちもそこらの岩に、木炭や草花からしぼり取った汁と土を混ぜて作った絵の具で、バスやバス停、バスに群がる待ち人の様子を描いてくれた。

「本来のバス停っていうのは、こんなだだっ広い場所じゃないんだ。ベンチがあって、待合室があるんだよ。チケットカウンターがあって、お金っていう紙きれや押し伸ばした金属と引きかえに、好きな行き先のチケットをもらって、それを運転手に見せればバスに乗ることができるんだ。売店っていう場所には、本当にいろんなものが売ってるんだよ。アイスクリームっていう冷たくて甘い食べものとか、長い旅路を楽しく過ごすための言葉遊びの本とかね」

その話はときにバス停を越え、ずっと遠くにあるという海や雪国、天高くそびえる摩天楼にまでおよんだ。そのたびにぼくは、自分がなにも知らないのだということを子供ながらに痛感させられたが、その実、話半分で耳を傾けているような節もあった。だいたいの話は、このバス停での暮らしにおいてなんの意味もなさなかったのだ。

両親のことなんかもそうだ。一度、わらを編んでいた祖母に何気なく尋ねてみたことがあったが、「なに言ってんだい」と軽く鼻で笑われた。「あんたはバス停の子なんだよ。ここにいるみんながあんたのおばあちゃんで、みんながおかあさんなのさ」

このときばかりは、祖母は誰にもならなかった。ちゃんと自分の言葉で答えているようだった。だからぼくもそれ以来、なんとはなしに訊くのをやめてしまった。

太陽と月がぐるぐる追いかけっこをした。

ぼくはユッカの木を追い越し、ジャカランダの梢よりも大きく、たくましくなった。自分できちんとものを考えるようになり、鳥をとらえるための仕掛けをいくつも考案して、小川から水を引き、トウモロコシやコリアンダーの畑を開墾した。

かたや祖母はだんだんと小さくなってきていた。節々が痛むだとか、寝てもまるで寝た気がしないだとか不平を漏らし、なかなか寝床から起き上がろうとしなくなった。ご飯の時間になってようやく鈍いうめき声を上げ、しわくちゃの口元をゆがめながらようよう身体を起こすのだった。

そんなある日、祖母はご飯の時間になっても寝床から出てこなかった。心配になって声をかけにいくと、ぼろにくるまったまま、つぶらな瞳だけをこちらに向けて、ほかの子供たちを連れてここから出て行くようにと、きつい口調で言ってきた。

「あんたは一度、バスに乗らなきゃいけないよ。エンジンの振動をおしりで感じて、窓の外に見えるいろんな景色に目を見張らなきゃいけない。その先に待ってる世界は、そりゃもうすごいもんなんだから。海をわたる乗りものもあれば、空を飛ぶ乗りものもあるんだよ。きっとしまいには、なんでバスなんて不便な乗りものをずっと待ってたんだって、文句も言いたくなるはずさ」

そして身体の不調なんて嘘だったかのようにさっと立ち上がると、枕になっていたカビの生えたバックパックの口を開け、テントの奥の黒ずんだ包みのなかにあった誰かの誕生日のときにしか食べられない缶詰、干し肉、干し果物を震える手で詰め込み、ぼくに突きつけた。

「さぁ、とっとと行った行った。こうやってちんたらしてるあいだにも、バスは行っちまうかもしれないんだ」

もうなにを言っても、祖母のこころは揺るがなかった。しまいには大声でほかの大人たちを呼び寄せ、みんなして寄ってたかってここから出て行くよう説き伏せてきた。

仕方なくぼくはほかの子供たちに呼びかけ、さっき祖母にもらった食べものをこっそりテントの裏に残して、バス停を出発した。

祖母たちがかつてしたように、昼に休み、夜に歩いて、自然から食料を調達した。辛（つら）い旅路だった。

バックパックにも毛布にも祖母たちのにおいが染みついていたから、来る日も来る日もみんなして祖母たちのことを思い出し、落涙した。

地の果てまで続く一本道をひた歩き、いくつもの交差点を越えると、バスのような大きな車が通るようになった。だけど、息の詰まるようなくさい煙を吐き出し、こちらのことなどおかまいなしに砂ぼこりを巻き上げながら走り去っていくいかめしいすがたは、祖母たちが教えてくれたような素晴らしい乗りものには見えなかった。バスが揺らめく陽炎の向こうに消えていったあとには、名状しがたいわびしさだけが残った。

ほどなくして祖母たちのいたバス停に似た緑豊かな場所を見つけるたび、滞在がどんどん長引いていった。透きとおった小川の流れるアガベが繁茂した土地に行き当たったときには、何ヶ月もテントを張った。しばらくすると女たちが身ごもり、逗留はさらに長引くことになった。元気な子供たちが生まれ、食べる口が増えたので、男たちはまた以前のように土地の開墾にはげみだした。

そのあいだも、太陽と月は追いかけっこを続けた。

だけど、ぼくらの目はもう彼らを追わなくなった。

代わりに畑を見て、川を見て、動物を見た。木の枝とわら束で小屋を建て、魚のうろこで首飾りを作り、女たちが子供を背負うための帯を干し草で編んだ。仕留めた獲物の皮をなめして小ぶりの太鼓をこしらえ、研磨した骨で叩き、葦笛を吹いて、祖母たちがよく口ずさんでいたバスの歌をうたった。子供たちがユッカの木を追い越し、ジャカランダの梢のように大きく、たくましく成長していく様を見守った。そこらの岩にバスやバス停や遠い異国の絵を描き、食事時や寝る前には昔話を語り聞かせた。

「おまえたちもそのうち自分と同じ名前のバスを求めて、ここを出て行かなきゃいけないよ。その先には驚くような世界が待っているから、なんでこんなところでバスを待ってたんだろうって、文句も言いたくなるだろうさ」

夜には人差し指を滑らせ、きらめく星々を結び合わせた。そこでぼくは大空を舞う鳥となり、チーコとなった。祖母となり、ぼくとなった。

解説

飛浩隆

本書『半分世界』は、第七回創元SF短編賞受賞者石川宗生の初の著作にして第一短編集。宮内悠介（みやうちゆうすけ）『盤上の夜』、西島伝法（とりしまでんぽう）『皆勤の徒』など二一世紀文学の傑作をそろえた〈創元日本SF叢書〉の一冊として、二〇一八年一月に刊行された。

創元SF短編賞は「短編」賞であるから（つまりそれ一作だけでは本にならないから）、受賞後に著書が刊行されるまでには少々時間を要する。

しかし、巻頭の「吉田同名」（二〇一六年四月に受賞）から刊行までは同賞受賞者では例外的に早かった。おまけに同作は、短編集が出るのを待たずして第四八回星雲賞日本短編部門の参考候補作となっている。

つまり版元は一刻も早く本書を世に問いたいと思ったし、百戦錬磨のSFファンたちは、この第一作を読んだだけで賞を与えたいと思ったわけだ。その気持ちはよくわかる。筆者は本書が最初に刊行された時、解説の依頼を受けてこの四編を読んだのだが、もう、その間じゆうずっと倖せだったし、この体験をほかの本好きと――SF好きだけでなく小説を読む人ならだれとでも分かち合いたい、と思ったものだ。

その思いは誰しも抱くものだろう。かくして本書所載の「白黒ダービー小史」は第四九回星雲賞日本短編部門の参考候補作、そして『半分世界』は『SFが読みたい！　二〇一九年版』（早川書房）における「ベストSF二〇一八」で第九位を獲得し、さらには第三九回日本SF大賞最終候補ともなって、この回の最終候補者である高山羽根子や草野原々、前年の小川哲、柞刈湯葉らと並び、石川宗生が台頭する新世代作家の中でもひときわ注目すべき作家の一人であることを印象づけたのだった。

二〇一八年秋からは、「小説すばる」の誌上および公式サイトで摩訶不思議なショートショートシリーズ「素晴らしき第28世界」を約一年間連載。その成果は、ある種のゆるやかな長編小説でもある『ホテル・アルカディア』（集英社）にまとめられ、みごと第三十回Bunkamuraドゥマゴ文学賞を受賞している。

おやおや、少々筆が走りすぎたようだ。時計をすこし前にもどそう――『半分世界』の単行本刊行時に解説を引き受けてはみたものの、当時、私は（そしてほとんどの読者は）石川宗生のことをなんにも知らなかった。

そこで編集部に無理をいい、作者本人、それから彼の「師匠」にあたる翻訳家の増田まもるにメールインタビュウを敢行した。この文庫版を手に取ったあなたも、もしかしたらはじめて石川の本をお読みになるのかもしれない。以下は、インタビュウの内容も取り混ぜながら、収録作の面白さ、読みどころをくわしく見ていきたい。

　ただしインタビュウにあたって、私は石川にこう書き送った。「もちろんこのすべてにご回答いただく必要はありません。（略）いっそ嘘八百でお答えいただくのも（作風から考えたらむしろその方が）楽しそうです」。というわけですべてが本当とはかぎらない。せいぜい眉に唾をつけながら読んでいただきたい。


　まずは作者のプロフィールから。

　石川宗生は一九八四年生まれ。身長一七九cm、体重六七kg、髪形はボブ七三分けだったりポニーテールだったり。風貌は数々の有名人にたとえられてきたが、最近は板尾創路。性格は「はにかみ屋さん」、家ではふだんカーディガンを着用。

　高校へは通わず、増田まもるが自宅で営む私塾に学んで大検に合格、米国の大学へ進学し天体物理学を専攻。卒業後は勤め人の時期をはさみつつ世界各地（中南米、欧州、中東、アジアなど）を旅する。現在はフリーの翻訳家、得意料理はキッシュ（必殺技）。

　この間に、文学への傾倒を深め小説を書き始める。初めて書いた本格的小説「土管生活」（時田宗生名義）は第三四回すばる文学賞の最終候補となった。その後、増田まもるから「創元ＳＦ短編賞」の存在を知り、「吉田同名」の応募に至る。

　記憶にあるいちばん古い本は『大どろぼうホッツェンプロッツ』。本人いわく「登場人物から挿絵までみんな魅力的で、焼きソーセージやザワークラウトといった料理がとてもおいしそうに感じられました。そしてザワークラウトがどんな食べものなのか分からず、妄想に明け暮れました」。同じく「いちばん古い映画はディズニーアニメの『ふしぎの国のアリス』です。アルファベットの歌をうたういも虫からきらめく昼下がりをうたう花々、いかれ帽子屋のティー・パーティーまで歌も覚えたし、何度みても飽きませんでした」。

そんな彼の最近のある日を見てみると――

八時　起床
九時　コーヒー、粘土
一〇時　犬のスズちゃんの散歩
一一時　見回り
一二時　ごはん
一三時　翻訳または小説
一七時　スズちゃんの散歩
一八時　ごはん
一九時　見回り、お風呂
二〇時　読書、粘土
二四時　就寝

とりあえず「粘土」と「見回り」が大変気になるしスズちゃんの犬種も教えて欲しいところだが、そろそろ話を本筋に戻し、収録順（かつ発表順）に作品を見ていこう。

「吉田同名」。住宅地の一軒家に妻子と住む三〇代の勤め人、吉田大輔氏は、帰宅途中、最寄り駅から自宅までのどこかで突如として一九三二九人になった。人格、記憶、衣服、所持品一切、携帯の契約まで完全に同一な人物の大量発生。一夜の大混乱ののち吉田氏は数百人単位で移送され、周囲と隔離された環境で生活を始める――。

とにかくもこのアイディアが抜群だ。石川によればそもそもの着想は「『開門神事福男選び』という正月に大勢の男性が神社を走って一番を競う行事をテレビで目にしたときに、これがぜんいん同一人物だったらなんか面白そうだな、という軽い感じで思いつきました」（なるほどそれで！）だそうだが、しかし本作の読みどころは、約二万の吉田大輔氏のその後にある。

選考委員は選評でこう書いている。「不条理な出来事から出発し、その先をリアルにシミュレートするのは、一九七〇年代日本SFの十八番で」（大森望）「机上の空論を堆く積み重ねていくような考察のエスカレートぶりには啞然とさせられた」（日下三蔵）「（先行作を挙げて）展開される思索の面白さでは、こっちの方がはるかに上。この奇天烈な発想でこの完成度の話を書き続けられるのなら、有望な新人と言えるのではないだろうか」（山本弘）。

まさにそのとおりで、すれっからしのSF読者も虚を衝かれる着想と、おそろしく緻密で淀みない（けれどもどこかとぼけた）ディテールの展開にはだれしも引き込まれてしまうだろう。その上で、個人的には「この現象によって社会がどう変わるか」（＝SFの常套）ではなく「吉田大輔氏に何が起こるか」が追求されている点が印象深い。氏が連れて行かれた場所は、政治も迫害もなく単一の人物しかいない、現実はおろか虚構の中でさえだれも想像しなかった「純粋な収容所」であって、つまりこれは類例のない「収容所文学」なのである。この追求の果てに起こる事態は衝撃的だが、さらに最終行まで読むと作品全体が重層的で多面的な立体としてめきめきと立ち上がってくる。しかしここでは深追いは止そう。なによりもまず本作は「異変（SF的仮説）とそのエスカレーションを扱うアイディアストーリー」として——おかしくて、不気味で、理知的で、ただもうやたらに面白いのだから。

つづく受賞第一作の「**半分世界**」も、案の定、そうとう人を食った話である。

静穏な住宅地、森野町六丁目八四番地にある日「半分の家」が見いだされる。ドリフの「全員集合」のセットみたいに、道路に面した側が半分消えた一軒家には熟年夫婦と妙齢の子女が住まい、日々の営みを坦々と衆目にさらしながら暮らし続ける。森野町にはこの藤原家をウォッチするフジワラーなる人びとが発生、日夜向かいのマンションにたむろし、見守り、記録し、研究と模倣と熱中に明け暮れる。

なんじゃそりゃ……そう言いたくなるあなたの気持ちはよっく分かる。第一作「吉田同名」も抑えた展開だったが、こっちはそれに輪をかけて何も起こらない。そのかわり、居室や家財や生活の描写がえんえんと続く。なのにこれがまたなぜかめっぽう面白いのだ。頭を抱えた私は石川に問うた。「こうした細部への傾倒は今回収録された四編に共通しています。ていねいな観察とよい趣味を湛えつつ、文章を煽らずに細部を連坦させていくこの作風は、どのようにして培われたのでしょう」と。これに答えて石川がいうには――

「好きな画家のひとりにエドワード・ホッパーがいます。彼の作品はどれも物語性に満ちており、なかでも『ホテル・ルーム』という絵が好きなのですが、そこから、登場人物の顔の向き、服装、持ち物、部屋の明暗や家具調度といったささいなディテールの集積が物語を喚起させるのだということを学びました。そこで、『吉田同名』などではオブジェクトはもちろんのこと、もう一歩踏み込んで生い立ちから行動、思考までディテールにこだわり、『ホテル・ルーム』風にカンバスに丁寧に描き込んでいくような感覚で書きました」

「半分世界」はまさにそんな絵画的喚起力に満ちている。藤原家の程よい裕福さと趣味を窺わせる生活は、模型のような精密さと、透明なエナメルを薄くかけたような艶めかしさをたたえていて、たとえば物フェチ小説が大好きな方ならその描写を読むだけで随喜の涙を流すだろう。しかし石川はこうも述べる――

「いちおう書く前に大まかなプロットを作りますが（ルールふくめ）、最終的には書いているときにひらめいたアイデアを優先して（ディテールふくめ）、それをもとにまた別のところへ、といった偶然の連続性を大事にしています。あくまでぼく個人の感覚ですが、最初に思い描いたとおりに書くとあまり面白くないものになるような気がするので（それはやはり書く前から見通せていたものでしかないので）」

そのとおり、藤原家とフジワラーのあいだにあった「観る見られる」のルール、暗黙の境界線は、ディテールに触発されたかのように不安定にゆらめき始め、しまいには絵画の中に人が入っていくかのような、もしくは絵画の風景が世界に染み出してくるかのような魅惑的情景が広がる。この移行がいとも自然に進んでいくのはひとえに「偶然の連続性を大事にして」いるからに違いない。

さて、ここまでのところで私は石川作品の特徴として「一点突破的着想」と「ディテールの耕し（たがやし）」を挙げ、「ルールと逸脱（いつだつ）」についても触れた。この三点を思いっ切りブーストし、読者を呆気（あっけ）に取らせるのが第三作「白黒ダービー小史」ということになる。

前の二作と異なり、どこともしれぬ（おそらくは）日本以外のどこか。舞台は縦長のフットボール・フィールドの形をした町。

この町ではおよそ三〇〇年前から「白黒ダービー」というゲームが行われている。否、この町こそ「白黒ダービー」そのものである。町の最北端と最南端をそれぞれ白軍と黒軍のゴールとし、町の道路や広場がフィールドで、各ブロックには数十名から数百名のプレーヤーが配置され、三六五日二四時間休むことなく一個のボールがあっちへこっちへと蹴飛ばされている。町のすべてはこのゲームに捧げられ、住民は白と黒のどちらかに分かれ互いを不倶（ふぐ）

戴天（たいてん）の敵としているのだ。

さて物語はというと、黒軍のスタープレーヤーをロミオ、白軍の監督の娘をジュリエットに見立てた悲恋を爆笑の縦糸に、このゲームをダシにした世界史思想史芸術史のパロディを大法螺（おおぼら）ざんまいの横糸にして展開されるのだが……あ、そこの君、呆れて立ち去るのはちょっと待ってくれ。どうか騙（だま）されたと思ってこれを読むんだ――ほら面白いだろう？　そしてやたらとかわいい。

正真正銘の「バカネタ」ということで作者も安心したのか、文章は、どこもかしこも懐かしのポップ・ミュージックを聴くような楽しい色彩、軽快な運動性に満ちていて、こちらは読みながらくすくす笑いどおしになる。

そういえば、本作に登場する（すてきな）人物はこんなことをしゃべっている。

「恋ってこれといった理由もなく、（略）ふとしたことからはじまっちゃうことが多いじゃない？　それに、友情と恋愛って似ているようで、実はべつのルールで動くぜんぜん違ったものでしょ。そしていったん恋人同士になっちゃったら、もう前みたいな友達の関係には戻れない。（略）きっとボールもそんなふうにたいした訳もなく町なかに蹴られていって、べつのルールに支配されるようになって、もう元には戻れなくなっちゃったのよ」

そうなのだ。石川の作品ではどこかの時点で（たいていは作品冒頭で）何かが決定的に変わる。その変化によって想像力は規矩（きく）から離れ、楽しげにどこまでも跳ねていっちゃうのである。

しからばこの作風はどうやって育てられたものなのか。どのような先行作の影響を受けているのか。石川自身に語ってもらおう。

「(これまでにはまった本や映画、音楽、その他もろもろの)すべてが作品のなかで息づいています。とくにメキシコやグアテマラでのスペイン語留学のとき、文学コースで学んだラテンアメリカ文学は現在の作風の基礎になった気がします。旅行も小説のみならず生活スタイルにも影響を与えています。現在でも中長期で旅行することがたまにあるので、それ自体がある意味生活の一環になっています」

そして増田まもるも言う。「(石川作品の)味わいは英米文学よりも中南米や東欧などの現代文学に近いと思っています」と。

ここまでの三作を読んだ方なら以上の証言に大いにうなずくだろう。石川作品を読んでいてつねに感じるのは世界の風であり(それは彼の外国語の訓練と世界放浪と無縁ではあるまい)、次なる「**バス停夜想曲、あるいはロッタリー999**」をお読みになれば、さらに激しく首を上下させることになるだろう。この作品のページからは、まさにラテンアメリカ文学から聴こえるマジックリアリズムのサウンドが鮮烈(せんれつ)に立ち上がってくるからであり、耳をそばだてればもっと多彩な世界中の音色もそここにちりばめられているからである。

さて、「バス停夜想曲」のストーリーはというと……

乗り継ぎのために「おれ」が長距離バスを降りると、そこは砂塵の舞う赤茶けた十字路と強烈な日差し。聞けばその十字路は一番から九九九番までの路線が通っているものの、時刻表はなく、次にどのバスが来るかだれも知らず、三日いや一週間バス待ちをしている者もいるという。「おれ」はいつ来るともしれぬ四七一番を待つために、乏しい持ち物と知識、交渉力でサバイバルしなければならなくなるが——と、ここまではほんの序の口、以下石川は、一点突破的着想、ルール設定と逸脱を押し進め、ディテールの総力戦を展開して、この十字路の周りに家を建て町を造り、文明を興し、トライブと闘争を生み出し、ついには歴史の終わりと再誕生まで創造してしまう。前三作をゆうゆう凌いでいるだけでなく、「語り手を複数にしたこと」「複数の語りが現れては消えていくこと」「その語りの継起において、とある幻想的景観の誕生と消長を描き尽くしていること」という点で、すでに新しい境地へ進んでいると感じられる。登場人物の多彩さ、物語の起伏、語りのバリエーションは格段に豊かとなり、ユーモア・諷刺・戦慄にも事欠かず、なにより文の愉しみが横溢しており、これはもう堂々の傑作というほかない。

赤い荒野、幻想的景観の消長、このタイトルと来れば私などはついついイアン・マクドナルドのSF小説『火星夜想曲』を連想してしまう。いちおう本人に確かめてみたところ、直接的にはアントニオ・タブッキ『インド夜想曲』からインスピレーションをもらったから、とのこと。ほかにフリオ・コルタサル、はたまたディエゴ・リベラの壁画にも影響を受けている由。それより私が驚いたのは「バス停夜想曲」は今回の収録作のなかでいちばんはじめに書いた作品であったということで、つまり石川はとうにこの境地に立っていたということになる。いや参ったね。

とはいえ本書は石川の完成形ではもちろんない。ある種、整然とした（シンメトリックとさえ言いたくなる）小説空間は、錬磨の果てに獲得した境地というよりはむしろ持ち前の資質で、「バス停夜想曲」のラストではさらにその「外がある」ことが示されている。つまりここが出発点というわけだ。

さて、一九世紀のとある音楽評論家はフレデリック・ショパンの登場に際し「諸君、帽子を取りたまえ。天才だ」と世間に紹介したという。

石川宗生が天才であるかどうか、それはわからない。

しかしながらこの一冊を読もうとするあなたに、私が次のように言うことは許されるのではないか。

諸君、脱帽の用意を。

この文章は、本書が〈創元日本ＳＦ叢書〉として刊行された際の「解説」を、文庫版のために書き改めたものです。

本書は二〇一八年一月、小社より刊行された作品を文庫化したものです。

検印
廃止

著者紹介　1984年千葉県生れ。アメリカの大学を卒業後、様々な職業を経て、2016年「吉田同名」で第7回創元ＳＦ短編賞を受賞。第一作品集『半分世界』で第39回日本ＳＦ大賞候補。20年『ホテル・アルカディア』で第30回Bunkamuraドゥマゴ文学賞を受賞。

半分世界

2021年1月22日　初版

著者　石川宗生（いしかわむねお）

発行所　（株）東京創元社
代表者　渋谷健太郎

162-0814/東京都新宿区新小川町1-5
電話　03·3268·8231-営業部
　　　03·3268·8204-編集部
ＵＲＬ　http://www.tsogen.co.jp
フォレスト・本間製本

ISBN978-4-488-78801-8　C0193

第十二回創元SF短編賞
募集中！

本賞は《Genesis 創元日本SFアンソロジー》の企画として開催するものです。
小社公式ページ http://www.tsogen.co.jp/award/sfss/
の応募規定をよくご確認の上、ふるってご応募くださいませ。

【選考委員】堀晃　西島伝法　小浜徹也（東京創元社）

・受賞作は《Genesis 創元日本SFアンソロジー》第四集に掲載します。最終候補作に選出された段階で、編集部提案のもと改稿していただいたのち、最終選考をおこないます。
・また、これまでどおり受賞短編一編のみを電子書籍化し、朗読音源化したものを販売します。
・一次・二次選考では編集部員が直接、応募作全作に目を通します。
・募集対象は、商業媒体未発表の〝広義の〟ＳＦ短編。規定印税を賞金といたします。

●募集要項

〈枚数〉四〇字×四〇行換算で一〇～二五枚以内。また、別紙一枚（四〇字×四〇行換算）の梗概を添付してください。手書き不可。ウェブ応募を推奨します。

〈締切〉二〇二一年一月一二日（火）必着

〈発表〉小社ホームページ上で行ないます。

■ウェブでの応募方法

小社ウェブサイト内 http://www.tsogen.co.jp/award/sfss/ のページから指定のフォームをご利用の上、テキストファイル形式（.txt）のデータをお送りください。必要な図版などはzip圧縮してお送りいただけます。詳しくは右記ページをご覧ください。

■郵送での応募方法

宛先：〒一六二-〇八一四
東京都新宿区新小川町一-五 東京創元社編集部 創元SF短編賞係

※A4サイズ横の用紙に四〇字×四〇行の縦書きレイアウトで印字してください。左下にノンブルをふり、末尾に〈了〉の字を付してください。本文と梗概は冒頭に作品名と筆名を記載してください。表紙はつけないでください。

※別途、A4サイズ横の用紙一枚に、作品名、筆名（ふりがな）、本名（ふりがな）、郵便番号&住所、電話番号、メールアドレス、職業、性別、応募時年齢、小説の商業出版歴&公募新人賞応募歴（最終候補以上のみ）を明記して添付してください。

主催　東京創元社

Ten Sorry Tales
Mick Jackson

10の奇妙な話

ミック・ジャクソン
田内志文 訳　四六判上製

純粋で、不器用で、
とてつもなく奇妙な彼ら。

金持ち夫妻に雇われ隠者となった男。蝶の修理屋を志し博物館の標本の蝶を蘇らせようとする少年。骨を集めてネックレスを作る少女。日常と異常の境界線を越えてしまい、異様な事態を起こした人々を描く、奇妙で愛おしい珠玉の短編集。

CREATION AND OTHER STORIES

世界幻想文学大賞、アメリカ探偵作家クラブ賞など
数多の栄冠に輝く巨匠

言葉人形

ジェフリー・フォード短篇傑作選

ジェフリー・フォード　**谷垣暁美 編訳**

【海外文学セレクション】四六判上製

BY JEFFREY FORD

野良仕事にゆく子どもたちのための架空の友人を巡る表題作ほか、世界から見捨てられた者たちが身を寄せる幻影の王国を描く「レパラータ宮殿にて」など、13篇を収録。
収録作品＝創造，ファンタジー作家の助手，〈熱帯〉の一夜，光の巨匠，湖底の下で，私の分身の分身は私の分身ではありません，言葉人形，理性の夢，夢見る風，珊瑚の心臓（コーラル・ハート），マンティコアの魔法，巨人国，レパラータ宮殿にて